Du schon wieder

Lilly Fröhlich

Du schon wieder

Komödie

Impressum

Bibliografische Information der Deutschen Nationalbibliothek:
Die Deutsche Nationalbibliothek verzeichnet diese Publikation in der Deutschen Nationalbibliografie; detaillierte bibliografische Daten sind im Internet über http://dnb.dnb.de abrufbar.

TWENTYSIX – Der Self-Publishing-Verlag
Eine Kooperation zwischen der Verlagsgruppe Random House und BoD – Books on Demand

© 2019 Lilly Fröhlich

Herstellung und Verlag:
BoD – Books on Demand, Norderstedt

ISBN: 978-3-740-75312-2

Alle Rechte vorbehalten.

Das vorliegende Werk ist mit all seinen Teilen urheberrechtlich geschützt und darf – auch teilweise – nur mit Genehmigung der Autorin wiedergegeben werden. Das Kopieren, die Digitalisierung, die Farbverfremdung und Ähnliches stellt eine urheberrechtlich relevante Vervielfältigung dar. Verstöße gegen den urheberrechtlichen Schutz sowie jegliche Bearbeitung der hier erwähnten schöpferischen Elemente sind nur mit ausdrücklicher vorheriger Zustimmung des Verlags und des Autors zulässig

Inhaltsverzeichnis

Alter vor Name 1
Achtung, Nilpferd! 33
Yoga und Co. 49
Herrlich widerborstig 81
Sicherheit geht vor 96
Holla, die Waldfee! 104
Einmal Prinzessin sein 134
Oh Schreck! 152
Amourös 178
Im Netz des Tantras 188
Der Störling 198
So eine Schlange! 208
Götterkinder 222

Alter vor Name

Anabelle

»Ich bin dreißig«, begrüßte mich der unbekannte, attraktive Mann vor mir, mit dem ich verkuppelt werden sollte.
»Interessanter Name«, erwiderte ich lächelnd. »Ich bin Anabelle. Meine Eltern haben es leider versäumt, mich ›*Neunundzwanzig*‹ zu nennen.«
Sven, der langjährige Freund meines Bruders Hans, hatte mir unbedingt seinen jüngeren Bruder vorstellen wollen, dessen Freundin ihn nach zehn Jahren verlassen hatte. Er hatte ihn aufmuntern wollen und da ich ebenfalls wieder unter den Singles weilte, spielte Sven Amor.
Zumindest versuchte er es.
Warum ich seinem Bruder vorher nie begegnet war, wusste ich nicht einmal. Sven und Hans waren immerhin schon seit fünf Jahren ein Paar. Aber bisher hatte Sven immer ein großes Geheimnis aus seinem Bruder gemacht. Und dieser hatte sich stets von Familienfeiern ferngehalten.
Ich wusste nur, dass Sven Kriminalkommissar war und sein Bruder in Uniform Dienst als Polizist schob. Aber ich wusste weder, wie er hieß, noch wie alt er war oder wie er aussah.
Nun ja, bis eben.
Ich war allerdings NOCH NIE jemandem begegnet, der sich mit seinem Alter und nicht mit seinem Namen vorstellte. Aber vielleicht war Monsieur auch einfach nur nervös oder schlichtweg aus der Übung.

»Phin ist momentan etwas durcheinander«, sagte Sven entschuldigend und strubbelte seinem Bruder durch die fast schwarzen Haare. »Mit blutjungen zwanzig hatte er Miriam kennengelernt und vor zwölf Wochen hat sie sich von ihm getrennt. Odin sei Dank! Die letzten zehn Jahre hatte sie ihn in ihrer Höhle gefangen gehalten und ihn von jeglichen sozialen Kontakten abgetrennt. Darum ist er auch bei keiner einzigen Familienfeier dabei gewesen.«
»Sehr witzig, Sven!«, brummte Mr Dreißig.
»Es ist ein Wunder, dass seine Ex-Freundin ihn überhaupt zur Arbeit gelassen hat, wo dort doch auch ›*weibliche*‹ Kolleginnen herumgesprungen sind«, fügte Sven noch hinzu und wich einer Taschentuchpackung aus, die sein Bruder nach ihm warf. »Gibt es auch ›*männliche*‹ Kolleginnen, du Hornochse?«
»Er war quasi ihr Leibeigener«, ignorierte Sven die Frage seines Bruders. »Du darfst dich also nicht wundern, Belle, wenn Phin einige menschliche Manieren nicht mehr auf dem Schirm hat.«
Nun warf Svens Bruder gleich eine ganze Küchenrolle nach ihm. »Hör auf, mich als Idioten darzustellen, Loki! Erst willst du mich verkuppeln, worauf ich überhaupt keinen Bock habe, und jetzt stellst du mich hin wie den größten Idioten der Nation.«
Sven stemmte die Hände in die Hüften. »Phin, ich weiß nicht, wie dich Miriam verhexen konnte, aber sie hat es immerhin geschafft, dass du dich ein ganzes Jahrzehnt von deiner Familie ferngehalten hast.«
»Ich gelobe Besserung. Ich weiß mittlerweile selbst, dass das blöd war«, knurrte Svens Bruder, dessen Namen ›*Finn*‹ zu sein schien. »Aber das ist noch lange kein Grund, mir eine Frau vorzusetzen, als wenn ich nicht in der Lage wäre, mir selbst eine zu suchen.«

»Wir dachten einfach, wir helfen Amor etwas auf die Sprünge und verkuppeln euch zwei, weil wir der festen Überzeugung sind, dass ihr DAS perfekte Paar seid«, erklärte mein Bruder Hans.
Svens Bruder lachte lauthals los. »So, meint ihr das! Na gut, dann sehe ich mir euren Beutefang doch mal an.«
Beutefang?
Hatte der 'n Vogel?
Ich war doch keine BEUTE!
Mr Phantastisch-Aussehend musterte mich kritisch, schließlich streckte er mir versöhnlich die Hand hin. »Nenn mich einfach Thor!«
»›Thor‹? Der blonde Donnergott, der bei *Marvel* den Hammer schwingt? Willst du mich verarschen?« Ich blickte meinem Gegenüber in die wunderschönen blauen Augen.
Mr Donnergott war einer DER Sorte Mann, die die Frauen bereits mit ihrem bloßen Anblick in die Knie zwingen konnten, weil der Sachbearbeiter im Universum ihnen eine Überdosis an Schönheit verpasst hatte. Vermutlich hatten auch die Sachbearbeiter im Universum mal schwache Momente. Oder sie verschütteten gelegentlich ihren Kaffee auf den Zeugungsunterlagen und sorgten schusseligerweise dafür, dass einige ihrer menschlichen Kreationen das übliche Maß an gutem Aussehen schlichtweg überschritten, weil die ›*Menschenformer*‹ den Auftrag aufgrund des Kaffeeflecks nicht mehr korrekt lesen konnten und dann einfach von allem ETWAS zu viel in die Waagschale warfen.
(Luft holen nicht vergessen, Belle!
Mann, mir war schon ganz schwindelig von seinem Anblick!)

Fragend wandte ich mich an Sven. »Dein Bruder heißt weder ›Dreißig‹ noch ›Thor‹ mit Vornamen, oder? So nennt doch niemand sein Kind!«
Sven grinste. Dann zuckte er mit den Schultern. »Er heißt wirklich Thor. Unsere Eltern haben ein Faible für Götter. Mein zweiter Vorname lautet ja auch ›Loki‹. Weil die Standesbeamtin das aber als einzigen Vornamen nicht akzeptieren wollte, mussten meine Eltern mir einen zweiten Vornamen geben. Ich heiße also Sven Loki Marvelin. Und mein Bruder heißt Phineas Thor Marvelin.«
»Ihr nehmt mich doch beide auf den Arm«, beschwerte ich mich. »Ihr heißt nicht wirklich wie die Söhne von Odin, oder? Dann hätten eure Eltern euch eigentlich genau entgegengesetzt benennen sollen.«
»Wie meinst du das?«, fragte Sven verwirrt.
»Nun, Thor ist im Film blond und Loki dunkelhaarig. Bei euch ist es aber genau umgekehrt. Du bist blond und hast braune Augen und müsstest daher nach der Comic-Vorlage eigentlich Thor heißen. Und Phineas ist dunkelhaarig und hat blaue Augen und müsste demnach Loki heißen.«
»Nein. Ich bin wirklich Loki, der Feuergott. Also etwas mehr Respekt bitte, ja?« Sven zwinkerte mir zu. »Ist wirklich mein zweiter Vorname«, fügte er leise hinzu und hielt mir seinen Ausweis unter die Nase.
Ich versuchte, eine ernste Miene aufzusetzen und nicht laut loszuprusten, als ich seinen vollen Namen las. Da stand ernsthaft ›Sven Loki Marvelin‹ in seinem Personalausweis.
»Und ich heiße in Wirklichkeit ›Thor‹«, sagte Svens Bruder gelangweilt und hielt mir seinerseits seinen Ausweis halbherzig unter die Nase.
»Phineas Thor Marvelin«, las ich ungläubig vor.

Phineas räusperte sich und sprach ziemlich abfällig: »Bei unserer Geburt konnte ja niemand wissen, welcher von uns Brüdern welche Haar- und Augenfarbe bekommt. Oder hätten wir fünfzehn Jahre namenlos herumrennen sollen?«
Ich schnitt eine Grimasse. »Nein, natürlich nicht.«
Gott, Phineas war ja Mr Unfreundlichkeit in persona! Und mit DEM ungehobelten Kerl sollte ich ausgehen?
»Und wie soll ich dich nun nennen? Soll ich dich wirklich mit ›Thor‹ ansprechen?«, fragte ich nicht weniger unfreundlich.
Mein Gegenüber zuckte mit den Schultern. »Nenn mich, wie du willst. Kannst mich auch ›Phin‹ nennen. Oder ›Phineas‹. Oder einfach nur ›Eure Gottheit‹.«
Ich lachte hämisch auf. »›Eure Gottheit‹?« Kopfschüttelnd zog ich die Augenbrauen hoch. »Und du arbeitest ernsthaft als Polizist?«
»Ja. Als Donnergott verdiene ich ja kein Geld. Und irgendetwas muss ich machen, um Auto und Wohnung zu bezahlen.«
»Eigentlich sollte ich dich Griesgram nennen. Hast du denn überhaupt keine Ahnung, wie man mit einer Lady spricht?«, empörte ich mich.
Phineas musterte mich auffällig. »Ehrlich gesagt, sehe ich hier keine Lady.«
Mir klappte vor Entgeisterung der Unterkiefer herunter. Was sollte das denn jetzt bitte heißen?
»Was sich neckt, das liebt sich«, feixte Sven und bekam sowohl von Phineas als auch von mir einen bitterbösen Blick zugeworfen.
Abwehrend hob er beide Hände. »Ist ja gut!«
»Ich glaube, ich nenne dich Phin«, wandte ich mich an Phineas. »Ich würde mir ziemlich bescheuert vorkommen,

wenn ich dich auf offener Straße ›*Thor*‹ rufen würde. Auch wenn ich glaube, dass sich die meisten Menschen sehr interessiert nach dir umdrehen und mich gleich in eine Spezialklinik einweisen lassen würden.«

»Ich weiß. Darum reagiere ich in der Regel auch nicht auf meinen zweiten Vornamen«, gab Phineas zu. »Meine Kollegen nennen mich alle nur ›*Phin*‹. Der Göttername hat irgendwie etwas Lächerliches an sich. Wenn ich ein Marvel-Held wäre, sähe das natürlich anders aus.«

»Bist du aber nicht«, sagte Sven.

»Nee, das ist er ganz bestimmt nicht«, platzte ich höhnisch heraus. »Denn die Marvel-Helden haben Manieren UND sie erkennen eine Dame zehn Meilen gegen den Wind. DU aber«, ich zeigte mit dem Finger auf Phineas' verdammt sexy durchtrainierte Brust, die er ärgerlicherweise auch noch in einem engen Shirt präsentieren musste, »bist ein Blender!«

»Was?« Phineas sprang auf und tippte gegen seine Stirn. Er stand nun exakt fünf Zentimeter von mir entfernt und so konnte ich seinen ätzend leckeren Duft von irgendeinem Superparfüm gar nicht überriechen.

Scheiße, warum roch der Kerl so gut?

»Spinnst du? ICH soll ein BLENDER sein? Wie kommst du darauf?«

»Du gibst vor, ein smarter Typ zu sein, aber in Wirklichkeit bist du ein…« Ich holte tief Luft und versuchte die Flut an Schimpfwörtern in meinem Kopf zu sortieren.

»Na, was bin ich?« Auffordernd blickte Phineas mich an und stemmte sich die Hände in die schmalen Hüften.

»Sexy? Attraktiv? Heiß? Charmant? Umwerfend? Göttlich?«, schlug er vor.

Ja, so ungefähr, aber das würde ich nur über meine Leiche zugeben. Stattdessen schnaufte ich verächtlich. »Irgend-

etwas, nur nicht das«, war leider alles, was mir einfiel. Mein Gehirn hatte - auf mir unerklärliche Weise - bereits in den Sexmodus umgeschaltet und ich konnte in seiner unmittelbaren Nähe nicht einen klaren Gedanken fassen.
»Ah, Mrs Oberschlau gehen die Argumente aus?« Phineas kam mir noch näher. Fast berührten sich unsere Nasenspitzen.
»Wenn du noch näher kommst, kann ich dir sagen, was du heute zum Mittag gegessen hast«, wisperte ich.
Mir schlug das Herz bis zum Hals.
Heiliger Nikolaus, wir hatten doch gar keinen Dezember in Sicht, warum setzte mir die Götterwelt dann so ein Sahneschnittchen vor die Nase? Noch dazu so einen ›ungehobelten‹ Leckerbissen?
Phineas grinste. »Noch gar nichts, schließlich sollte das hier ja ein ›Blind Date mit Aussicht auf ein Lunchpaket‹ werden.«
»Also, Anabelle? Wie sieht es aus?«, mischte sich Sven ein. »Ich spüre die positiven Energien zwischen euch hochkochen. Wollt ihr zwei Turteltauben gleich los ins nächste Restaurant oder können wir ein romantisches Date für euch organisieren?«
Das einzige, was hier momentan ›hochkochte‹, war mein Gemüt. Es ließ mein Blut auf eine Temperatur von mindestens eintausend Grad ansteigen. Wenn unser Göttersohn nicht so unverschämt gut ausgesehen hätte, hätte ich ihn längst eiskalt abserviert.
Ich zog die Augenbrauen hoch. »So weit sind wir noch nicht, Sven. Danke!«
Vergessen war die Flut an Schimpfwörtern.
»Willst du unseren Donnergott denn nicht ausführen?«, hakte Sven erstaunt nach.

»Du willst uns ERNSTHAFT verkuppeln?«, fragte ich pikiert. »ICH soll mit seiner Gottheit ausgehen? Er hat nicht einmal Manieren! Was sollte das für ein Date werden? Eines, wo ich mir selbst die Tür aufhalten und anschließend zehn Kilometer vom Restaurant aus nach Hause laufen muss, weil er vergessen hat, mich im Auto mitzunehmen?«

»Ehrlich gesagt, finde ich die Idee nicht schlecht.« Phineas musterte mich anzüglich. »Die Tür aufzuhalten, bedeutet Krafttraining und ein Fußmarsch von zehn Kilometern würde deinen überflüssigen Pfunden auch gut tun. Du siehst aus, als hättest du Sport bitter nötig.«

Pikiert blickte ich mein Gegenüber an.

Zugegeben, Phineas Thor sah ECHT UMWERFEND aus. Er hatte volle, peppig geschnittene dunkle Haare, wunderschöne blaue Augen und einen modischen, kurzen Vollbart. Ich verwettete meinen Bauchspeck darum, dass er unter seinem Shirt nicht nur diese sehr gut sichtbaren, perfekt durchtrainierten Brustmuskel, sondern eine Etage tiefer auch noch ein Sixpack hatte. Sein Kreuz hatte eine beachtliche Breite, auch wenn er ansonsten - im Gegensatz zu mir - gertenschlank war. Wenn man durch die letzten Blockbuster-Filme nicht einen blonden Thor vor Augen gehabt hätte, hätte man Phineas tatsächlich auch als ›Thor‹ durchgehen lassen können.

Er hatte WIRKLICH göttliche Schönheit an sich.

Äußerlich!

Nur rein äußerlich, möchte ich betonen.

Innerlich schien er alles andere als schön zu sein.

Um ehrlich zu sein, vermittelte er eher den Eindruck eines üblen Chauvinisten, der die Frauen wie Spielbälle durch die Gegend schubste und aufgrund seines guten Aussehens keine Manieren an den Tag legen musste. Vermutlich

hatte er auch in den letzten zehn Jahren seiner (angeblichen) Gefangenschaft DIVERSE Angebote weiblicher Schönheiten bekommen, die sein Selbstwertgefühl ins Unermessliche gesteigert hatten.
Und mit SO einem blasierten Lackaffen sollte ich ausgehen? Ich war unsicher, ob ich das wirklich tun sollte.
Okay, um ehrlich zu sein, war ich mir ZIEMLICH sicher, dass ich NICHT mit ihm ausgehen sollte!
Ich wog vermutlich das Doppelte von ihm - und mein Gewicht war NICHT irgendwelchen Muskelpaketen geschuldet, sondern dem Mangel an Sport und Überfluss an gutem Essen - und schätzungsweise meiner UNfähigkeit, mich zu beherrschen. Wenn ich Kuchen, Schokolade und Co. nur sah, war es schon um mich geschehen.
»Ich glaube, Phineas benötigt erst einmal einen Knigge-Kurs im Umgang mit Frauen«, sagte ich also hadernd.
»Du zögerst? Warum?«, fragte Sven erstaunt. »Phin sieht doch klasse aus. Ich spüre es im Urin, dass ihr füreinander bestimmt seid.«
»Seit wann hat man Gefühle im Urin?«, platzte ich heraus. »Und seit wann benötigt Thor eine Eule? Kann dein Bruder nicht für sich alleine sprechen, Loki? Ich denke nämlich eher, dass ich gar nicht in sein Beuteschema passe.« Ich rümpfte die Nase. »Und Aussehen ist ja nicht alles. In den letzten zehn Minuten hat er sich nicht gerade von seiner besten Seite gezeigt.«
»Habe ich nicht?«, fragte Phineas scheinbar überrascht und lächelte überheblich.
Ich blickte ihn aus zwei verengten Schlitzen an. »Wenn das deine beste Seite war, möchte ich deine schlechte gar nicht erst kennenlernen, Mr Dreißig.«
Phineas lachte auf und ich ärgerte mich, dass ich ihn dabei bewundernd anblickte.

Verflixt noch eins!
Warum mussten die größten Arschlöcher so wahnsinnig gut aussehen? Hatten die Sachbearbeiter im Universum einen Piepmatz, der sie irgendwie von ihrer Arbeit ablenkte? Es reichte doch wohl, dass sie die Männer mit Verstand ausstatteten, mussten sie einigen von ihnen dann auch noch Schönheit, falschen Charme UND einen heißen Körper verabreichen?
Was war mit uns Frauen?
Ich hatte manchmal das Gefühl, wir bekamen dafür Fresssucht, Neigung zur Fettansammlung, Falten und, wenn es hochkam, vielleicht mal schöne Augen geschenkt. Den Rest mussten wir uns hart erarbeiten. WIR mussten die Männer mit Charme und einem möglichst gebärfreudigen Becken bestechen, damit unsere Fettpölsterchen nicht allzu stark ins Gewicht fielen. Das war ECHT nicht fair!
»Okay. Schon verstanden. Wir lassen euch zwei dann mal alleine.« Sven winkte kurz und verließ gemeinsam mit Hans die Küche.
Und hier stand ich nun vor einem ECHT heißen Geschöpf der männlichen Spezies mit NULL Anstand - und fast null ABSTAND - und wurde begafft, als wäre ich ein Rindvieh auf dem Ochsenmarkt.
»Versuchst du dich in der Legilimentik?«, versuchte ich einen Witz zu reißen.
Fragend blickte Phineas zu mir herunter. »Ich mache was?«
»Noch nie *Harry Potter* gelesen oder geguckt?«
Ich LIEBTE *Harry Potter* - egal, ob in Buch- oder Filmform. Und wenn ich gekonnt hätte, hätte ich schon längst das eine oder andere Exemplar Mensch in ein Frettchen verwandelt oder per Klospülung ins Nirwana geschickt. Was im Übrigen bei Phineas recht verlockend war!

Wobei, ihn hätte ich vermutlich eher in einen Trinkbecher verwandelt. Dann hätte ich ihn stundenlang bewundern, berühren UND beherrschen können, ohne dass er patzige Antworten gab oder mich gar beleidigte.

»Nein. Ich stehe eher auf Horrorfilme.«

Ich verdrehte die Augen. »Igitt, pfui! Das ist nicht dein Ernst, oder?« Ich ging auf Abstand.

»Doch. Die Knochen müssen so richtig splittern und das Blut muss spritzen.«

Ich schaute Phineas noch zwei Sekunden lang an und entschied dann, dass es wirklich absolute Zeitverschwendung war, sich mit ihm auch nur eine Sekunde lang weiter zu unterhalten. Sollte er doch wieder zurück in die Unterweltshöhle seiner Ex-Braut gehen.

»Ich möchte wirklich mal wissen, wie DU die Aufnahmeprüfung bei der Polizei geschafft hast. Ich dachte, die ist so schwer!«

»Ist sie auch. Aber man wird nicht in punkto Vorlieben geprüft. Ich kann als Polizist auch Sado-Maso-Fan sein und darf trotzdem meine Arbeit verrichten. Es fragt auch niemand danach, welche Filme ich gerne schaue, wenn es darum geht, Geiseln zu befreien. Oder hast du schon einmal gehört, dass mein Dienstherr die Polizisten nach dem bevorzugten Film-Genre auswählt?«

»Das sollten sie vielleicht lieber tun!«

»Ach! Du möchtest also aus einem Geiseldrama nur von einem koscheren Polizisten gerettet werden, der *Harry Potter* guckt?«

»Genau. Abgesehen davon, gerate ICH NIEMALS in ein Geiseldrama. Aber wenn, dann würde ich mich nur von einem netten Polizisten retten lassen«, bestätigte ich.

Phineas schnitt eine Grimasse. »Sag Bescheid, wenn du in Schwierigkeiten steckst!«

»Warum sollte ich?«
»Damit ich mir vorher Urlaub nehmen kann.«
»Du kommst als rettender Held ohnehin nicht infrage«, konterte ich. »Ich kann mir also den Anruf sparen.«
»Du brauchst dir gar nicht erst meine Nummer zu notieren, ungewollte Schwägerin in spe!«
»Ungewollt?« Voller Empörung plusterte ich mich auf.
»Ich glaube, ich verschwende nur meine Zeit mit dir.« Phineas lachte höhnisch. »Wie bitte? DU verschwendest deine Zeit mit MIR? Was soll ICH denn sagen? Glaubst du, meine Zeit wächst auf dem Baum?«
»Ja, auf dem Baum der verbotenen Früchte.«
»Was soll das denn jetzt wieder heißen? Noch so ein Kinderfantasy-Quatsch?« Phineas schnaufte verächtlich.
Ich schnitt eine Grimasse, die mich sicherlich nicht gerade hübscher machte. »Das heißt, du kannst in deine Unterwelt zurückgehen, falls dich deine Teufelsdienerin noch zurücknimmt, nachdem sie dich aus der Hölle verbannt hat. Du pimperst doch bestimmt alles, was nicht bei drei auf dem Baum der verbotenen Früchte sitzt.«
Boah, der Kerl machte mich derart wütend, dass sogar ICH meine gute Erziehung vergaß!
Phineas stemmte die Hände in seine beneidenswert schmalen Hüften. »Und DU wirfst mir vor, keine Manieren zu haben? Wer beleidigt denn hier wen?«
Ich zuckte mit den Schultern. »Das war ein Kompliment!«
»WIRKLICH? Merkwürdig, in der Unterwelt sehen die Komplimente irgendwie anders aus.« Phineas sah mich aus schmalen Augen an, und selbst jetzt sah er phantastisch aus.
»Zugegeben, du siehst super aus. Ehrlich! Der Sachbearbeiter im Universum, der dich erschaffen hat, hatte bei deiner Bestellung vermutlich gerade eine kleine Stim-

mungshochlage. Aber ein Typ, der Horrorfilme guckt, keine Manieren hat und zehn Jahre in der Unterwelt verbracht hat, kommt mir nicht ins Haus. Niemals!«
»Ach!«
»Und erst recht nicht in mein Bett«, fügte ich eilig hinzu.
»Aha!«
»Oder sonst wohin!«, stellte ich klar. »Wer weiß, ob du nicht irgend so ein Sado-Maso-Fetischist bist, der mich quält wie bei ›*Fifty Shades of Grey*‹. Und kaum ist die Schlafzimmertür zu, splittern meine Knochen und mein Blut spritzt sonst wo hin.« Ich blickte aus lauter Nervosität auf meine Fingernägel.
Huch, die musste ich dringend generalüberholen!
Wie peinlich, die hatte ich total vergessen!
Eilig versteckte ich sie hinter meinem Rücken.
»Was für ein Glück, dass Amor uns zwei nicht zusammenbringen wollte, was?«, grunzte Phineas.
»Das sehe ich auch so. Obwohl DU als Thor ja bestimmt einen direkten Draht zu ihm hast. Schließlich seid ihr ja beide Götter. Aber bei deiner Ex-Freundin hat dir das ja auch nix genützt. Sonst hätte sie dich nicht aus ihrer Höllenhöhle verbannt, oder?« Ich grunzte. »Vermutlich hat sie sich lieber Hades geschnappt, weil der Gott der Unterwelt netter ist als du.«
Phineas nahm sein Colaglas und leerte es in einem Zug.
»Ich glaube kaum, dass du das beurteilen kannst.«
»Oder ist Mr Schönling fremdgegangen?«, forderte ich ihn heraus.
Phineas schnaufte. »Was? Du spinnst wohl total! Nur weil ich blendend aussehe, bin ich noch lange kein Arschloch.«
»DU findest, du siehst ›*blendend*‹ aus? Das kann man vielleicht denken, aber so etwas sagt man doch nicht frei heraus.«

»Bist du verklemmt! Warum sollte ich mich nicht toll finden? Diese dumme deutsche Masche, dass sich niemand selbst loben oder toll finden darf, ist doch echt für'n Arsch! Hast du dich noch nie vor den Spiegel gestellt und dir gesagt, wie toll du aussiehst?«
»Um ehrlich zu sein, habe ich so eine Spiegelarbeit bisher erfolgreich vermieden«, gestand ich zerknirscht.
DIE hätte mir vermutlich mal ganz gut getan und so einige Pfunde auf meinen Hüften vermieden.
»Das sehe ich!« Abfällig zog Phineas die Augenbrauen hoch. Dann zog er demonstrativ eklig die Nase hoch. »Aber seit wann hat das Aussehen eines Mannes etwas mit seiner Treuefähigkeit zu tun?«
Ich zuckte nonchalant mit den Schultern. »Du siehst SO gut aus, dass du hundertpro NICHT treu bist.«
»Vielen Dank für deine Einschätzung, Frau Psychologin! Als wenn Äußerlichkeiten Einfluss auf den Charakter hätten«, schnaufte Phineas.
»Haben sie. Und ob sie das haben!«, empörte ich mich. »Denn wenn du hässlich wärest, würde dich niemand auch nur mit dem Arsch angucken und du müsstest mit Charme und Witz bestechen, quasi mit einem guten Charakter. Aber weil du SEHR attraktiv bist, kannst du dir JEDE Frau angeln und musst nicht mit inneren Qualitäten überzeugen. Ich wette, dem selbstüberzeugten Thor liegen ALLE Damen zu Füßen. Und weil das so ist, denkst du vermutlich, du kannst dir ALLES erlauben. Ergo, bist du auch ein typischer Fremdgeher.«
»Amen.« Phineas warf mir einen finsteren Blick zu. »Dann weißt du ja bereits alles über mich.« Er lächelte. Aber es war kein freundliches Lächeln.
Ich schloss kurz die Augen und atmete tief durch.

Herr im Himmel, ich war noch NIE so unfreundlich zu einem anderen Menschen gewesen, erst recht nicht zu einem Mann - und schon gar nicht zu SO einem attraktiven Mann, der vielleicht sogar bald zu meiner Familie gehören könnte.
Was war nur in mich gefahren?
Phineas musterte mich, während er kurz auf einem Barhocker Platz nahm.»Und DU«, er blickte mich betont abfällig an,»bist ein dummes NILPFERD mit deinen dicken Stampfern, dem fetten Arsch, deinem Schwabbelbauch UND deiner talentlosen Fähigkeit, Menschen einzuschätzen. Du hast zwar phantastische lange, rote Locken und tolle grüne Augen, aber du bist so dick, dass man meinen könnte, du hättest noch nie dein Sofa verlassen und auch nur eine Sekunde lang Sport getrieben. Und wie ist das bei übergewichtigen Menschen? Haben die Charakter? Sind die treu? ACH NEIN, die haben ja gar keinen Partner, weil NIEMAND sie haben will.« Phineas holte tief Luft.»Darum hast DU auch keinen Freund. Beim Sex würdest du ihn unter dir begraben! Vielleicht hast du deinen letzten Freund sogar erdrückt und bist deshalb Single!«
Bei meinen letzten zwei Ausrutschern war ich de facto noch SCHLANK gewesen! Da hätte ich nichts und niemanden erdrücken können, so ein leichter Floh war ich anno dazumal.
Meine Ausbuchtungen waren allein der Tatsache geschuldet, dass ich zum hundertsten Mal verarscht worden war und mir elendigen Kummerspeck angefressen hatte.
Aber DAS band ich ihm bestimmt nicht auf die Nase!
»Boah, was bist du boshaft! Bin ich froh, dass wir gleich getrennte Wege gehen«, platzte ich heraus.

»Bin ich froh, dass es mit uns nichts wird. Du bist für meinen Geschmack nicht nur erheblich zu dick, sondern auch extrem lästig. Wie konnte mein Bruder bloß glauben, dass WIR zwei ein Paar werden könnten?«
»Das frage ich mich auch.«
Ich war den Tränen nahe.
SO hatte noch nie jemand mit mir gesprochen.
Klar, ich wusste, ich hatte mich in den letzten Jahren der männlichen Reinfälle ETWAS zu sehr gehen lassen. Mein Bruder meinte neulich, ich hätte mir zu viel emotionale Schutzschicht angefuttert, aber momentan suchte ich verzweifelt nach eben dieser Schutzschicht. Ich war derart verletzt von Phineas' Worten, dass ich hätte lauthals losheulen können. Da konnte von einer Schutzschicht gar keine Rede sein!
Wir rauschten beide gleichzeitig aus der Küche und stießen natürlich im Türrahmen prompt aneinander.
»Autsch!« Ich rieb mir die Schulter. »Geht es auch ETWAS rücksichtsvoller?«
»Bist du etwa nicht gepolstert, ›*Happy Hippo*‹?«
»Nein, Prinz Charming, bin ich nicht. Und das ›*Happy*‹ kannst du nach deiner Ansprache mal ganz schnell wieder vergessen. ›*Happy*‹ bin ich ganz bestimmt nicht mehr. Du hast mir den ganzen Tag versaut. Ach, was sage ich, du hast mir die Lust zu einem Date für die nächsten hundert Jahre versaut!« Voller Entrüstung stampfte ich schnaufend in den Flur, noch immer den Tränen nah.
Okay, ich hatte seit meinem letzten Beziehungsreinfall wirklich zu viel zugenommen, aber sah ich deshalb gleich wie ein NILPFERD aus? Ich war eher das, was man als ›*vollschlank*‹ bezeichnen würde. Ich hatte in den letzten Monaten minimale, kaum erwähnenswerte zwanzig Kilo durch Chips, Schokolade und Co. zugenommen.

Das waren pure Seelenkilos.
Und mein Fitnessprogramm hatte ich auch nicht mehr verfolgt. Zugegeben, ich hatte das in den letzten Monaten ETWAS schleifen lassen und mein Fitnessstudio quasi nur gesponsert, statt es auch zu nutzen.
Insgeheim musste ich Mr Gottheit daher leider Recht geben, dass ich EIN KLEIN WENIG zu dick war, aber das hätte ich ums Verrecken nicht offen zugegeben.
ETWAS charmanter hätte er sich allerdings trotzdem ausdrücken können! Aber charmantes Verhalten gehörte offensichtlich nicht in sein Repertoire des zwischenmenschlichen Umgangs.
Phineas rauschte an mir vorbei und schwang seinen ekelhaft süßen Knackarsch ins Wohnzimmer. »Sven, ich muss dann mal los. Bist du am Wochenende auch bei Mom und Dad?«
Sven blickte vom Sofa auf. »Ach, ihr habt euch schon fertig abgesprochen? Und, wann geht ihr zwei zusammen aus? Jetzt gleich?«
Phineas zögerte mit der Antwort, also kam ich ihm zuvor.
»Sobald Thor seinen Hammer wiedergefunden hat, können wir die Sache angehen. Aber vorerst muss dein Bruder noch den Riesen Thrym überlisten, der den Mjölnir gestohlen hat. Er muss also gemeinsam mit dir, Sven, ins Reich der Riesen reisen, und zwar verkleidet als Braut und Brautjungfer, damit ihr die Riesen überlisten und den Hammer zurückbekommen könnt.«
»Genau«, stimmte Phineas mir zu, »und da das noch etwa zwanzig Kilo lang dauert, wird es vorerst nichts mit einem Date.«
Empört klappte mir der Mund auf. »Was? Zwanzig Kilo lang? Du rechnest Zeit in Kilos?«

Phineas blickte auf mich herab und flüsterte mir ins Ohr: »Nur bei dir, Schätzchen. Melde dich, wenn du deine Stampfer abgehungert hast! Dein Gesicht ist ja ganz hübsch. Deine Augen und deine Haare sind wirklich toll. Aber der Rest«, er blickte mich anzüglich an, »ist SEHR generalüberholungsbedürftig.«
Ich war fassungslos und schüttelte nur noch den Kopf.
Sven, der die Worte seines Bruders nicht gehört hatte, verdrehte die Augen. »Nun, immerhin kennst du dich bestens mit den Göttern aus, Belle. Also habt ihr euch noch auf keinen Termin einigen können?«
»Ich befürchte, die Chemie stimmt doch nicht so ganz«, mischte sich Hans ein.
Sven machte ein trauriges Gesicht. »Echt nicht?«
Ich versuchte, ihn anzulächeln, was mir leider nicht gelang. Phineas hatte irgendwie mein Lächeln gestohlen.
Phineas zuckte mit den Schultern. »Sorry, Bro! Wenn du nichts mehr hast, mache ich mich wieder vom Acker.« Er hob eine Hand zum Gruß und war auch schon geflohen.
Sven und Hans sahen sich zerknirscht an.
»Wir hätten wirklich gedacht, dass ihr DAS perfekte Paar seid«, bemerkte Sven total enttäuscht.
Ich zuckte mit den Schultern. »Im nächsten Leben vielleicht. Vielen Dank für eure Bemühungen. Aber ich glaube, ihr seid das einzige Götterpaar mit positiven Zukunftsaussichten.«

***

Seit ewigen Zeiten war ich scharf darauf, EINMAL ins Schokoladenmuseum zu gehen und heute war es endlich so weit. Wir hatten Sonntag und ich machte mich gemeinsam mit Sven und Hans auf den Weg ins ›Schokoversum‹. Diese Idee hatten offenbar noch Hunderte von andere ge-

langweilte Großstädter – oder die, die ebenso wie ich absolute Schokoladenfans waren – und so wurde ich bereits am Einlass von Sven und Hans getrennt.
»Soll ich jemand anderes vorlassen und eine Führung später mit euch gemeinsam gehen?«, fragte ich meinen Bruder fast schon verzweifelt.
Hans und Sven schüttelten den Kopf und winkten mir fröhlich zu. »Nein, nein«, sagte mein Bruder großmütig, »geh ruhig mit dieser Gruppe! Wir folgen dir unauffällig. Wir treffen uns dann nachher wieder am Ausgang und können dann noch eine kleine Hafenrundfahrt machen.«
Seufzend nickte ich den beiden zu und lief meiner Gruppe hinterher, die bereits vorausgestürmt war.
Ich versuchte, den Anschluss an die Erzählungen unseres Führers zu bekommen und war froh, als ich endlich kapierte, wovon er sprach. Gebannt folgte ich seinen Worten, als ich plötzlich mit jemandem zusammenstieß.
»Phineas! Oder sollte ich lieber ›*Thor*‹ sagen? Was machst du denn hier?«, fragte ich erschrocken. »Gehst du jetzt unter die Schokoladengötter?«
Phineas' Stirn schlug erhebliche Falten bei meinem Anblick. »Dasselbe könnte ich dich fragen.«
»Sven und Hans haben mich zu dieser Führung eingeladen«, sagte ich.
Phineas verzog den linken Mundwinkel. »Na, super! Das hat mein Bruder ja prima eingefädelt. Mich hat er nämlich auch eingeladen.«
»Und du bist der Einladung gefolgt? Ich hätte eher gedacht, Schokolade und Co. gehören nicht in deinen Verführungsbereich«, witzelte ich.
Phineas lächelte, hielt aber den Blick von mir abgewandt. Als er mich schließlich ansah, wich ich fast erschrocken zurück. In seinem Blick lag alles andere, nur keine

Freundlichkeit. Er beugte sich vor und flüsterte: »Ich bin hier auf der Suche nach heißen Bienen, die meinen Baum der verbotenen Früchte befruchten.«
»Touché! Aber es steht leider immer noch zwei zu eins für mich. Du hast sicher nicht damit gerechnet, so dicke Hummeln wie mich hier zu treffen, was?«
Phineas machte einen Spitzmund. »Ich habe in der Tat nicht damit gerechnet, eine Pummel-Hummel hier anzutreffen.« Er warf einen Blick auf meine Beine. »Sollst du die Hummel sein? Hast du etwa Haare an den Beinen? Rasierst du dich nicht?«
Vollkommen geschockt, ob ich bei meiner Rasur irgendetwas übersehen hatte, blickte ich an mir herunter.
Ich trug einen kurzen Rock, denn es war sommerlich warm heute. Haare zeigten meine Beine jedoch nicht.
»Doch, natürlich rasiere ich mich.« Ich blickte auf. »Überall.« Auch wenn ihn diese Tatsache überhaupt nichts anging, aber irgendwie hatte ich das Gefühl, meine Ehre retten zu müssen.
»Na, dann bist du doch keine Hummel. Deren Stampfer sind doch voll mit flauschigen, schwarzen Haaren.« Phineas lachte leise.
Eine Frau drehte sich nach uns um. Sie sah erst mich, dann Phineas an. Als sie ihn sah, ging ein Ruck durch ihren ganzen Körper und jch sah förmlich, wie es in ihrem Köpfchen ratterte. Sie fragte sich hundertpro, was so ein ungleiches Paar miteinander verband. Dabei kam sie wohl zu dem Schluss, dass ich keine Konkurrenz darstellte und lächelte Phineas aufreizend an.
Phineas zwinkerte ihr zu, woraufhin sie sich beschämt wegdrehte.
»Du flirtest in meinem Beisein?«, fragte ich ihn pikiert.

»Ja, warum denn nicht?«, fragte Phineas nonchalant zurück. »Schließlich sind wir weder zusammen, noch ist das ein offizielles Date.«
»Nee, eher der gescheiterte Versuch unserer Brüder, uns zusammenzubringen«, konterte ich reichlich genervt.
Der Museumsführer zeigte uns verschiedene Sorten Kakaobohnen. Genießerisch schloss ich für einen kurzen Moment die Augen. »Mmh, wie das duftet!«
Phineas ergriff meinen Arm und lehnte sich gegen meine Schulter. »Möchtest du lieber mit geschlossenen Augen weitergehen, um nicht in Versuchung zu geraten? Ich würde mich als Blindenführer anbieten.«
Überrascht öffnete ich die Augen. »Wieso bietest du mir deine Hilfe an? Müsstest du nicht eher dafür sorgen, dass ich aus dem Fenster falle und du mich für immer los bist?«
Phineas verdrehte die Augen. »Anabelle, ich mag zwar in deinen Augen ein Arschloch sein, aber ich wünsche doch niemandem den Tod.«
»Ach, nein?«
»Ich bin Polizist. ICH sorge tagtäglich dafür, dass DU in Sicherheit Schokolade essen kannst. UND«, er hob eine Hand, als ich protestieren wollte, »ich helfe alten Omis über die Straße, die im Supermarkt um die Ecke Schokolade eingekauft haben.«
Nun musste ich doch grinsen. »So, tust du das?«
Phineas nickte mit gespielt ernster Miene. »Natürlich. Das ist doch meine Pflicht als guter Polizist.«
»Wenn ICH also alt und grau bin und Schokolade einkaufen will, dann hilfst du mir auch über die Straße?«, witzelte ich leise.

Die Frau vor uns drehte sich um und musterte mich anzüglich. Ich schob demonstrativ ein Bein vor und drehte es hin und her. »Gefällt Ihnen mein Rock oder stehen Sie eher auf meine Schuhe?«
Ertappt, drehte sich die Frau ganz schnell wieder nach vorne und wagte es nicht einmal mehr, Phineas anzuflirten.
»Anabelle, du bist ja richtig schlagfertig«, stellte Phineas fast ein wenig bewundernd fest.
Ich lächelte. »Tja, da kannst du mal sehen, was ich alles kann.« Ich holte tief Luft. »Aber du hast meine Frage noch nicht beantwortet. Würdest du mir über die Straße helfen, Superman?«
»Nur des lieben Friedens willen.« Er blickte wieder nach vorne und lauschte den Worten des Museumsführers.
Ich konnte meine lang ersehnte Museumstour neben Phineas nicht genießen. Ständig zwang mich mein innerer Schweinehund, Phineas' Körper zu scannen. Jeden Zentimeter seines ätzend durchtrainierten Körpers sog ich in mich auf, als wäre seine Nähe Lebenselixier.
Irgendwann drehte Phineas sich zu mir um, packte mich an den Schultern und schob mich im Rückwärtsgang in den vorherigen Raum. »Wenn du einen Scanner oder eine Lupe brauchst, gib mir Bescheid, Süße!«
»Was? Ich weiß gar nicht, wovon du sprichst«, spielte ich die Unschuldige.
Phineas stemmte sich eine Hand in die Hüfte. »Du bist eine miserable Lügnerin, Anabelle! Willst du mir wirklich weismachen, dass du mich NICHT heimlich musterst und dein Sex-Checkerprogramm nicht schon die eine oder andere Stellung gedanklich geprüft hat?«
Fassungslos öffnete ich den Mund.
Ja, ich hatte ihn heimlich gemustert.

Und ja, ich habe ihn dabei auch bewundert.
Ein kleines bisschen.
Ein klitzekleines bisschen.
ABER ich habe mir definitiv KEINE Sexstellungen mit ihm vorgestellt.
Bis eben.
Bis jetzt, um genau zu sein.
Das war vermutlich wie mit dem blauen Nilpferd, an das man auf GAR KEINEN FALL denken durfte, wenn man einen Glückspfennig im Mondschein bei Vollmond unter einer Eiche einpflanzen sollte, um seinen Traummann zu finden. Exakt dann, MUSSTE man nämlich an so ein dämliches Nilpferd denken.
So auch jetzt.
Ich sah ihn an und stellte ihn mir beim Sex vor. Stellte mir vor, wie es sein würde, wenn er mit seinem breiten Kreuz über mir Liegestütze verüben würde.
Halleluja, war dieser Kotzbrocken sexy!
Echt unverschämt!
»Ha!« Phineas zeigte mit dem Finger auch mich und lachte. »Du hast nach oben rechts geguckt! Du hast Visionen! Du stellst dich mir NACKT vor und in welcher Stellung ich dich wohl am besten vernaschen sollte!«
»Überhaupt nicht! Warum sollte ich das tun?« Um meiner Empörung noch mehr Gewicht zu verschaffen, zog ich die Stirn kraus und wollte an ihm vorbeischlüpfen, doch er hielt mich auf. »Du bist scharf auf mich, weil ich so ein toller Hecht bin. Gib es zu!«
Ich blickte ihn an und wusste, er konnte die Antwort in meinen Augen lesen. Ich war weder eine gute Lügnerin, noch war ich sonderlich gut darin, meine Gefühle zu verbergen. »Warum sollte ich? Und selbst wenn ich es zugeben würde, was hättest du von meinem Geständnis? Ich

bin doch ohnehin nur ein uninteressantes Nilpferd.« Damit ließ ich ihn stehen.
Nach einer endlos langen Führung - die ich unter anderen Umständen hundertpro in vollen Zügen genossen hätte - kamen wir endlich zur Schokoladenproduktion.
Ich musste mich arg zusammenreißen - und quasi per Anker-Methode wieder in das Jetzt und Hier zurückholen -, damit ich aus lauter Frust und Wut nicht versehentlich Nägel und andere fiese Kleinteile in meine selbstgegossene Schokoladentafel rührte.
Phineas hatte sich der Gruppe auch wieder angeschlossen, stand aber nun neben der blöden Frau, die ihm vorhin schon schöne Augen gemacht hatte. Er unterhielt sich - zu meinem Ärger - sogar mit ihr und zeigte dabei mehr als einmal sein schönstes Lächeln.
Dabei blickte er immer wieder zu mir, als müsste er sich eine Rückversicherung holen, dass ich ihn auch ja beim Flirten zusah.
Verärgert hackte ich auf den Kakaobohnen herum, die ich als Nibs in meine Schokoladentafel tun wollte.
»Ist alles okay mit Ihnen, junge Dame?«, fragte mich der nette Museumsführer.
Ich pustete eine Haarsträhne weg und lächelte ihn an. »Klar! Alles im Lot aufm Boot. Danke! Die Führung war toll.«
Der Herr deutete eine Verbeugung an. Dann beugte er sich verschwörerisch vor. »Wenn Sie mich fragen, sind Sie die bessere Wahl!« Er deutete mit dem Finger vorsichtig auf Phineas und die Bohnenstange neben ihm und entlockte mir ein echtes Lächeln. »Finden Sie?«
Er nickte. »Sie sind SO ein hübsches Ding! Und wenn mich meine alten Augen nicht trüben, dann würde ich sa-

gen, dass hat ihr Freund auch erkannt. Er flirtet nur mit der Frau, weil er Sie eifersüchtig machen will.«
Sprachlos blickte ich ihn an. »Er ist nicht mein Freund.«
»Noch nicht.« Der ältere Herr zwinkerte mir zu und ging davon.
Nachdenklich blickte ich ihm hinterher.

***

»Guten Morgen!«, rief meine liebste und beste Freundin, Minerva Rose, schwungvoll, als sie das Lehrerzimmer betrat.
Ich flog ihr regelrecht in die Arme und riss sie dabei fast zu Boden. »Minni, meine Süße! Wie war dein Wochenende?«
»Anabelle! Was ist denn mit dir passiert?«
Ich war kurz davor, meine Fassung zu verlieren und laut loszuheulen. Das merkte Minni auch sogleich. Eilig zog sie mich aus dem Raum und bugsierte mich in das benachbarte Elternsprechzimmer. »Süße, was ist los?«
»Ich…«, sagte ich und konnte meine Tränen nicht länger zurückhalten. Wie ein Sturzbach schossen die Tränen aus mir heraus und ließen sich auch nicht mehr stauen.
Minni ergriff meine Hände und schaute mich fragend an. Schniefend rang ich um Fassung. »Findest du mich zu dick?«
Minni zögerte.
Ich verdrehte die Augen. »Oh Gott, du findest mich zu dick. Aber du hast ja auch einen Götternamen erwischt. Vielleicht stehen alle Götterkinder eher auf schlanke Menschen?«
»Was redest du da für einen Blödsinn? Ich habe einen Götternamen erwischt?« Minni grunzte.

»›Minerva‹ ist die Göttin des Wissens. Hast du das etwa vergessen?« Ich angelte nach einem Taschentuch.
»Hatte ich gerade nicht mehr abgespeichert. Ehrlich gesagt, mag ich meinen Vornamen nicht sonderlich. Ich weiß nicht, was meine Eltern damals geritten hat. Wenn *Professor McGonogall* bei *Harry Potter* nicht das Image meines Namens aufpoliert hätte, würden mich heute noch alle verspotten«, entgegnete Minni. »Aber nun erzähl erst einmal, was los ist! Wieso bist du auf einmal zu dick?«
»Bin ich doch, oder? Ich habe mich nach Monaten endlich mal wieder auf die Waage getraut und die hat wirklich mehr als ZWANZIG Kilo Gewichtszunahme angezeigt. Ich bin FETT geworden«, jammerte ich.
»Nun«, Minni machte eine diplomatische Atempause, »du hast nach den letzten beiden männlichen Reinfällen vielleicht ETWAS zu viel genascht.«
Ich lächelte unter Tränen. »Siehst du! Ich bin ein NILPFERD.«
»Quatsch! SO dick bist du nun auch wieder nicht. DIE wiegen doch eine Tonne, oder? Wie kommst du bloß darauf?« Minni seufzte tief.
»Sven und Hans wollten mich mit Svens Bruder verkuppeln. Der im Übrigen ›Thor‹ heißt und keinerlei Manieren hat. Er meinte, ich sähe aus wie ein dickes Nilpferd mit hässlichen Stampfern, einem Fettarsch und einem Schwabbelbauch«, ich schniefte. »Schätze, er würde super zu dir passen. Du bist schlank und hast tolle blonde Haare und blaue Augen«, erzählte ich.
Minni verdrehte ihre Augen. »Süße, willst du mich verarschen? Svens Bruder heißt ›Thor‹? Und der hat ernsthaft zu dir gesagt, du siehst aus wie ein dickes Nilpferd? Unmöglich! Vergiss den Typen! Und ICH will DEN ganz

bestimmt NICHT. Ich habe schon einen Ehemann, einen tollen, wohlgemerkt.«

Ich tupfte mir vorsichtig die Augen trocken, um kein Mascara einzubüßen. »Sven heißt mit zweitem Vornamen übrigens ›*Loki*‹. Hat er bisher verschwiegen, der feige Hund. Und sein Bruder heißt Phineas Thor. Seine Eltern sind Götterfans.«

Minni lachte leise. »Willkommen im Club. Meine Eltern sind auch so durchgeknallt.«

»Immerhin hast du noch Eltern«, sagte ich traurig. Meine Eltern waren schon vor fünfzehn Jahren tödlich verunglückt. Dem Umstand, dass mein Bruder damals bereits volljährig war, sei Dank, dass ich bei ihm und nicht im Heim aufwachsen durfte.

Minni holte tief Luft. »Wann warst du zuletzt beim Sport?«

Ich zuckte mit den Schultern und spürte noch immer den leichten Schmerz in meinem linken Oberarm von dem Zusammenprall mit Phineas. »Vor eintausend Jahren?«

»Aha. Okay, dann sollte sich Cleopatra vielleicht mal wieder ETWAS mehr bewegen, findest du nicht? Soll auch gut fürs Gemüt sein.« Minni zwinkerte mir zu.

»Cleopatra hatte ROTE Haare?«, fragte ich verwundert. »Ich dachte, die war schwarzhaarig!« Ich blickte an mir herunter. »Und die wog mindestens eine Tonne weniger als ich.«

»Ja, vielleicht. Ich dachte mir nur, ich muntere dich etwas auf, indem ich dir ein so bedeutendes Vorleben andichte.« Minni schob mich zur Tür. »Und jetzt holen wir uns noch schnell einen Kaffee, bevor der Unterricht anfängt.«

»Warum hast du eigentlich so wahnsinnig gute Laune heute?«, wandte ich mich an meine beste Freundin, bevor wir das Lehrerzimmer wieder betraten.

Minni grinste hocherfreut. »Tommy hat endlich zugestimmt, dass wir uns um die Familienplanung kümmern. Er meinte, er sei jetzt als Informatiker gefestigt genug, um eine Familie zu ernähren und da wir ohnehin vor einem Jahr geheiratet haben, fragen eh schon alle nach, wann endlich die kleinen Rosenkinder kommen.«
Ich stöhnte innerlich.
Minni war nicht nur meine beste Freundin, sie war auch meine allerliebste Kollegin.
Wie sollte ich das Schulleben ohne sie überstehen?
Und das auch noch OHNE jeglichen Lichtblick am männlichen Partnerhimmel?
Minni schien meine Gedanken zu erraten. »Süße«, sie rubbelte mir über den linken Oberarm, was mich schmerzhaft zusammenzucken ließ, »ich bin doch noch ein paar Monate hier. Ich bin ja noch nicht einmal schwanger. Und danach komme ich wieder. Also kein Grund zur Sorge!« Prüfend strich sie noch einmal über meinen Arm. »Hast du dich verletzt?«
»Ja. Bin mit Thor zusammengestoßen.«
»Du Ärmste!«
»Guten Morgen, die Damen!«, rief Jörg. Unser schnurrbärtiger, leicht nerviger Nerd-Kollege grinste anzüglich.
»Jörg, du siehst so geschafft aus!«, rief Minni erstaunt.
Jörg grunzte unwirsch. »Boah, ich habe ja jetzt auch Mathe. Habt ihr eine Ahnung, was es heißt, wenn man den Kindern in der zweiten Klasse schon wieder die einfachsten Additionsaufgaben zum hundertsten Mal erklären muss? Und der Elternabend gestern war echt beschissen. Es kam nur die Hälfte aller Eltern und die, die da waren, waren auch keine großen Leuchten. Warum kriegen die Eltern heutzutage eigentlich noch Kinder, wenn sie ohnehin kein Interesse an ihren Gören haben?«

»Jörg! So frustriert?« Minni schnalzte mit der Zunge. »Immerhin sind doch ein paar Eltern gekommen. Dann kann das Desinteresse nicht ganz so groß sein. Konntet ihr wenigstens Elternvertreter wählen?«
»Ja.«
»Tröste dich, Jörg, in Deutsch habe ich ähnliche Probleme. Wir kommen kaum voran. Und das kann ich nicht einmal auf die Flüchtlingskinder schieben, die wir zu Hauf in der Klasse haben. Die sind fleißig. Aber wir haben so einige Kinder aus etwas ärmlicheren deutschen Familien, die keinen einzigen vernünftigen und grammatikalisch richtigen Satz zustande kriegen«, sagte Sabine aus meiner Parallelklasse.
»Sarrazin hatte schon Recht. Deutschland schafft sich wirklich ab«, knurrte Jörg. »Zu meiner Schulzeit gab es so eine Respektlosigkeit gegenüber dem Lehrpersonal nicht. Aber heute muss man aufpassen, dass dich die Kids nicht mit ›Hey, jo, Mann, Alter‹ ansprechen oder dir einen Anwalt auf den Hals hetzen, weil du es wagst, ihnen über die Ferien Hausaufgaben zu erteilen.«
»Meine Klasse ist eigentlich ganz süß«, schwärmte Minni.
»Meine ist auch in Ordnung«, sagte ich.
Jörg wurde sogleich hellhörig. »Oje, Nachtigall der Fruchtbarkeit, ick hör dir trapsen!«
»Was soll das denn jetzt heißen?«, fragte Minni pikiert.
Jörg zuckte mit den Schultern. »Du wirst die nächste sein, die schwanger abhaut und uns hier im Schul-Dschungel im Stich lässt.«
Minni lachte leise. »Ach, und das machst du alleine daran fest, dass ich dir sage, ich hätte eine tolle Klasse?«
»Ja. Außerdem hast du eine vierte Klasse. Wenn du dich ranhältst, kriegst du dein Kind in den Sommerferien und kannst nach einem Jahr Elternzeit gleich wieder eine erste

Klasse übernehmen«, konterte unser Kollege. Er rümpfte seinen Schnurrbart, der ihn irgendwie älter aussehen ließ, als er war. Ich schätzte ihn auf etwa fünfunddreißig, aber durch den merkwürdig gezwirbelten Oberlippenbart, die schrecklich geschnittenen, straßenköterblonden Haare und seine altmodische Brille sah er glattweg zwanzig Jahre älter aus. Nicht zu vergessen, sein Hemd von anno dazumal und seine Cordhosen mit einem Schnitt aus den 80ern.

»Da hast du dir ja schon alles bestens zurechtgelegt«, bemerkte Minni fast ein wenig schnippisch.

»Die Rechnung stimmt auch nicht ganz«, mischte ich mich ein, »denn sobald hier die ersten Kinderkrankheiten einziehen, sitzt Minni zuhause. Mutterschutz.«

»Stimmt. Also sind wir dich ja noch früher los«, feixte Jörg.

»Danke Jörg! Ich mag dich auch nur manchmal, wenn du Charme an den Tag legst.« Damit drehte sich Minni weg und zog mich zur Kaffeemaschine.

»Den Kaffee habe ich schon geleert«, rief Jörg uns hinterher.

»Vielleicht sollte Jörg lieber mal schwanger werden«, witzelte ich hinter vorgehaltener Hand und brachte meine Freundin zum Lachen.

Minni verdrehte die Augen, als sie einen Blick auf die Wanduhr warf. »Na, toll! Noch zehn Minuten, bis der Unterricht beginnt.« Sie straffte die Schultern. »Das schaffen wir«, sagte sie plötzlich optimistisch und warf so schnell alles in die Kaffeemaschine, dass mir vom Zugucken schon ganz schwindelig wurde. »Und, wie war Thor sonst so? Wie sieht er aus?«

»Zu schön.«

Minni blickte mich an, während der Kaffee durchlief. »ZU schön? Geht das?«

»Oh ja! Das ist DIE Sorte von Mann, die zehn Frauen an jedem Finger haben; DIE Sorte von Mann, die so gut aussehen, dass sie JEDE haben können, sogar Hollywood-Stars; DIE Sorte von Mann, die NULL Manieren haben, weil sie auch gar keine Anstalten machen müssen, nett zu Frauen zu sein, denn sie kriegen sie auch ohne Charme rum.« Ich holte tief Luft, doch bevor ich weiterreden konnte, hob meine Freundin einen Arm. »Okay, verstanden! Amor hat dich bereits getroffen, du Ärmste! Du suchst dir aber auch IMMER die falschen Typen aus, die dich wie Dreck behandeln.«

»Wie bitte? So ein Quatsch! Ich bin doch nicht VERLIEBT«, empörte ich mich viel zu laut.

Die Hälfte der Lehrerschaft spitzte augenblicklich die Ohren. Auch Jörg hatte seine Elefantenohren auf Empfang gestellt. »Höre ich bereits die Hochzeitsglocken?«, rief er grinsend. »Tick-tack! Die Menopause ruft!«

Minni stemmte sich die Hände in die schmalen Hüften. »Tick-tack? Soll das etwa heißen, wir sind ALT? Wir sind keine dreißig, du Blödmann!«

»Nein, das soll nur heißen, dass auch für unsere Anabelle die Zeit nicht rückwärts läuft. Gehst doch schon hart auf die dreißig zu, oder, Belle?« Jörg setzte ein falsches Lächeln auf.

Ich warf ihm einen Luftkuss zu. »Du bist so ein Charmebolzen, Jörg! Danke für die Erinnerung. Wozu brauche ich da eigentlich noch mein Smartphone, wenn ich dich habe, der mich daran erinnert, dass ich im nächsten Sommer dreißig werde?«

Jörg erhob sich und packte seine Tasche. »Tja, das heißt dann wohl, ran an die Buletten oder nächsten Sommer die Rathausklinken putzen!«
»Klinken putzen? Wer muss Klinken putzen?«, mischte sich Greta ein. Sie war Sportlehrerin - wie Minni - und sah auch genau so aus. Bei ihr hätte Phineas ganz sicher nicht gesagt, dass sie aussah wie ein Nilpferd - eher wie ein geschmeidiger Jaguar.
»Niemand. Belle vielleicht, wenn sie es nicht schafft, einen Mann in den Hafen der Ehe zu locken«, antwortete Jörg.
»Na«, rief Greta grinsend, »dann streng dich mal an, Belle!«
Ich rümpfte die Nase und nickte nur schweigend.
Es machte keinen Sinn, mit meinen Kollegen über ungelegte Eier zu diskutieren. Ich zog ohnehin den Kürzeren und einen Mann bekam ich dadurch auch nicht. Und Phineas wollte ich ganz bestimmt NICHT haben, nur um nicht die Rathausklinken putzen zu müssen.

Achtung, Nilpferd!

»Ach, Sven, muss das sein?«, beschwerte ich mich bei meinem Bruder. »Du musst mich nicht wieder unter die Haube bringen. Ich muss erst einmal Miriam verdauen.«
»Genau. Deshalb ist es ja gut, wenn du endlich wieder unter Leute kommst und dich nicht verkriechst«, konterte Sven. »Das hast du jahrelang gemacht, weil deine Freundin keine sozialen Kontakte wollte. Sogar Familienfeiern hast du geschwänzt.«
Ich verdrehte die Augen. »Ich war zehn lange Jahre mit Miriam zusammen. Sie hat vor exakt zwölf Wochen, drei Stunden und sieben Minuten Schluss gemacht. Wieso muss ich da JETZT bereits wieder unter Leute und auf Brautschau gehen?«
Sven zeigte mit dem Finger auf mich. »Siehst du! Du zählst sogar die Minuten. Ich wette, du hast womöglich noch die Sekunden abgespeichert, seitdem du wieder Single bist. Das ist nicht gut für dein Gemüt. Du bist gerade mal dreißig. Das ist zu jung, um Trübsal zu blasen.«
»Und meine Schwester ist eine gute Partie«, mischte sich Hans ein. Er legte Sven einen Arm um die Schultern und drückte ihn an sich.
Sven gab ihm einen Kuss. »Genau. Anabelle ist eine tolle Frau. Und sie sieht phantastisch aus.« Er deutete auf ein

Foto, welches Hans und Anabelle vor zehn Jahren zeigte. »Wenn ich nicht schwul wäre, würde ich mich glatt in sie verlieben. Und sie hat Humor und ist gesellig. Genau das, was du nach zehn Jahren Einzelhaft mit Miriam brauchst«, fügte Sven hinzu.
Ich rümpfte die Nase. »Das Bild ist steinalt, Leute! Auch wenn ich zugeben muss, dass sie tolle Haare und sehr schöne Augen hat.«
»Belle hat sich kaum verändert«, winkte Hans ab. »UND sie hat ECHT Humor. Mit ihr kannst du lachen und sogar auf Partys gehen. SIE verkriecht sich nämlich nicht in irgendeiner Unterweltshöhle«, bemerkte Hans.
»Und sie ist Lehrerin. Verbeamtet. Sicherer geht es nicht.« Sven grinste. »Dann hättet ihr beide ein sicheres Beamteneinkommen. Da steht doch der Familienplanung nichts mehr im Wege. Auch wenn ihr die Kinderzuschläge nur einmal bekommt.«
Ich grunzte. »Sven, als wenn es darauf ankommt, was die Frau verdient! Ich bin jung. Da denke ich doch noch nicht an Familienplanung.«
Sven zog die Augenbrauen hoch. »Wenn ich mich richtig erinnere, hast du Miriam vor exakt zwölf Wochen, sieben Stunden und zehn Minuten einen Heiratsantrag gemacht, den sie mit Pauken und Trompeten abgelehnt hat. Und wenn mich mein Erinnerungsvermögen nicht trübt, dann hast du im Zuge des Antrags auch übers Kinderkriegen geredet. Und auf einmal ist das alles hinfällig?«
»Mit der richtigen Frau ist alles möglich. Aber bei Miriam dachte ich auch, sie sei die Richtige«, konterte ich.
Hans lachte leise. »Du und Miriam kennt euch noch aus dem Kindergarten. Seit dem Abitur wart ihr zusammen. Und sie hat es perfekt verstanden, dich von allen Freunden und Familienmitgliedern zu isolieren. Ihr habt euch

beide in unterschiedliche Richtungen entwickelt. Sie hat ein Kosmetik- und Nagelstudio eröffnet. Phin, du willst uns doch nicht ernsthaft weismachen, dass dich SO eine Frau auf Dauer reizt?« Er holte Luft. »Und sie war, wie Sven schon ganz richtig erkannt hat, absolut ungesellig. Sehr untypisch für eine Frau.«
»Zugegeben, das war wirklich nicht die perfekte Berufswahl, aber schließlich ist das ihr Leben. Und wenn sie so kosmetikbegeistert ist, ist das eben so.« Ich nahm dankend mein Trinkglas entgegen. »Zumindest war sie schlank und hat auf sich geachtet.«
»Sie war ein Modepüppchen. Glaubst du wirklich, sie hätte sich ihre tolle Figur mit Kinderkriegen ruiniert?«, fragte Sven kopfschüttelnd. »Ich hätte dir gleich sagen können, dass ihr nicht füreinander bestimmt seid.«
»Ach! Und Anabelle und ich sind wohl füreinander bestimmt?«, hielt ich dagegen.
Sven und Hans nickten simultan.
Ich seufzte.
Die Türglocke unterbrach unser Gespräch.
Hans sprang auf und rannte zur Tür, um kurz darauf mit der reichlich dickeren Variante der Fotoausgabe wieder zurückzukommen.
»Das ist Anabelle, meine Schwester.« Lächelnd schob Hans das rothaarige Pummelchen in meine Richtung. Zugegeben, sie hatte immer noch wahnsinnig schöne Haare und wirklich bezirzend grüne Augen, aber ihre Figur war dringend generalüberholungsbedürftig.
Ich streckte meine Hand aus. »Ich bin dreißig.«
»Interessanter Name«, erwiderte mein Gegenüber lächelnd. »Ich bin Anabelle. Meine Eltern haben es leider versäumt, mich ›Neunundzwanzig‹ zu nennen.«
Gott, ich verdrehte innerlich die Augen.

Hatte ich ernsthaft gesagt, WIE ALT ich war?
Nach einigem Geplänkel und der Bekanntgabe meines wirklich außergewöhnlichen Namens musste ich die üblichen Witze über Thor und seinen Hammer ertragen.
Dabei musterte ich sie immer wieder verstohlen.
Trotz ihres Bauchspecks, dem recht üppigen Po und den kräftigen Schenkeln war sie wirklich hübsch.
Aber leider absolut aus dem Leim geraten.
Lehrerin hin oder her - sie könnte ECHT was für ihre Figur tun! UND für ihre Herzlichkeit, denn sie kam mir gerade genauso biestig vor wie sie dick war.
Und bevor ich mich versah, rutschte mir auch schon die Bemerkung heraus, dass sie eher einem dicken Nilpferd ähnelte. Ich biss mir danach auf die Zunge, um nicht noch mehr Beleidigungen herauszuposaunen. Aber das war gar nicht so einfach. Sie war ziemlich redegewandt und hielt mit ihren spitzen Bemerkungen auch nicht gerade hinterm Berg. Irgendwie fühlte ich mich durch ihre angriffslustige Art provoziert.
Seufzend erhob ich mich schließlich.
Ich wusste nicht, wie mein Bruder darauf kam, dass WIR BEIDE füreinander bestimmt waren.
Sie war nicht annähernd so schlank wie Miriam, die mit einer klassischen Wespentaille überall sämtliche Blicke auf sich gezogen hatte. Und ich hatte einfach eine Schwäche für schlanke Frauen.
Um der unangenehmen Situation zu entkommen, in die uns unsere Brüder gebracht hatten, versuchten wir beide gleichzeitig aus der Küche zu fliehen und stießen im Türrahmen prompt aneinander.
»Autsch!« Anabelle rieb sich die unsportliche Schulter.
»Geht es auch ETWAS rücksichtsvoller?«
»Bist du etwa nicht gepolstert?«, entfuhr es mir.

»Nein, Prinz Charming, bin ich nicht.« Voller Entrüstung schnaufte sie mich an und erinnerte mich an eine Dampflok, nur dass sie nicht einmal halb so alt war.
Ich ließ sie stehen und ging ins Wohnzimmer. »Sven, ich muss dann mal los. Bist du am Wochenende auch bei Mom und Dad?«
Sven blickte vom Sofa auf. »Ach, ihr habt euch schon fertig abgesprochen? Und, wann geht ihr zwei zusammen aus? Jetzt gleich?«
In DIESEM Leben ganz bestimmt NICHT, dachte ich schnippisch, hielt aber meine Klappe.
Ich musste auch gar nichts sagen, denn Anabelle war offenbar vor allem im Reden und Denken sportlich. Sie antwortete wie aus der Pistole geschossen und erzählte irgendein Märchen über die Rückgewinnung meines göttlichen Hammers.
Sven verdrehte die Augen. »Nun, immerhin kennst du dich bestens mit den Göttern aus, Belle. Also habt ihr euch noch auf keinen Termin einigen können?«
Finster blickte ich das Weib meiner Nicht-Begierde neben mir an. »Sorry, Bro! Aber ich mache mich wieder vom Acker.«
Ich hob eine Hand zum Gruß und war auch schon geflohen. Die Haustür ließ ich ins Schloss krachen und atmete erst einmal tief durch.
Gott, was hatten sich Sven und Hans nur dabei gedacht, mich mit diesem spitzzüngigen, aggressiven Nilpferd zu verkuppeln?
Anabelle war wirklich keine Frau nach meinem Geschmack. Sie war zwar in der Tat sehr hübsch, aber leider viel zu dick und viel zu zickig. Wenn sie meine Freundin wäre, würde ich sie knallhart auf Diät setzen und um den

See jagen, und zwar so lange, bis ihr nicht eine einzige spitze Bemerkung mehr einfallen würde.

***

»Guten Tag!«
Ich blickte auf und erschrak.
Was, zum Henker, war das schon wieder für ein durchgeknallter Typ?
Vor mir stand ein Mann mit einem Helm auf dem Kopf, den er mit Alufolie umwickelt hatte. Er trug einen silbernen Anzug, weiße Schuhe und einen Mantel aus dieser reißfesten Rettungsdecke. Die Sonne warf einen Blick auf ihn und ließ ihn so hell leuchten, dass mir die Augen schmerzten. Doch lange hielt die Sonne glücklicherweise nicht aus. Sie versteckte sich hinter einer Wolke, so dass ich den Mann endlich ungehindert mustern konnte.
Er trug weiße Handschuhe und hielt eine große Satellitenschüssel in den Händen, die er ebenfalls mit Alufolie umwickelt hatte.
Ich lächelte höflich. »Guten Tag! Was kann ich für Sie tun?«
»Ich brauche die Hilfe der Polizei.«
»Natürlich. Und wie können wir Ihnen helfen?« Ich spürte bereits die spöttischen Blicke meiner Kollegen im Rücken und wusste, sie amüsierten sich prächtig darüber, dass ich hier an der Brücke so bizarren Besuch hatte.
»Ich werde beobachtet«, berichtete der Mann.
DAS wunderte mich überhaupt nicht.
Der Typ war SO auffällig, dass man gar nicht anders konnte, als ihn anzustarren.
»Wie heißen Sie denn?« Ich nahm mir Zettel und Stift und wartete auf die Antwort.

Der Mann sah sich prüfend nach allen Seiten um. Dann beugte er sich über den Tresen und flüsterte: »Siegmund Buhr.«

Ich schrieb den Namen auf. »Und wie kann die Polizei Ihnen helfen, Herr Buhr?«

»Pssst! Bitte sprechen Sie meinen Namen nicht laut aus«, warnte mich der Mann.

Ich nickte. »Wie soll ich Sie dann ansprechen?«

»Unter meinem Tarnnamen.«

»Und wie lautet Ihr Tarnname?« Wieder hielt ich den Stift griffbereit.

»Jupiter Jones.«

Ich unterdrückte ein Grinsen und versuchte, ernst zu bleiben, während meine Kollegen bereits prustend das Weite suchten.

»Darf ich Sie Jupiter nennen?«, fragte ich höflich.

Der Mann nickte. »Ja, gerne.«

»Gut, Jupiter, wie können wir Ihnen helfen?«

Wieder sah sich der Mann nach allen Seiten um. »Die Außerirdischen spionieren mich aus. Sie observieren mich, weil sie mich als Spion auf ihre Seite ziehen wollen. Ich habe bereits meine gesamte Wohnung mit Alufolie ausgekleidet, um die gefährlichen Gammastrahlen abzuhalten, die sie dabei aussenden.«

»Verstehe.«

Gott, wieso lief der Typ eigentlich noch frei da draußen herum? Gab es nicht Kliniken für solche Fälle?

»Aber ich verstehe nicht, wie wir Ihnen helfen können. Die Polizei hat leider keinen direkten Draht zu den Aliens«, sagte ich mit ruhiger Stimme.

»NICHT ›Aliens‹! Sagen Sie das NIE wieder! Sagen Sie NIE wieder ›Aliens‹! Die werden sonst wütend und werden sie VERNICHTEN, bevor Sie auch nur blinzeln kön-

nen, verstehen Sie? Das sind ›*Außerirdische*‹. Einfach nur ›*Außerirdische*‹. Sie kommen von anderen Planeten und wollen die Weltherrschaft über die Erde übernehmen. Einige von ihnen besitzen das halbe Universum. Haben Sie noch nie ›*Supergirl*‹ geguckt?«
Fast hätte ich laut losgelacht. Ich biss mir auf die Zunge und presste hervor: »Doch, natürlich. Aber das sind vielleicht falsche Informationen, weil die Filme ja von Erdlingen gemacht wurden.«
Herr Buhr alias Jupiter Jones hob einen Finger. »Exakt. Ich wusste, dass Sie mich verstehen werden. Und genau DAS macht die Außerirdischen sehr, SEHR wütend. Sie wollen das Bild, welches wir fälschlicherweise von den ganzen Weltall-Filmen haben, richtigstellen.«
»Und deshalb kommen sie uns besuchen?«, hakte ich nach.
»Exakt. Und sie haben MICH auserwählt, den Kontakt zwischen ihnen und den Menschen herzustellen. Aber wenn ich Pech habe, eliminieren sie mich, nachdem ich ihren Auftrag erfüllt habe. Ich wäre nicht der erste Mensch, den sie töten würden.«
»Wirklich? Wen haben sie denn bereits getötet?«, leierte ich fast schon genervt herunter.
Doch plötzlich ging ein Ruck durch meinen Leib.
Wollte dieser Durchgeknallte etwa ein Tötungsdelikt anzeigen?
Ich war Polizist.
Natürlich musste ich solchen Äußerungen nachgehen.
Wieder blickte sich Mr Alufolie nach allen Seiten um.
»Meinen Nachbarn Ottokar Schmidt.«
Ich zog beide Augenbrauen hoch.
Gab es wirklich Leute, die ›*Ottokar*‹ hießen?«
»Wo wohnen Sie denn?« Ich zückte wieder den Stift.

»Das schreibe ich Ihnen lieber auf.« Er nahm mir den Stift ab und schrieb seinen Straßennamen auf.
»Und Ihr Nachbar liegt jetzt tot in seiner Wohnung?«
»Nein, er ist schon im letzten Jahr von Ihren Kollegen abgeholt worden.«
Eilig tippte ich den Namen in den Computer und wartete auf eine Antwort. »Wissen Sie, wann ihr Nachbar von den Außerirdischen getötet wurde?«
»Im August.«
Ich präzisierte meine Anfrage und hatte kurz darauf eine Antwort. Der Mann hatte wirklich ›*Ottokar*‹ geheißen und war durch eine unnatürliche Todesursache gestorben. Es lag sogar ein Obduktionsbericht vor, aber merkwürdigerweise war der Fall noch nicht abgeschlossen. Ich machte noch eine Eingabe ins System. Der Täter war noch immer unbekannt.
»Haben Sie die Außerirdischen gesehen, die als Täter infrage kommen? Sind Sie ein Zeuge von der Tötung Ihres Nachbarn?«, wandte ich mich wieder an ›*Jupiter Jones*‹. Dieser schüttelte den Kopf. »Nein. Ich habe ihn nur elendig lange schreien gehört. Und als ich kurz darauf bei ihm klingelt habe, hat niemand die Tür geöffnet. Ich habe damals die Polizei gerufen. Die sind auch gekommen. Aber sie konnten nur noch den Tod feststellen. Die Außerirdischen waren bereits weg.«
»Verstehe. Sie sind sicherlich mit ihrem Raumschiff weggeflogen.«
»Aber nein«, rief Herr Buhr aus und wollte seine behandschuhte Hand auf meinen Arm legen, doch ich zuckte erschrocken zurück. »Ich tue Ihnen nichts. Ich bin in friedlicher Absicht hier«, sagte er beruhigend und lächelte.

Ich blickte mich verstohlen um und atmete erleichtert auf, als meine Kollegin Hannah aus der Pause zurückkam.
»Brauchst du Hilfe?«, wandte sie sich an mich.
Ich nickte. »Das hier ist Herr...«
Herr Buhr räusperte sich laut und schüttelte vehement den Kopf.
Ich deutete also stumm auf meine Notizen. »Die Außerirdischen kommen. Sie waren bereits da und haben seinen Nachbarn getötet.«
»Und die Aliens sind mit ihrem Raumschiff davongeflogen?«, posaunte meine Kollegin lauthals heraus.
Herr Buhr schlug sich gegen den - mit Alufolie umwickelten - Kopf. »Um Gottes Willen, klären Sie Ihre Kollegin bitte auf! Sie soll bloß nicht so laut hier herumschreien.«
Ich zog Hannah etwas beiseite. »Du darfst NICHT ›Aliens‹ sagen. Und du musst SEHR leise sein, sonst spüren dich die Außerirdischen auf und wählen dich als nächstes Opfer.«
»Glaubst du den Firlefanz etwa?«, wisperte Hannah.
Ich lächelte. »Natürlich nicht. Aber das sollten wir ihn nicht wissen lassen. Ich bin mir sicher, er würde ausflippen und vielleicht sogar Amok laufen. Ich denke, wir sollten einen Wagen nehmen und ihn nach Hause bringen. Wir tun so, als wenn wir seine Geschichte glauben und fahren dann wieder zurück, nachdem wir seine Wohnung inspiziert haben.«
Hannah verdrehte die Augen. »Dafür verschleudern wir kostbare Steuergelder?«
»Besser, als wenn er austickt und Menschen tötet, oder?«
Hannah stöhnte leise, nickte aber. »In Ordnung. Gehst du danach mit mir aus?« Hoffnungsvoll blickte sie mich an.
Ich musterte Hannah für den Bruchteil einer Sekunde.

Sie hatte schulterlange, hellblonde Locken und große, blaue Augen. Ihre Figur war einwandfrei. Einladend. Bisher war ich zwar immer stets darauf bedacht gewesen, nie etwas am Arbeitsplatz mit Kolleginnen anzufangen. Aber andererseits war ich nun Single und konnte etwas Ablenkung gut gebrauchen. Und nach dem Desaster mit meiner zukünftigen Fast-Schwägerin war ein zartes, nicht zickiges Weib genau das Richtige.
»In Ordnung. Abendessen, Kino und Co.?«
Hannah grinste und hob den Daumen. »Klingt nach einem perfekten Date.«
»Gut. Dann ist es abgemacht. Wir gehen am Freitag aus.«
Ich widmete mich wieder unserem Sonderfall und wandte mich an Mr Alufolie. »Ich würde Ihnen vorschlagen, meine Kollegin und ich fahren mit Ihnen in Ihre Wohnung und überprüfen Ihre Sicherheit. Und wenn Sie vorerst in Sicherheit sind, müssen wir erst einmal abwarten. Vielleicht melden sich die Außerirdischen. Was meinen Sie?«
Herr Buhr atmete erleichtert auf. »Endlich mal ein Polizist, bei dem man weiß, warum man Steuern bezahlt.«
»Sie bezahlen Steuern?«, entfuhr es meiner Kollegin.
Ich verdrehte die Augen.
Auf der Stirn unseres ›Kunden‹ braute sich ein gewaltiger Sturm zusammen. »Glauben Sie etwa, ich sitze den lieben langen Tag zuhause herum? Ich ARBEITE!«
»Was machen Sie denn beruflich?«, fragte meine Kollegin höflich nach.
Herr Buhr räusperte sich. »Ich arbeite bei der Müllabfuhr. Das ist am unauffälligsten. Eigentlich habe ich ja Jura studiert. Aber ich kann nicht als Rechtsanwalt arbeiten. Das macht die Außerirdischen wütend, weil sie nicht wollen, dass ich die Menschen verteidige. Also musste ich

mich wohl oder übel für eine Arbeit entscheiden, die weniger Spuren hinterlässt.«
»Sie sind Volljurist?«, platzte meine Kollegin heraus.
»Ja.«
Hannah nickte verständnisvoll. »Verstehe. Damit können Sie unmöglich untertauchen.«
Herr Buhr zeigte auf Hannah. »Exakt. Ich sehe, wir verstehen uns langsam.«
Ich schnappte mir den Autoschlüssel und holte zwei andere Kollegen auf die Brücke. »Wir fahren mal eben zum Einsatzort.«
Hannah warf mir einen eindringlichen Blick zu. »Ich muss mir noch eben meine Jacke holen. Du doch auch, oder?« Sie zog mich zu sich und flüsterte: »Wir fahren da NICHT ohne Schutzweste raus! Der Typ hat sie nicht mehr alle!«
Ich nickte und sagte zu unserem Gast: »Wir holen noch eben unsere Jacken und unsere Waffen. Man kann ja nie wissen, ob die Außerirdischen nicht schon in Ihrer Wohnung sind.«
»Exakt. Guter Einwand! Ich warte«, sagte Herr Buhr.
Wir verschwanden in den hinteren Diensträumen, wo Hannah mich beiseite zog. »Wehe, du tust mal wieder nur so, als wenn du deine schusssichere Weste anziehst! Ich will dich nicht tot aus der Wohnung dieses Irren tragen müssen. Der Typ hat nicht alle Raster in seinen imaginären Locken.«
»Das hatte ich vor. Bis gleich.« Ich verschwand in der Umkleide und holte dieses Mal tatsächlich meine Weste und meine Jacke, um den Außerirdischen ausreichend gewappnet gegenüber zu treten.

***

Ich hatte wirklich null Bock darauf, mit Hans und meinem Bruder in ein doofes Schokoladenmuseum zu gehen, auch wenn ich zugeben musste, dass Schokolade - neben Sex - eine meiner Todsünden war.
Das war auch Svens Argument, als er mich an meinem freien Sonntag ins *Schokoversum* einlud.
Eigentlich hätte ich meinen Bruder besser kennen und wissen müssen, dass er etwas im Schilde führte, aber ich ging naiv der Einladung nach und fand mich prompt neben Madam Schlagfertig wieder.
»Thor? Was machst du denn hier?«, fragte Anabelle erschrocken.
»Dasselbe könnte ich dich fragen.« Mein Stimmungsbarometer sank von null auf minus eintausend.
»Sven und Hans haben mich zu dieser Führung eingeladen«, erklärte Anabelle.
»Na, super!«, stöhnte ich. »Das hat mein Bruder ja prima eingefädelt. Mich hat er nämlich auch eingeladen.«
»Und du bist der Einladung gefolgt? Ich hätte eher gedacht, Schokolade und Co. gehören nicht in deinen Verführungsbereich«, scherzte Anabelle.
Ich überlegte LANGE, was ich pfiffiges antworten könnte. Schließlich fiel mir etwas ein. »Ich bin hier auf der Suche nach heißen Bienen, die meinen Baum der verbotenen Früchte befruchten.«
Anabelle fing dann ein Gespräch über Hummeln an, für die ich sie nun wirklich nicht hielt. Hatten diese kleinen, pummeligen Flieger nicht unendlich viele Haare an den Beinen?
Nun ja, was sollte ich sagen, wir schafften es keine zwei Sekunden, nebeneinander zu stehen, ohne uns anzugiften. Allerdings musste ich zugeben, dass ich langsam Gefallen

daran fand, mich mit ihr zu kappeln. Auch wenn unsere Unterhaltung eher einer Wortschlacht glich.
Während der eineinhalbstündigen Führung hatte ich immer wieder die Gelegenheit, Anabelle zu begutachten und ich musste - entgegen meines anfänglich gefällten Urteils - zugeben, dass sie wirklich extrem hübsch war.
(Ungefähr so hübsch wie sie dick war, aber das band ich ihr lieber nicht auf die Nase.)
Vor uns lief eine Frau - eine dünne Frau wohlgemerkt - die immer wieder versuchte, mit mir zu flirten. Ich fand sie weder ansprechend noch hübsch, dennoch war sie ein willkommenes Mittel, um Anabelle ein bisschen anzuheizen und sie ein klitzekleines bisschen eifersüchtig zu machen.
Ich wusste zwar nicht, warum ich den Wunsch verspürte, dass sie mich als tollen Hecht akzeptierte und ebenso bewundernd anhimmelte wie all die anderen Frauen, mit denen ich zu tun hatte. Aber dieser Wunsch kletterte ungebremst meine Kehle hoch und ließ sich auch nicht wieder abschütteln.
Ja, ich gab es nur ungerne zu, aber Anabelle war trotz ihrer wirklich nicht perfekten Figur eine SEHR interessante Frau.
Als sie mir vorwarf, dass ich sie so blöd fand, dass ich sie lieber aus dem Fenster fallen sehen würde, war ich total geschockt. Ich wusste zwar, dass ich mich bisher wirklich von meiner schlechtesten Seite gezeigt hatte, aber dass ich mich derart abweisend verhalten hatte, war mir nicht bewusst gewesen.
»Anabelle, ich mag zwar in deinen Augen ein Arschloch sein, aber tatsächlich bin ich das nicht.«
»Ach, nein? Was macht dich da so sicher?«, fragte sie und blickte mich SEHR ernst an.

»Ich bin Polizist. ICH sorge tagtäglich dafür, dass DU in Sicherheit Schokolade essen kannst. UND«, ich hob eine Hand, als sie protestieren wollte, »ich helfe alten Omis über die Straße, die Schokolade eingekauft haben.«
Das Eis war gebrochen.
Anabelle grinste. »So, tust du das?«
»Natürlich. Das ist doch meine Pflicht als guter Polizist.«
Und plötzlich bemerkte ich, dass Anabelle mich immer wieder, immer öfters und vor allem immer länger aufs Korn nahm. Sie MUSTERTE mich!
Also, wenn SIE kein Interesse an mir hatte, dann würde ich ins nächste Kloster verschwinden - was immer noch besser war, als einen Besen zu fressen.
Ich packte sie und drängte sie in den vorherigen Raum, wo ich für einen kurzen Moment ungestört mit ihr reden konnte. »Wenn du einen Scanner oder eine Lupe brauchst, gib mir Bescheid, Süße!«
»Was? Ich weiß gar nicht, wovon du sprichst«, spielte sie die Unschuldige.
Ich stemmte eine Hand in die Hüfte. »Du bist eine miserable Lügnerin, Anabelle! Willst du mir wirklich weismachen, dass du mich nicht heimlich musterst und dein Sex-Checkerprogramm nicht schon die eine oder andere Stellung gedanklich prüft?«
Fassungslos öffnete sie den Mund, aber ich wusste, ich hatte sie erwischt.
Und selbst wenn sie bis eben noch nicht an Sex gedacht hatte, so schweiften ihre Gedanken spätestens JETZT ab. Ich sah an der Stellung ihrer Augen, dass sie sich ins nächste Bett mit mir träumte.
Ich necke sie noch ein wenig, aber sie war einfach nicht zu knacken. Selbstbewusst konterte sie und ließ mich irgendwann eiskalt stehen.

Ich wusste nicht, wie sie es geschafft hatte, aber mein Jagdinstinkt war geweckt. Ich wollte sie plötzlich erobern. Ich wollte sie bezwingen, auch wenn ich mir überhaupt nicht sicher war, ob ich WIRKLICH mit ihr zusammensein wollte. Aber ich war mir sicher, dass ich noch genug Gelegenheiten haben würde, um genau das herauszufinden.

Yoga und Co.

»Gut, dass du da bist!« Erleichtert atmete Minni auf.
»Wieso? Gibt es Stress im Hause Rose?« Ich zog meine Schuhe aus und hängte meinen Mantel an die Garderobe.
»Nein, nein.« Minni zog mich ins Wohnzimmer.
»Hallo Tommy!« Ich winkte ihrem Mann zu, der in der Küche stand und sich Kaffee einschenkte. »Hallo Belle! Alles im Lot auf dem Single-Boot?« Er lachte leise über seinen Witz.
Ich schnitt eine Grimasse. »Warum behandeln mich eigentlich alle wie ein rohes Ei? Und warum ist es wichtig, ob man Single oder liiert ist?«
Tommy winkte ab. »War nur ein Scherz!« Er nahm seinen Kaffeebecher und verschwand in sein Büro.
Minni lotste mich zum Sofa und schob mir einen Kaffee über den Tisch. »Du musst mir beistehen!«
»Ich? Wobei?« Ich angelte mir einen Keks.
Verschwörerisch beugte sich Minni über den Tisch. »Wir haben Probleme…«
»Ihr? Du und Tommy?« Fragend hob ich die Augenbrauen. »Ich ging bisher davon aus, dass ihr das Traumpaar schlechthin seid. Ihr seid doch erst seit knapp einem Jahr verheiratet. Und sagtest du nicht etwas über Familienplanung?«

»Genau das ist ja das Problem!« Sie wurde noch leiser. »Es klappt überhaupt nicht mehr im Bett, seitdem wir beschlossen haben, Kinder zu zeugen.«
»Aha!« Ich lehnte mich zurück. »Das habe ich schon von vielen gehört. Mach dir keinen Kopf! Das geht vorbei.«
»Belle, ich meine es ernst. Ich brauche deine Hilfe! Ich will nicht erst noch zehn Jahre warten, bis sich unsere Nervosität gelegt hat oder wir uns genervt trennen.«
»Ehrlich gesagt, weiß ich nicht, wie ich euch helfen soll.« Plötzlich schoss mir ein Gedanke durch den Kopf. »Minni! Du bist ECHT meine allerbeste Freundin, und das seit der Schulzeit, aber DAS kann ich wirklich nicht für dich tun.«
Minni blickte mich verwirrt an. »Wovon sprichst du?«
»Von einem flotten Dreier. Wovon sprichst du?«
Die Nachricht brauchte ein Stück, bis sie durch Minnis Gehirnwindungen durch war. Dann lachte sie schallend los. Sie lachte und lachte und lachte. Kaum hatte sie sich beruhigt, winkte sie glucksend ab. »DAS ist wirklich nicht das, worum ich dich bitten wollte.«
»Nicht?« Erleichtert atmete ich auf und wischte mir den imaginären Schweiß von der Stirn.
»Hast du im Ernst geglaubt, ich wollte dich zum Sex mit Tommy und mir überreden? Kriegt man davon Kinder?« Minni lachte erneut los. »Du bist eine Ulknudel!«
»Nein, aber vielleicht fehlt euch etwas Action, Aufregung oder Abwechslung.«
»Nein, nein. Ich wollte dich nur fragen, ob du mit mir zum Yoga-Zentrum gehst.«
»Yoga-Zentrum? Lernt man da etwas über Sex?«
Minni kicherte. »Man lernt, sich zu entspannen. Genau das, was ich dringend brauche. Ich bin so aufgeregt, seitdem es nicht mehr nur noch um bloßen Spaß geht, dass

ich Tommy ganz kirre mache. Und dann geht bei ihm gar nix mehr. Zwickmühle.«
»Aha.«
»Außerdem hat die Inhaberin des Yoga-Zentrums auch Tantra-Kurse im Angebot. Wir könnten uns den Laden doch mal gemeinsam ansehen. Tommy hat keinen Bock darauf. Und Yoga soll unendlich gesund sein. Gut für die Figur«, fügte sie überflüssigerweise hinzu.
Ich hatte mir gerade den zweiten Keks schnappen wollen, zog meine Hand nun aber unauffällig zurück.
»Und was sind bitte ›Tantra-Kurse‹?«, fragte ich neugierig.
»So genau weiß ich das auch nicht. Da lernt man sinnliche Massagen, man tanzt miteinander, macht Musik und erlernt energetische Körperarbeit«, erklärte Minni wage. »Irgendetwas in der Art habe ich nachgelesen.«
»Aha. Darunter kann ich mir irgendwie überhaupt nichts vorstellen. Aber natürlich begleite ich dich. Habe ohnehin weder Freund noch Familie, die mich in Beschlag nehmen. Ich kann also auch genauso gut für die Verbesserung deines Sexlebens aufopfernd in so ein komisches Seminar gehen.« Ich lächelte.
»Du bist meine Heldin! Danke!« Minni verdrehte die Augen. »Hast du eigentlich nochmal was von deinem ›Thor‹ gehört?«
»Gott bewahre, nein, wo denkst du hin? Phineas, wie er ja mit erstem Vornamen heißt, ist ein arroganter Schnösel, der vermutlich jeden Tag eine andere flachlegt. Da reihe ich mich ungerne ein. Ich suche etwas Festes. Einen Mann, auf den ich mich verlassen kann, bei dem ich nicht jede Sekunde darüber nachdenken muss, ob er mir treu ist. Außerdem sollte es tunlichst jemand sein, der mich nicht als ›Nilpferd‹ bezeichnet.«

»Ach, Süße!« Minni reichte mir noch einen Keks, doch ich lehnte ab. »Nein, danke! Ich achte jetzt auf meine Linie.«

Spöttisch hob Minni beide Augenbrauen. »Ach, wegen Thor?«

Ich zuckte mit den Schultern. »Nicht nur. Es hat mich zwar verletzt, dass er mich als dickes Nilpferd bezeichnet hat, aber eigentlich hat er ja Recht, wenn er sagt, dass ich zu viel Speck auf den Rippen habe. Ich muss wirklich etwas tun, wenn ich nicht irgendwann in so einer Spielshow für gestrandete Wale landen will.«

»Belle! Wie redest du denn über Menschen?«, empörte sich Minni.

»Hast ja Recht. Entschuldige! Aber ich komme mir auch schon vor wie ein Walbaby.«

»Das kann ich verstehen. Aber wie willst du von deinen überflüssigen Pfunden runterkommen?«

»Ich faste.«

»Du fastest?«

»Ja. Intervallfasten und notgedrungen mache ich auch etwas Sport. Ich esse zuletzt um drei Uhr nachmittags und dann erst wieder um acht Uhr morgens.«

»Wenn der Unterricht anfängt?«, hakte Minni nach.

Ich nickte. »Ich esse mit der Klasse eh immer um acht Uhr. Danach meditieren wir und dann sind die Kinder auch aufnahmefähig.«

»Echt? Ihr meditiert? Das hast du mir noch nie erzählt! Und das machen die Kinder gut mit?« Minni erhob sich.

»Ja. Sie sind danach richtig ruhig.«

»Muss ich auch mal testen.« Nachdenklich rubbelte sich Minni über die Nase. »Wann siehst du ihn denn wieder, deinen Thor?«

»Hoffentlich gar nicht. Wobei«, ich hob einen Finger, »ich habe morgen eine Exkursion zur Polizeiwache. Wandertag in die Gefahrenzone von Thor!«
»Vielleicht hat er ja Dienst und führt euch herum«, feixte Minni.
»Beim Odin, bloß nicht! Das fehlt mir gerade noch!«
»Hm. Ich denke, wenn der Sachbearbeiter im Universum etwas für dich tun will, dann wird Phineas euer Führer sein.«
»Ich bin NICHT verliebt in ihn!« Ich verdrehte die Augen und betete inständig, dass der Sachbearbeiter im Universum meinen morgigen Termin verpasste.

***

Nach einem 20-minütigen Fußmarsch erreichte ich mit meiner dritten Klasse die Polizeiwache. Obwohl die Kinder wahnsinnig aufgeregt waren, bemühten sie sich, die Ruhe zu bewahren und die Wache in Zweierreihen zu betreten. Eine Elternvertreterin begleitete uns und ich war ganz dankbar, dass es Frau Heinrich war, denn die war wenigstens entspannt. Es hatte sich erst noch die Mutter von Eric mit angemeldet, aber die war derart übervorsichtig und unruhig, dass sie vermutlich die ganze Klasse in helle Panik versetzt hätte, wenn auch nur irgendetwas unerwartetes passiert wäre.
Lächelnd ging ich zum Tresen und meldete die Klasse an. Der ältere Polizist tippte sich gegen die Mütze und verschwand durch eine Glastür. »Hole mal eben den Kollegen.«
Wir warteten geduldig, bis die Tür wieder geöffnet wurde.
»Guten Morgen!« Der adrette Polizist in Uniform sah mich und stockte. Für den Bruchteil einer Sekunde zögerte er, dann hatte er sich offenbar wieder im Griff.

Ich schloss für einen kurzem Moment die Augen.
Na, super, da hat der Sachbearbeiter im Universum ja leider mal nicht verpennt, sondern mir gleich noch Odins Sohn auf den Hals gehetzt!
Ich war mir nicht sicher, ob er zu erkennen geben würde, dass er mich kannte, doch Phineas bewahrte die Etikette. Er lächelte in die Runde und breitete die Arme aus. »Ihr seid also die dritte Klasse, die unsere Polizeiwache heute von innen sehen will? Oder habe ich da was missverstanden und ihr wollt alle in die Haftzellen, weil ihr etwas verbrochen habt?«
Die Kinder schrien entsetzt auf.
Frau Heinrich lachte, während ich tunlichst daran arbeitete, nicht allzu sehr zu schmunzeln.
Gott, er war echt verflixt süß!
»Wir sind doch keine Verbrecher«, empörte sich der kleine Eric.
»Seid ihr nicht?«, feixte Phineas.
Die Kinder waren empört. »Nein! Wir sind nur zu Besuch.«
»Oh, unsere Verbrecher sind auch immer nur kurz zu Besuch. Dann werden sie ins richtige Gefängnis gebracht.«
Er ließ uns eintreten. Frau Heinrich machte den Anfang, ich bildete das Schlusslicht.
Als ich direkt neben ihm war, beugte Phineas sich vor. »Hallo Babybelle, wie gut, dass du nicht nur lecker, sondern auch rund bist und noch durch diese Tür passt. Wobei dein Ego ja so riesig ist, dass es ETWAS eng werden könnte.«
Ich funkelte ihn durch zwei Schlitze an. »Du vergleichst mich mit einem Käse?«
Phineas grinste frech. »Ist dir das Nilpferd lieber?«

»Hat unser Thor SO wenig Phantasie, dass dir nur Nilpferde und Käsesorten einfallen?« Fragend blickte ich ihn an.
Phineas verzog den Mund. »Mir fallen eine ganze Reihe an Beleidigungen ein. Mal sehen, was ich heute noch im Repertoire habe.«
»Ich bin sehr gespannt«, sagte ich und ging künstlich lächelnd an ihm vorbei. Heimlich zückte ich mein Telefon und schrieb Minni eine Nachricht.

> *Natürlich musste Thor die heutige Führung durch die Polizeiwache übernehmen. Zu meinem (Un-)Glück bleibt mir auch echt nix erspart.*
> *Verzweifelte Grüße, Belle 👧.‹*

Phineas folgte mir und wisperte: »Na, rufst du um Hilfe? Ich glaube, es wird niemand kommen und dich vor dem bösen Donnergott retten.«
Ich schnitt eine Grimasse. »Ich habe eine emotionale Fettschicht, schon vergessen? Niemand muss mich retten. Ich habe nur einer Freundin etwas mitgeteilt.«
»Lass mich raten, was du geschrieben hast: ›*Hilfe, der böse Thor schwingt mal wieder seinen Hammer!*‹. Oder nein, warte! ›*Hol mich hier raus, ich bin gefangen!*‹.«
»Du kannst ja hellsehen, du heiliger Thor! Ich wusste gar nicht, dass das zu deinen göttlichen Fähigkeiten gehört!«
Phineas zwinkerte mir zu. »Da kannst du mal sehen, was ich alles kann. Ich bin immer für eine Überraschung gut.«
»Das glaube ich unbesehen!«
Phineas wandte sich wieder an die Kinder. »So, liebe Schülerinnen und Schüler, ich zeige euch mal, wie mein Tag hier beginnt.« Er lotste die Klasse in den Aufenthalts-

raum und spendierte allen eine Dose Limo, wobei ich bezweifelte, dass ausgerechnet Mr Null-Körperfett morgens Limo trank.

»Und Sie trinken JEDEN Morgen Limo?«, fragte eine meiner Schülerinnen beeindruckt. »Dann gehe ich auch zur Polizei, wenn ich groß bin.«

Phineas hob einen Daumen. »Das ist ein sehr guter Entschluss. Was meint ihr denn, was ich den ganzen Tag als Polizist mache?«

Frauen anbaggern, Nilpferde beleidigen, Götterdäumchen drehen... die Liste, die mir in den Kopf schoss, war elendig lang.

Die Kinder meldeten sich.

Es kamen Aussagen wie ›*Sie jagen Verbrecher*‹, ›*Sie fangen Diebe*‹ und ›*Sie helfen alten Omas über die Straße*‹ zustande, was unser Limo-Held natürlich stolz grinsend bestätigte.

Nach einer Führung durch weitere Räumlichkeiten der Wache kamen wir wieder im Aufenthaltsraum an.

»Habt ihr eigentlich schon gefrühstückt?«, wollte Phineas wissen.

Meine Schüler schüttelten den Kopf.

»Na, dann würde ich sagen, wenn eure Lehrerin nichts dagegen hat, was ich mir kaum vorstellen kann«, Phineas blickte mir anzüglich auf den Bauch, »holt ihr eure Frühstücksboxen heraus und wir schieben eine kleine Pause ein.«

»Müssen Sie denn gar nicht mit dem Polizeiwagen wegfahren?«, fragte Eric interessiert.

Phineas schüttelte den Kopf. »Nein, heute Vormittag nicht. Da bin ich ausschließlich für euch da. Aber wisst ihr, wie man den Polizeiwagen noch nennt?«

Mia meldete sich. »Streifenwagen.«

»Das ist EINE Bezeichnung, richtig.« Phineas lächelte. Während sich die Kinder alle gemeinsam mit Frau Heinrich hinsetzten und anfingen zu essen, rückte Phineas mir auf die Pelle.
Sandy meldete sich. »Es gibt da noch einen Namen. Den habe ich nur vergessen.«
Phineas lächelte. »Richtig. Es ist der ›*Peterwagen*‹.«
»Der heißt ja wie du, Peter«, rief Emilia.
»Warum heißt der ›*Peterwagen*‹?«, fragte Peter überrascht.
Phineas räusperte sich. »Nach dem Zweiten Weltkrieg hat man Funkstreifenwagen eingesetzt, die ständig Kontakt über Funk zur Polizeiwache hatten. Und da hat man einen Rufnamen für das Auto und die Wache gesucht. Und in Hamburg dachte man sich, dass ›*Peter*‹ gut passen würde.«
»Warum?«, fragte Eric.
»Weil Hamburg eine alte Hafenstadt ist und es die alte Schiffssignalflagge ›*Blauer Peter*‹ gab. Die Flagge zeigte an, dass alle Seeleute an Bord gehen mussten, wenn das Schiff auslaufen wollte. Irgendwann hat man den Namen ›*Peterwagen*‹ dann in ganz Deutschland übernommen«, erklärte Phineas.
Er stand mittlerweile neben mir und stupste mich mit der Schulter an. »Willst du deine Frühstücksbox gar nicht auspacken? Du musst doch halb verhungert sein nach so vielen Schritten durch das Gebäude.«
Ich kniff meine Augen zusammen, doch meine Mimik hatte null Wirkung auf ihn. »Sehr witzig!«
»Sag bloß, du bist auf Diät?«
»Nein, ich faste.«
Mit großen Augen starrte Phineas mich an. »Du FASTEST? Du willst wohl gleich von hundert auf achtzig run-

ter, was?« Er feixte sich einen, während er die Schüler beobachtete.
»Ich wiege doch keine hundert Kilo«, widersprach ich empört. »Und mein Intervallfasten hat nichts mit dir zu tun«, log ich, ohne rot zu werden. »Denn im Übrigen finde ich, dass ich klasse aussehe.«
»Das stimmt. Ich habe ja auch nie gesagt, dass du ein hässliches Nilpferd bist«, konterte Phineas.
Voller Empörung schnaufte ich. »Und du bist ein Lackaffe, der vermutlich nur Eiweißshakes, Proteine und Salat in sich hineinstopft, um ja kein Gramm Körperfett zu bekommen.«
»Ich wusste gar nicht, dass es so eine merkwürdige Affenart gibt. ›Lackaffen‹. Sind die lackiert? Wenn die alle so super aussehen wie ich und noch dazu so phantastisch durchtrainiert sind, wundert es mich, dass es nicht noch mehr von meiner Sorte gibt. Wieso bin ich bloß so einzigartig?«
»Alter Schwede!«, entfleuchte es mir. Ungläubig schaute ich meinen - zum Glück nur - Fast-Schwager an. »Glaubst du auch, was du da sagst?«
Phineas zuckte mit den Schultern. »Jedes Wort.« Er ging zum Schrank, holte eine Dose Cola heraus und reichte sie mir. »Hier! Damit du nicht vom Fleisch fällst. Trinken darf man ja, wenn man fastet.«
»Ich habe mein Frühstück mit Absicht vergessen. Und nein, danke! Cola hat mir zu viele Kalorien.«
Mia, die mit besonders guten Elefantenohren ausgestattet war, sprang sofort auf und reichte mir ihre Möhre. »Warum haben Sie nicht gesagt, dass Sie Ihr Frühstück vergessen haben, Frau Hausstein? Hier habe ich eine Möhre für Sie!«

Lächelnd nahm ich das ›*unsexy*‹ Gemüse entgegen und wuschelte meiner Schülerin über den Kopf. »Das ist so lieb von dir, Mia! Du bist wirklich aufmerksam! Dankeschön!«

»Bitteschön, Frau Hausstein. Sie sind ja auch die tollste Lehrerin der Welt.« Sie setzte sich wieder an den Tisch.

Phineas beugte sich zu mir herüber. »Kinder sollen ja die Wahrheit sagen. Aber natürlich beurteilen dich die Kleinen auch nach deinem Können, nicht nach deinem Gewicht.«

Ich schnitt eine Grimasse. »Wenn ich ohne die Schüler hier wäre, würde ich jetzt die Cola öffnen und sie dir über deine schicke Uniform kippen, du Lackaffe!«

Phineas deutete eine Verbeugung an. Dann klatschte er in die Hände. »So, Kinder, nun schauen wir uns noch die Verkehrsleitzentrale an.«

Als wir die riesige Zentrale betraten, in der die Polizisten vor Hunderten von Bildschirmen saßen, waren die Kinder schwer beeindruckt. Sie ließen sich erklären, was die Mitarbeiter hier Tag für Tag zu erledigen hatten.

Die Zeit nutzte Phineas für weitere Sticheleien. »Wie ich sehe, hast du dich ja heute richtig in Schale geworfen!« Er verschränkte die Arme vor der Brust und grinste breit.

»Wieso?« Ich blickte an mir herunter. Ich trug eine schwarze, enge Stoffhose und ein Wasserfallshirt, welches meinen Bauchspeck ETWAS kaschierte - zumindest hoffte ich das. Meine Brüste waren durch die Gewichtszunahmen natürlich auch ETWAS üppiger als früher, aber die meisten Männer waren ohnehin eher oberweitenorientiert, daher machte ich mir hierüber weniger Sorgen.

Phineas folgte meinem Blick.

»Hast du mir etwa gerade in den Ausschnitt gestarrt?«, fragte ich pikiert.

»Ich? Niemals!«, wies Phineas empört von sich.
Ich verzog den Mund. »Ich finde, meine Kleidung ist nicht zu beanstanden. Oder was hast du gegen eine schwarze Hose und ein roséfarbenes Shirt? Und der Ausschnitt sieht doch klasse aus.«
Phineas hatte den Blick auf die vielen Bildschirme gerichtet, während er mir antwortete: »Ich habe nichts gegen dein Outfit. Es steht dir. Und da die Brüste einer Frau reine Fettmasse sind, ist es nur logisch, dass du zwei Pomelos mit dir herumträgst.«
Mir klappte der Unterkiefer auf. »Pomelos? Sind das nicht diese riesigen Grapefruit-Früchte?«
Phineas musterte mich. »Ja, oder hast du eher Kokosnüsse?«
Ich packte ihn am Kragen und schleifte ihn vor die Tür. Im langen Flur waren wir glücklicherweise alleine.
»Hey, das ist Widerstand gegen die Staatsgewalt! Dafür kann ich dich einbuchten!«, beschwerte sich Phineas.
»Und ICH buchte dich gleich ein wegen Beleidigung, mein Lieber. Und eine Tatsache hast du ganz offensichtlich vergessen bei deinen liebevollen Attacken…«
»Ach, echt? Welche denn?«
»Dass unsere Brüder liiert sind und wir quasi fast zur selben Familie gehören. Du solltest also ETWAS netter zu mir sein. Ich hacke auch nicht den ganzen Tag darauf herum, dass du ein arroganter Arsch bist.« Wütend funkelte ich ihn an.
Phineas grinste. »Habe ich dich auf die Palme gebracht?«
»Ja. Wie du siehst, trage ich die Kokosnüsse ja bereits bei mir.«
»Gut gekontert, Schwägerin in spe!«
»Fast-Schwägerin in spe, bitte! Ich weiß nicht, WO genau dein Problem mit mir liegt, aber es nervt mich gewaltig,

dass du den ganzen Tag schon an mir herummäkelst. Wenn du nicht aufhörst, werde ich dich küssen, weil ich dann davon ausgehen muss, dass du mich nur neckst, weil du mich magst«, sagte ich drohend. »Bei meinen Schülern ist das auch so.«
Phineas beugte sich vor. »Ich mag dich nicht. Keine Sorge.«
»Das bereitet mir keine Sorgen, keine Angst.«
»Ach, tut es das nicht? Ich dachte immer, ALLE Frauen wollen geliebt werden«, konterte Phineas.
»Geliebt werden, ja. Geliebt werden von dir? Nein.« Ich wandte mich zum Gehen, als Phineas mich am Arm packte. »Warte!«
»Was?« Genervt blickte ich ihn an. »Möchtest du mir gleich noch erzählen, dass ich so ein jugendliches Gesicht habe, weil man als Dicke keine Falten hat?«
Phineas lächelte, dann schüttelte er den Kopf. »Das ist ein sehr guter Einwand, aber darauf bin ich gerade nicht gekommen.«
»Was möchtest du dann?«
»Ich wollte dir die Friedenspfeife anbieten.«
»Du?« Prüfend musterte ich mein Gegenüber. »Wo ist der Haken?«
»Es gibt keinen Haken. Wobei…« Phineas stockte.
»Was?«
»Ich könnte da etwas Hilfe gebrauchen. Und du scheinst mir genau die Richtige zu sein.«
Ich verschränkte die Arme vor der Brust. »Ich höre!«
»Ich habe mich neulich breitschlagen lassen, bei so einem Jugendprojekt mitzumachen. Eigentlich hatte meine Ex-Freundin mitmachen sollen, aber die hat sich ja nun verabschiedet«, fing Phineas an zu erklären.
»Und wo ist da meine Rolle?«

»Könntest du mich vielleicht begleiten?« Fast bettelnd sah mich Mr Uncharmant an.
»Erst pampst du mich den lieben langen Tag an, und jetzt soll ich dir bei einem Projekt helfen?«
»Ich gelobe auch Besserung.«
»Warum suchst du dir dafür nicht eine deiner schlanken Kolleginnen aus? Warum fragst du mich? Vielleicht passe ich gar nicht durch die Tür des Jugendheims!«
Phineas fasste mir an den Oberarm. »Du kannst doch ganz gut mit Kindern…«
»Du doch auch. Ich finde, du hast deine Sache mit meinen Schülern sehr gut gemacht. Warum also sollte ich dir helfen?«
»Weil wir doch FAST eine Familie sind«, erwiderte Phineas und zwinkerte mir zu.
»Aber in einer Familie ist man füreinander da, man steht füreinander ein und man beleidigt sich nicht.«
»DAS denkst DU! Was meinst du, was ich alles für Fälle zu bearbeiten habe. In den Familien herrschen zum Teil größte Kriege«, widersprach Phineas.
Ich schnalzte mit der Zunge. »Na, das wundert mich nicht. Wenn die alle so blasiert sind wie du!«
»Ich bin nicht blasiert.«
»Doch, bist du. Du bist selbstgerecht, überheblich und arrogant. Du denkst, weil du perfekte Haare, schöne blaue Augen, einen Kussmund und einen stählernen Body hast, darfst du dir alles erlauben.«
»Hatte ich erwähnt, dass du richtig süß bist, wenn du wütend bist?«
»Nein.«
»Zum Anbeißen süß! Vielleicht bringe ich dich deshalb gerne auf die Palme.« Phineas zwinkerte mir zu.
Baggerte er mich etwa plötzlich an?

»Ich werde über dein Angebot nachdenken, Mr Taktlos. Okay?«, lenkte ich des lieben Friedens willen ein.

»Mr Taktlos? Ich bin Mr Charme in persona!« Eine junge Kollegin ging an uns vorbei. Sie kokettierte mit Phineas, was er ganz offensichtlich zu genießen schien.

Ich rollte mit den Augen und machte auf dem Absatz kehrt.

Phineas sprintete mir hinterher. »Warte, Belle!«

»›*Anabelle*‹ für dich! Frag doch deine blonde Bohnenstange, ob sie dir bei deinem Projekt hilft!« Hoch erhobenen Hauptes betrat ich die Verkehrsleitzentrale wieder und machte drei Kreuze, als wir eine Stunde später endlich fertig waren mit unserem Wandertag.

»So, liebe Schülerinnen und Schüler, ich hoffe, euch hat der Tag hier bei uns gefallen«, sagte Phineas zum Abschied.

Die Kinder klatschten Beifall.

Ich tat bloß so, als würde ich applaudieren.

»Du täuscht einen Applaus vor?«, wandte sich Phineas beim Abschied an mich.

Ich legte den Kopf schief und setzte ein falsches Lächeln auf. »Mein lieber Thor, vielen Dank für diesen informativen Tag. Du bist ein toller Hecht, aber leider können Fische und Nilpferde niemals zueinander finden, auch wenn sie im selben See herumschwimmen. Daher wirst du wohl oder übel eine deiner vielen DÜNNEN Kolleginnen fragen müssen, ob sie dich ins Jugendheim begleiten. Und ich bin sicher, sie werden bei dir Schlange stehen. Im Gegensatz zu mir, haben SIE dich nämlich noch nicht durchschaut.«

»Oho! Die ›Schöne‹ setzt das ›Biest‹ auf den Pott! Dann wirst du mich nicht begleiten?«

»Wie soll das bitte aussehen, Phineas? Ich erledige die Arbeit und DU hackst die ganze Zeit auf mir herum und machst den Erzieherinnen im Heim schöne Augen?«
»Das klingt nach einer hervorragenden Arbeitsteilung«, feixte Phineas.
Ich schnaufte. »Das könnte dir so passen!«
»Überlegst du es dir?«, rief Phineas mir hinterher, doch ich winkte nur zum Abschied und ließ ihn einfach stehen.

***

»Wollen wir los?«
»Wohin?«
»Zum Yoga-Zentrum.«
»Jetzt?«
»Ja.«
»In Ordnung.«
Während wir uns anzogen, schien Minni über meine Unterrichtsmethoden nachzudenken. »Ist die Meditation der Grund, weshalb du dich nie beschwerst über das Lernverhalten!«
»Genau. Meine Kinder sind total ausgeglichen. Und die Kinder, die kein Frühstück von ihren Eltern mitbekommen, kriegen was von anderen ab.«
»Ich habe zu viele Kinder, die kein Essen von zuhause mitkriegen«, knurrte Minni. »Unverantwortlich. Aber das sind genau die Eltern, die das Klischee der arbeitslosen, armen Schlucker erfüllen. Das sind diejenigen, die ihr Geld lieber für Alkohol und Zigaretten ausgeben.«
»Tja, Minni, wir hätten uns eben nicht für eine Schule in der Brennpunktzone der Stadt entscheiden dürfen. Wenn wir an den Stadtrand gegangen wären, hätten wir nur reiche Familien und damit ganz andere Probleme gehabt.«

Wir schwangen uns in meinen Wagen und fuhren zum Yoga-Zentrum.
»Stimmt. Aber ich habe auf unserer Schule eher noch das Gefühl, dass ich etwas Sinnvolles tue. DIE Kinder brauchen uns noch mehr als die reichen Schnösel.«
Ich lächelte schweigend.
Darüber ließ sich streiten.
Ich vertrat eher die Auffassung, dass ALLE Kinder dieselben Chancen verdient hatten. Aber das war ein Punkt, den ich mit Minni nicht auszudiskutieren brauchte.
Kurz darauf parkte ich den Wagen vor einem urig gestalteten Yoga-Zentrum.
»Das sieht ja gemütlich aus«, rief Minni gleich.
»Stimmt. Wie ein witzig geformtes Haus für Götter«, feixte ich.
Am Empfang lächelte uns eine freundliche, leicht aus der schlanken Form geratene Frau entgegen, die im Alter meiner verstorbenen Mutter sein durfte. Sie warf ihre dunkelbraunen Locken schwungvoll über die Schulter.
»Seid gegrüßt, ihr Lieben! Ich bin Mandy Marvelin. Was kann ich für euch tun?«
Der Nachname kam mir irgendwie bekannt vor, aber ich konnte ihn momentan nicht einordnen.
Minni lächelte. »Hi! Wir möchten uns für einen Yoga-Kurs anmelden.«
»Und wir wollten uns informieren, was es sonst noch für Kurse hier gibt«, fügte ich hinzu.
Minni warf mir einen warnenden Blick zu. Ich wusste, dass sie erst noch gucken wollte, was sie für einen Eindruck von diesem Yoga-Zentrum bekam, aber ich fand, dass bereits das Gebäude äußerst einladend aussah. So, als wenn sich Menschen mit Herz darin befanden.

Mandy schob uns eine einlaminierte Karte über den Tresen. »Wir haben Selbstfindungskurse, Tantra-Kurse, Mediationskurse, Atemtechnikkurse, Vaginakurse und zuletzt noch die Paarberatung.« Sie beugte sich verschwörerisch vor. »Ich bin Sexualtherapeutin, müsst ihr wissen.«
Minni schluckte, sagte aber nichts.
Ich stieß ihr gegen den Arm. »Das ist perfekt, Minni.« Ich wandte mich an Mandy. »Wir melden uns mal für einen Yoga-Kurs an, würden uns aber auch gleich noch gerne über den Tantra-Kurs informieren.«
Minni hob einen Arm. »Danke, Süße! Jetzt bin ich wohl am Zug. ICH möchte nämlich gerne den Tantra-Kurs buchen. Seitdem mein Mann mir mitteilte, dass wir endlich mit der Familienplanung beginnen können, klappt es irgendwie im Bett nicht mehr.«
»Verstehe! Das Problem kenne ich gut.« Sie zwinkerte Minni zu. Dann kramte sie zwei Anmeldebögen hervor und schob sie über den Tresen. Zwei Kugelschreiber legte sie gleich noch dazu.
Minni bediente sich und füllte den Zettel für den Yoga-UND den Tantra-Kurs aus.
Mandy linste ihr neugierig über die Schulter. »Du heißt Minerva? Die Göttin des Wissens! Was für ein phantastischer Name!«, platzte sie heraus.
Minni verdrehte die Augen. »Der Name ist ätzend. Meine Eltern sind Götterfans.«
»Ich auch. Sehr sympathisch«, wandte Mandy ein.
»Sei froh, Minni, sie hätten dich auch Aphrodite nennen können. Dann hätten dich die Kinder noch mehr verspottet. Jetzt heißt du wenigstens genauso wie Gryffindors coole Hauslehrerin«, warf ich ein.
Minni schnaufte. »Du hast leicht reden, Belle! Du hast einen relativ normalen Namen.«

Lächelnd schob ich meine Anmeldung über den Tresen, als die Tür geöffnet wurde.
»Phineas Thor! Was für ein seltener Glanz in unseren heiligen Hallen!«, rief Mandy erfreut aus.
Ich zuckte erschrocken zusammen.
Phineas Thor?
Ich glaube, es gab KEINEN anderen Typen in dieser Stadt, der exakt diesen Namen trug!
Innerlich wappnete ich mich für ein Wiedersehen mit dem wohl uncharmantesten Typen, dem ich je begegnet war.
Langsam - im Zeitlupentempo - drehte ich mich um die eigene Achse und blinzelte angestrengt gegen die Sonne an, bis ich ihn vor mir sah.
Oh mein Gott - warum nur sah er SO umwerfend aus?
Hatte er bei unserer letzten Begegnung auch schon so gut ausgesehen? Oder hatte Minni Recht gehabt und Amor hatte mich tatsächlich getroffen?
Ich schüttelte den Kopf, als wenn er - oder meine Gefühle - dadurch verschwinden würden.
Und plötzlich stellte ich die enorme Ähnlichkeit zu Mandy fest.
Hatte sie sich nicht vorhin mit ›*Marvelin*‹ vorgestellt?
Ich schlug mir die Hand vor die Stirn.
War ich dämlich!
Mandy war die MUTTER von Phineas und Sven!
Warum war mir nicht gleich ein Licht aufgegangen?
»Hi Mom!« Phineas hatte galant (oder auch cool und lässig) einen Arm um die Schultern der SCHLANKEN, hübschen Blondine gelegt und grinste breit.
Mandy lächelte ihrem Sohn entgegen. »Hallo, mein Schatz! Was verschafft mir die heutige Ehre? Und du hast jemanden mitgebracht?«

»Das ist Hannah, meine Kollegin.« Phineas löste sich von seiner Begleitung und umarmte seine Mutter. Dann blickte er sich um. Minni nickte er zu, doch als er mich sah, traf ihn fast der Schlag.
Erschrocken zuckte er zurück. »DU schon wieder? Haben Sie dir Ausgang erteilt?«
Empört öffnete ich den Mund, aber mir wollte gerade nichts Schlagfertiges einfallen.
»AAAAH, DU bist Mr Charmebolzen«, sagte Minni und baute sich direkt vor Phineas auf. Sie musterte ihn auffällig von oben bis unten. »DU bist also derjenige, der meiner Freundin so unverblümt mitgeteilt hat, dass sie fett ist.«
Ich hätte mich am liebsten im nächsten Mäuseloch verkrochen. Die Kollegin von Phineas beäugte mich nun äußerst neugierig.
»Haben wir zusammen Schafe gehütet?«, fragte Phineas meine Freundin mit versteinerter Miene.
Minni runzelte die Stirn. »Nein. Wieso?«
»Ich kann mich nicht daran erinnern, dass ich dir das ›*Du*‹ angeboten habe«, konterte Phineas.
Ich drängelte mich zwischen Minni und Phineas. »Sind wir etwa nicht nur extrem von uns eingenommen, sondern auch noch blöd und überheblich? Wie redest du mit meiner Freundin?«
Phineas zog eine Augenbraue hoch. »Bist du etwa lesbisch?« Er grinste schief. »Geil! Vielleicht lasse ich mich doch mal auf einen flotten Dreier ein.«
»Keine Chance! Minni ist verheiratet. Und auf so ätzende Typen wie dich steht sie ohnehin nicht.«
Unsere Nasenspitzen berührten sich fast.

Ich nahm weder Minni, noch Mandy - oder gar die blöde Konkurrenz hinter Phineas - wahr, als ich meinem zukünftigen, verfeindeten Fast-Schwager in die Augen sah.
Er zog den rechten Mundwinkel schief. »Ich wusste gar nicht, dass Nilpferde sprechen können.«
»Ich spreche auch nicht nilpferdisch, sondern walisch. Ich bin ein Walbaby.«
Phineas warf den Kopf zurück und lachte lauthals los. Dann blickte er mich an und wischte sich eine Lachträne aus den Augenwinkeln. »Zwei zu eins für dich, kleine Belle.«
Gott, warum nur musste er so unwiderstehlich aussehen? Ich stand dermaßen dicht vor ihm, dass ich sogar sein ekelhaft köstliches Aftershave riechen konnte. Zudem spürte ich die Wärme, die von ihm ausging. Wie verzaubert blickte ich ihn an. »Wenn du nicht so verdammt gut aussehen würdest, würde ich dich nicht einmal mit dem Arsch angucken«, wisperte ich ihm zu.
Phineas schmunzelte. »Schade, dabei gibt es deinen entzückenden Hintern doch in XXL.«
Mir klappte der Unterkiefer auf. »Was?«
Ich hätte ihm eigentlich eine Ohrfeige verpassen müssen, aber stattdessen schrie alles in mir, dass ich ihn am liebsten küssen würde.
»Du hast mich schon ganz richtig verstanden, Fast-Schwägerchen in spe. Dein Po hat Übergröße. Da ist es doch ein Jammer, dass du mich damit nicht einmal ansehen magst.«
»Beim Sex ist er zumindest sehr hilfreich«, platzte ich heraus und errötete heftig.
Phineas wollte gerade etwas erwidern, doch Mandy räusperte sich übertrieben laut. »Ja, nachdem wir das nun auch geklärt haben und«, sie beugte sich ganz dicht zu uns rü-

ber,»ich das starke Gefühl habe, dass es zwischen euch nur so funkt, kann ich dir, Phineas Thor, ja unseren Besuch gleich mal vorstellen. Das ist Anabelle mit ihrer Freundin Minerva. Sie haben einen Yoga-Kurs gebucht und überlegen gerade, ob sie noch einen Tantra-Kurs dazu buchen.«

»Zwischen uns funkt es doch nicht, Mom!«, beschwerte sich Phineas etwas zu laut.

Ich blickte an seiner Schulter vorbei und sah gerade noch, wie die blonde Puppe hinter ihm die Augen verdrehte. Offenbar stand ich schon viel zu lange viel zu dicht vor ihrem frisch Auserwählten. Innerlich stöhnte ich, weil Mandy Minnis und mein Vorhaben preisgegeben hatte.

»Ich kenne Anabelle bereits, Mom. Sie ist Hans' Schwester.«

»Was? Wirklich?« Mandys Augen leuchteten auf. »Das ist ja toll! DU bist Hans' kleine Schwester?« Sie fiel mir um den Hals und drückte mich so fest, dass ich kaum noch Luft bekam. »Süße! DAS ist ja phantastisch! Mein kleines, süßes Mädchen!« Sie hielt mich eine Armlänge von sich weg. »Armes Ding, hast deine Eltern VIEL zu früh verloren.« Sie schob mir ein paar Haare beiseite.

»Eltern verloren?«, mischte sich Phineas ein.

»Ich bin eine Vollwaise«, erwiderte ich trocken.

Phineas hob beide Augenbrauen. »Darum beißt du dich durch. Verstehe!«

Vielleicht bildete ich es mir ein, aber ich hatte den Eindruck, in seinen Augen blitzte so etwas wie Empathie auf.

Mandy zog mich beiseite. »Nimm die blonde Trulla, die Phineas Thor mitgebracht hat, bitte nicht ernst! Sie ist nur ein Aufwertungsobjekt meines Sohnes, weil seine Freundin endlich nach zehn Jahren Schluss gemacht hat. Eigentlich steht er total auf dich und ich weiß jetzt schon,

dass ihr unser nächstes Hochzeitspaar sein werdet. Das ist SO süß! Gott, ich freue mich schon auf kleine, entzückende Götterkinder!« Sie drückte mir gleich noch einen fetten Kuss auf die Wange und ließ mich wieder frei.
Ich war dermaßen sprachlos, dass ich sie nur schweigend anlächeln konnte.
Auch in Phineas Augen sah ich etwas aufblitzen, als er mich jetzt betrachtete, allerdings konnte ich es nicht deuten. »Ich glaube kaum, dass meine Mutter Recht hat. WIR zwei passen ganz bestimmt NICHT zusammen. Ich befürchte nämlich, dass mein Bett zusammenkrachen würde, wenn wir darauf herumturnen würden, um ›kleine Götterkinder‹ zu machen.«
Wütend funkelte ich ihn an. »Walfische verführt man auch im Meer, du Arsch!«
Phineas lachte erneut los. Dann blickte er mir aus fünf Zentimetern Entfernung megatief in die Augen. »Vier zu eins, Süße, aber gewöhne dich besser nicht daran!« Er schluckte. »Tantra? Wäre der Vagina-Kurs nicht viel besser für dich, Belle?«, wisperte er leise. »Wobei, wenn ich es recht überlege, siehst du die vielleicht gar nicht, weil da was im Weg ist.« Er deutete grinsend auf meinen Bauch.
DAS war ja klar!
Nach einem klitzekleinen Kompliment musste ja eine Beleidigung kommen!
Voller Empörung öffnete ich den Mund, schloss ihn aber wieder. Auf so viel Frechheit fiel mir nichts mehr ein. Wie hätte ich ihm auch erklären sollen, dass ich meine Vagina auch nicht im dünnen Zustand angucken würde. War ja kein Kerl, der sich an seinem Sexwerkzeug ergötzte.

Schließlich wendete ich mich an Mandy. »Mandy, ich würde sehr gerne noch den Vagina-Kurs dazu buchen. Phineas hat mir den Kurs soeben empfohlen.«
Verwirrt guckte Phineas' Mutter mich an. »Echt jetzt?« Dann wandte sie sich an ihren Sohn. »Schatz, das ist eine tolle Idee! Davon wirst DU auch profitieren!«
»ICH?« Entsetzt blickte Phineas seine Mutter an. »Warum ICH?«
Mandy zwinkerte ihm zu. »Weil Anabelle die Frau sein wird, die dich in den Hafen der Ehe lotsen wird. Vertraue mir! Ich hatte noch NIE Unrecht.«
»Mandy, bin ich eigentlich zu dick für den Vagina-Kurs?« Fragend lächelte ich Phineas's Mutter an.
Mandy schnaufte entrüstet. »Blödsinn! Das bisschen zu viel auf den Rippen ist doch ganz sexy. Du bist SO ein hübsches Ding. Da stört doch das bisschen Bauchspeck nicht.« Sie zwinkerte mir zu und klopfte sich selbst auf den Bauch. »Sieh mich an! Glaubst du, ich verzichte auf Sex, nur weil meine Waage zu viel Gewicht anzeigt? Niemals!«
»Mama!« Phineas verdrehte die Augen.
»Was? Glaubst du, Mütter haben keinen Sex und nur ihre Söhne dürfen wild herumpimpern?«
Minni drehte sich kichernd weg.
Phineas verdrehte erneut die Augen.
Während seine Mutter um den Tresen herumlief, kam er mir noch einmal bedrohlich nahe. »Glaube ihr bloß kein Wort! WIR zwei sind alles andere als füreinander geschaffen. Ich glaube, wir würden es keine zwei Minuten miteinander aushalten, ohne uns an die Kehle zu springen.«
Ich blickte zu ihm auf. »Meine Kehle müsstest du zwischen all dem Speck erst einmal finden. Ich mache mir also darüber keine Sorgen.«

Phineas schmunzelte. Ohne mich anzusehen, sagte er: »Fünf zu eins. Mensch, Belle, du bist ja schlagfertiger, als ich dachte. Traut man dir gar nicht zu!«
»Da kannst du mal sehen, wozu Wale alles in der Lage sind. Wir haben nicht nur die schönsten Augen der Welt und die wundervollsten Haare, wir sind auch absolut faltenfrei und wortgewandt.«
»Den Eindruck gewinne ich auch langsam. Eines steht schon mal fest...«
»Und das wäre, Prinz Charming?« Möglichst gelangweilt blickte ich zu ihm auf. Wenn ich ein Kaugummi gehabt hätte, hätte ich jetzt noch demonstrativ den Mund geöffnet und laut geschmatzt.
(Das wäre auch nicht ganz verkehrt gewesen, um meinen schnellen Herzschlag zu übertönen.)
»Mit dir wäre es NICHT langweilig.«
Lächelnd drehte ich mich von ihm weg und füllte die Anmeldung aus. Dann notierte ich mir den Termin für den nächsten Vagina-Kurs. Er war in vier Wochen. Bis dahin hoffte ich, etwas abgespeckt zu haben, wobei ich wohl kaum zwanzig Kilo schaffen dürfte.
»Ich dachte, wir wollten den Tantra-Kurs besuchen«, sagte Minni verdattert.
Ich winkte ab. »Natürlich, Süße! Das machen wir auch. Schließlich sollst du deinen Tommy beglücken.«
Phineas ging an mir vorbei und tat so, als müsste er etwas vom Tresen holen. Dabei streifte er mein Ohr wie zufällig.
»DEN Tantra-Kurs möchte ich sehen, den du NICHT sprengst.«
»Wie meinst du das?«, zischte ich zurück.
Phineas versah mich mit einem merkwürdigen Blick.
»DU schaffst es doch, innerhalb von Sekunden sämtliche

Teilnehmer derart zu beleidigen, dass niemand mehr mitmachen will.«
»Oh, habe ich den Donnergott beleidigt?« Fragend blickte ich Phineas an. Dieser zuckte mit den Schultern. »Halb so wild, Hippo, ach, nein, Walbaby.«
Verärgert funkelte ich Phineas an. »Wenn ich deine Blondine so ansehe, dann hatte ich doch Recht mit der Einschätzung deiner Person. Du bist ein Hallodri oder willst du mir weismachen, dass SIE deine GROSSE Liebe ist? Die hast du doch nur, um dein Bett anzuwärmen. Und wenn sie dich nach dem zweiten oder dritten Treffen langweilt, wird sie eiskalt aussortiert.«
»Irrtum! Die sortiere ich schon nach dem ersten Date aus. Aber dass DU niemanden brauchst, der dein Bett anwärmt, ist mir klar. Du wärmst dich mit deinem Speck ja ganz von alleine.«
Fassungslos starrte ich ihn an.
Dieser Kerl war so was von unmöglich!
Er lächelte uns alle unschuldig an und ging dann zu seiner Mutter. Sie redeten kurz miteinander, dann hob er eine Hand zum Gruß, um sein Betthäschen wieder aus den heiligen Hallen zu führen.
Übellaunig schaute ich Phineas hinterher.
Nicht einmal sein ätzend knackiger Po konnte mich aufmuntern.
Mandy kam unterdessen zu uns.
»Ist mein Sohn nicht ein ganz charmanter?«
Charmant?
Ha!
Minni lächelte und klopfte mir auf den Oberarm. »Ja, er ist echt toll. Unsere Anabelle findet ihn ganz besonders entzückend, aber leider ist er ja besetzt. Und das, wo Belle sich in ihn verliebt hat!«

Ich starrte Minni an.
Wie konnte sie mir derart in den Rücken fallen?
»Verliebt? Siehst du, ich WUSSTE, dass ihr zwei füreinander brennt. Aber keine Sorge, Süße«, winkte Mandy ab, »das ist NUR eine gute Kollegin. Phineas ist seit ein paar Wochen Single. Der stößt sich mal eben noch die Hörner ab, bevor er in den ernsten Hafen der Ehe einzieht. Seine Ex-Freundin hat überhaupt nicht zu ihm gepasst. Und sie war viel zu lange an seiner Seite, dieses Modepüppchen der Unterwelt.« Sie blickte mich an. »Du wirst viel besser zu ihm passen, Schätzchen!«
Ich zuckte mit den Schultern. »Ich bin gar nicht sein Typ. Aber das ist nicht schlimm. Es soll nicht sein.«
»Ach, was, papperlapapp. Du bist absolut sein Typ. Ich habe gesehen, wie sein rechter Nasenflügel nervös gezuckt hat. Das macht er IMMER, wenn er jemanden toll findet.« Sie zwinkerte mir zu. »Außerdem finde ich, dass du ganz ausgezeichnet zu ihm passt und mein rechter Fußzeh juckt. DAS ist ein Zeichen. Ihr zwei seid füreinander bestimmt. Vertraue mir!«, widersprach Mandy.
»Solange ER nicht die Vagina-Kurse macht«, entfleuchte es mir.
Mandy lachte laut auf. »Nein, nein, keine Sorge. Mein Sohn ist Polizist. Vaginas gehören nicht in sein Metier. Die Kurse mache ausschließlich ich. Es dürfen auch keine Männer anwesend sein. Es gibt zwar manchmal Männer, die Interesse an einem solchen Kurs haben, aber die verweise ich auf unsere Tantra-Kurse. Dort ist es auch möglich, alles über das weibliche Geschlecht zu lernen.«
»Prima«, sagte Minni peinlich berührt, »dann haben wir ja genau das richtige Seminar gebucht.«
Mandy lächelte. »Das habt ihr. Und wenn dein Mann noch etwas Nachhilfe benötigt, dann sagst du Bescheid und

buchst den Tantra-Kurs auch für ihn, plus eine Stunde Paartherapie. In der Regel lösen sich solche kleinen Probleme wie bei euch schnell in Luft auf.«
»Vielen Dank! Wir freuen uns schon auf übermorgen«, sagte Minni.
Mandy wandte sich an mich. »Und WIR BEIDE werden uns zukünftig bestimmt öfters sehen, Belle.« Sie zwinkerte mir zu. »Ich darf doch ›*Belle*‹ sagen, oder?«
Ich nickte leicht verwirrt. »Äh, ja, klar.«
Mandy umrundete den Tresen und umarmte mich herzlich. »Wir gehören ja bald zu einer Familie. Bis übermorgen!«
»Bis übermorgen dann«, sagte ich nachdenklich.
Wir winkten noch einmal und traten dann nach draußen.
»Kann ich dich kurz sprechen?«
Erschrocken wirbelte ich herum.
»Phineas! Hast du mich erschreckt!« Ich fasste mir ans Dekolleté. »Oder sollte ich lieber sagen ›*Thor, der Unmögliche*‹? Was machst du denn noch hier?«
»Ich gehe dann schon mal vor zum Auto, Belle. Bis gleich!« Minni winkte uns zu und verschwand.
»Du kannst mich nennen, wie du willst, ›*Belli*‹. Thor oder Phineas würden aber auch reichen.« Phineas grinste künstlich.
»Deine Mutter irrt ganz gewaltig. Wir werden leider nicht das nächste Traumpaar.«
Schweigend betrachtete Phineas mich.
Irgendwie verunsicherte mich das. »Ist alles okay mit dir?«
Phineas nickte. »Sie hat einen Narren an dir gefressen.«
Ich verzog das Gesicht. »So ein Blödsinn! Ich kenne deine Mutter gerade mal zwei Minuten. Ich habe mich ledig-

lich für drei Kurse angemeldet. Wieso sollte sie einen Narren an mir gefressen haben?«
»Du warst mindestens zwanzig Minuten da drinnen. Es regnet seit fünfzehn Minuten und unter eurem Auto ist alles trocken«, erklärte Phineas mit einem Fingerzeig auf seine Armbanduhr.
»Ach, Sherlock! Und wo genau liegt dein Problem? Bin ich kein passender Watson für dich, weil ich zu dick bin?« Verärgert verengte ich meine Augen zu Schlitzen.
Phineas richtete sich auf und lächelte überheblich. »Ha!«
»Ha? Was soll das jetzt wieder heißen?«
»Das heißt, ich habe dich getroffen! Aber eigentlich findest du mich ganz süß.«
»Natürlich hast du mich verletzt, oder dachtest du, es geht spurlos an mir vorbei, wenn du mich als ›Nilpferd‹ bezeichnest?«, regte ich mich auf. »Und ich finde dich überhaupt nicht süß.«
Prüfend blickte Phineas mich an, dann wurde er ernst. »Tut mir leid, wenn ich dich verletzt haben sollte. Es ist normalerweise nicht meine Art, undiplomatisch auf andere Menschen einzuhacken oder sie gar zu beleidigen.«
Ehrlich zerknirscht lächelte er mich an.
Was sollte ich denn nun davon halten?
Lenkte er ein?
Warum?
Wurde er plötzlich handzahm oder plante er bereits den nächsten Angriff?
»DU entschuldigst dich bei mir?« Mit großen Augen betrachtete ich mein Gegenüber. »Hast wohl noch niemanden für dein Jugendprojekt gefunden, was?«
Er hatte einen wunderschönen Kussmund und seine Augen ließen schätzungsweise achtzig Prozent der weiblichen Bevölkerung dahinschmelzen. Er klimperte mit sei-

nen langen, dunklen Wimpern und zeigte nun auch noch herrlich weiße Zähne.

WIE, zum Henker, sollte man ihm da NICHT verzeihen?

Phineas nickte. »Nein, aber ich habe auch noch nicht weiter nach einer Begleitung gesucht. Abgesehen davon tut es mir wirklich ernsthaft leid. Ich werde dich niemals wieder Nilpferd nenne. Ich finde, Walbaby klingt auch viel besser.« Er grinste frech.

»Ha! Wusste ich es doch! Du brauchst mich gar nicht mit deinen wunderschönen Götteraugen anzublinzeln. Ich bin NICHT doof. Du hast dich nur scheinbar entschuldigt, um mich gleich im nächsten Augenblick wieder zu beleidigen.«

»Wer hat denn gesagt, dass du doof bist?«

»Niemand.« Ich legte ihm eine Hand auf den Arm. »Oder warte, hattest du mich nicht als ›*dämlich*‹ bezeichnet?«

Phineas winkte ab. »Das kannst du mal ganz getrost wieder vergessen. Das war echt blöd von mir. Ich weiß, dass du intelligent bist.«

»So, weißt du das?« Ich räusperte mich. »Du willst mich doch bloß zu deinem Tag im Jugendheim überreden.«

»Kommst du denn mit?« Phineas lächelte mich erwartungsvoll an.

»Nein, ganz bestimmt nicht. Frag doch mal dein Betthäschen!«

»Geht nicht, die wird heute noch abserviert!«

Aus den Augenwinkeln nahm ich eine Bewegung wahr. Ich wandte den Kopf und sah Madam Blondi auf uns zuwackeln.

»Dein Betthäschen kommt. Ich verabschiede mich lieber. Sonst kannst du heute kein Rohr mehr verlegen, falls du sie doch nicht abservierst.«

Phineas rollte genervt mit den Augen. »Reitest du noch immer auf demselben Thema herum? Hannah ist nur meine Kollegin und ein klitzekleiner Ausrutscher. Und außerdem bin ich kein Klempner. Ich verlege keine Rohre.«
»Aha!«
»Glaubst du mir nicht?«
»Du hast trotzdem deinen Füller in Bürotinte getaucht«, sagte ich. »Also tu nicht so, als wüsstest du nicht, wovon ich spreche. Du pimperst mit jeder Frau herum, die nicht bei drei auf dem Baum sitzt und willst mir weismachen, dass du total keusch bist? Pah!«
Phineas öffnete überrascht den Mund. Aber offenbar fiel ihm kein passender Spruch ein, denn er schloss ihn wieder kopfschüttelnd. »Du bist echt eine harte Nuss! Vermutlich hast du dir deshalb so viel Kummerspeck angefressen. Du musst deine Sensibilität vor anderen verbergen.«
»Ja, vermutlich ist das der Grund. Vielleicht hatte ich auch nur die Schnauze voll von solchen blöden, fiesen Idioten wie du einer bist.«
»Ich kann auch ganz anders. Ich hatte bisher nur nicht die Chance, dir das Gegenteil zu beweisen.«
»Da bin ich wieder. Wir können los, Phin!«, meldete sich Blondi zu Wort.
»Prima. Bis demnächst, Belle!« Ohne ein weiteres Wort legte Phineas demonstrativ einen Arm um die Hüfte seiner ›Nur‹-Kollegin und drehte sich von mir weg. Er warf mir einen merkwürdigen Blick zu und kniff Blondi in den Hintern, so dass diese quiekte wie ein Schwein. »Lass das, du Lüstling! Kannst es wohl gar nicht abwarten, bis wir wieder in deinem Schlafzimmer sind, was?«
Phineas gab ihr einen Kuss aufs Haar und warf mir einen letzten Blick zu.
Ich verdrehte die Augen.

Wollte er mich damit etwa provozieren?
Nun, zugegeben, wenn das sein Ziel gewesen war, hatte er es erreicht - ich fühlte mich tatsächlich herausgefordert. Gleichzeitig jedoch stieß mich sein Verhalten auch ab. Offenbar hatte er noch nicht verstanden, dass ich keinen Mann suchte, der es darauf abgesehen hatte, sämtliche Frauen nur mal eben so auszuprobieren.
Genervt trat ich den Rückweg zum Auto an. Kaum saß ich auf dem Fahrersitz, brüllte ich auch schon los. »So ein dämlicher Lackaffe, dieser...dieser blöde ›Thor‹! Er ist kein Deut besser als all die anderen blöden Typen. Soll er doch seinen Hammer sonstwo versenken. Mir doch egal! AAAARRRRGH!«
»Aha!« Minni nickte und verstaute ihre Handtasche zwischen den Beinen.
»Wie ›aha‹?«, fragte ich verwirrt.
Minni zog die Nase kraus. »Dich hat es aber ordentlich erwischt. Du bist ja richtig eifersüchtig auf seinen blonden Ausrutscher. So habe ich dich noch nie erlebt. Und wir kennen uns schon seit der Steinzeit.«
Ich lachte leise. »Süße, wir kennen uns seit der Bronzezeit. Dieser Mann macht mich echt fertig! Und ich bin ÜBERHAUPT NICHT verliebt in ihn. ER ist ein aufgeblasener Idiot, der auch noch seine überaus schlanken, ranken, superdünnen, vollbusigen Superkolleginnen flachlegt. So ein Arsch mit Ohren!«
Minni kicherte leise. »Siehst du, es hat dich erwischt! Und es lässt dich ÜBERHAUPT NICHT kalt. Ich glaube, Mandy hatte Recht.«
»Mit was?«
»Sie wird dich dort ab heute öfters sehen.«
»Ja, aber nur, weil ich ein paar Kurse bei ihr gebucht habe.«

Herrlich widerborstig

»Guten Morgen!«, begrüßte ich die Schulklasse, deren Führung ich heute übernehmen sollte. Es waren nur wenige meiner Kollegen scharf darauf, den Außendienst gegen neugierige Schulklassen zu tauschen. Ich jedoch aalte mich gerne in der Bewunderung der kleinen Teppichbeißer und präsentierte meine Arbeit vor wissbegierigen Schulkindern. Noch dazu mochte ich Kinder.
Ich hatte allerdings nicht damit gerechnet, dass ausgerechnet Anabelle die Lehrerin meines heutigen Tagesprogramms sein würde und war um so überraschter, als sie mir mit grimmiger Miene gegenüberstand.
»Freund oder Feind?«, fragte ich sie leise, als sie als Schlusslicht ihrer Klasse an mir vorbeihuschen wollte.
Sie blieb stehen und musterte mich. »Feind.«
Ich öffnete pikiert den Mund. »Obwohl ich mich entschuldigt habe?«
»Okay, dann sagen wir: Beobachter. Nach dem heutigen Tag in deiner Sphäre kann ich dir dann eine exakte Antwort auf deine Frage geben.« Anabelle täuschte ein Lächeln vor.
Ich ließ sie passieren und musterte ihre Figur von hinten. SO schlimm war sie nun auch wieder nicht. Okay, zugegeben, ihre Schenkel konnten wirklich ETWAS weniger

Masse gebrauchen und ihr Po war wirklich zu gut gepolstert, aber sie hatte eine schöne Taille und war somit ansprechend sexy. Ich versuchte, nicht an Sex zu denken und mich auf die Schulklasse zu konzentrieren und schlug den Kids gleich zu Anfang vor, die Haftzellen nicht nur anzuschauen, sondern auch gleich auszuprobieren. Natürlich erntete ich die typischen Lacher und Abwehrreaktionen. In DEM Alter wollten sie alle noch mit weißer Weste herumlaufen und mieden natürlich auch die Haftzellen.

Ich zeigte sie ihnen trotzdem.

»Wer möchte mal probeschlafen?«, fragte ich die Klasse.

»Ich«, sagte Anabelle zur Überraschung aller.

»Frau Hausstein! Wie können Sie nur freiwillig in so eine stinkende Gefängniszelle gehen?«, fragten die Mädchen empört. »Da sind sonst ECHTE Verbrecher drin!«

Die Jungs schienen beeindruckt zu sein.

»Ich finde es cool, dass Frau Hausstein dort mal schlafen will. Haben wir dann morgen keine Schule?«, rief ein rothaariger Junge.

Ich schob Anabelle in die Zelle und drehte mich noch einmal zu den Kindern um. »Wir werden sehen, ob morgen der Unterricht ausfällt.« Damit schloss ich die Tür ab und winkte Anabelle durchs Fenster. Dann drehte ich mich um und tat so, als wenn ich davongehen wollte.

Geschockt blickten mir die Kinder hinterher. »Wollen Sie Frau Hausstein etwa da drinnen lassen?«, quakte ein blondes Mädchen mit langen Zöpfen. Verärgert stemmte sie die Hände in die Hüften.

»Ich schätze, ihr macht einen Aufstand, wenn ich sie nicht wieder befreie, oder?«

Die Mädchen nickten, die Jungs schüttelten kichernd den Kopf.

»Na gut«, seufzte ich ergeben, »dann lasse ich sie wieder frei.«
Die Jungs stöhnten.
»Lasst das mal nicht eure Lehrerin hören, sonst gibt es eine Strafarbeit für jeden von euch«, warnte ich. »Frau Hausstein ist nämlich eine strenge Lehrerin.«
»Woher willst du denn das wissen?«, fragte ein dunkelhaariger Junge.
»Ich habe da so meine Beziehungen«, deutete ich wage an. Ich ging zum Haftraum und öffnete die Tür.
Ehe ich mich versah, hatte Anabelle mich auch schon reingezogen und hielt die Tür von innen zu.
»Und nun?«, fragte ich, während ich fast ihr Haar mit meinem Kinn berührte. »Kriege ich einen Friedenskuss? Oder willst du mich gleich hier drinnen vernaschen?«
»Sehe ich so aus, als würde ich auf dich stehen?«
»Ja.«
Anabelle lachte leise auf. Dann wurde sie wieder ernst. »Tue mir einen Gefallen und stelle mich nicht auch noch vor meiner Klasse bloß! Du hast Besserung gelobt, also halte dich bitte mit blöden Kommentaren zurück! Ich habe einen guten Ruf zu verlieren.«
»Hältst du mich wirklich für so fies?«, fragte ich sie fast ein wenig enttäuscht.
Anabelle zögerte.
Ich rümpfte die Nase. »Du hältst mich für rücksichtslos. Na, vielen Dank!«
»Den Ruf hast du dir selbst zusammengezimmert, Thor!«, konterte Anabelle.
Ich hob eine Hand und legte sie gegen ihre Wange. »Ich verspreche dir hoch und heilig bei meiner Polizistenehre, dass ich dir heute mit dem größten Respekt begegnen

werde. Was danach ist, kann ich dir allerdings nicht versprechen«, fügte ich grinsend hinzu.
Anabelle schnaufte. »Phineas Thor, du bist unmöglich!«
»Wollen wir dann wieder rausgehen, bevor deine Schüler davon ausgehen, dass wir Nachwuchs zeugen?«
»Nachwuchs zeugen? Ich? Mit dir? Hier?«
»Ja, die kleinen Götterkinder, die meine Mom vorausgesagt hat.«
»Das könnte dir so passen!«, empörte sich Anabelle.
Ich grinste. »Ja. Ich glaube, so langsam finde ich dich sexy.«
»Ich-bin-doch…uff…ähm…NICHT sexy!« Anabelle war offensichtlich nicht mehr in der Lage, ihren Satz vernünftig hervorzubringen.
Ich lächelte. »Stottern wir ein wenig?«
»Nein. Niemals.«
»Hörte sich für mich verdammt so an.«
»Dann solltest du mal deine entzückenden Ohren checken lassen.«
»Entzückend? Heißt das, sie sind zu klein?«
»Nein. Sie passen proportional zu deinem Gesicht. Alles bestens.« Anabelle lehnte sich für den Bruchteil einer Sekunde gegen meine Hand, so dass ich sie ganz automatisch streichelte. Ich überlegte für den Bruchteil einer Sekunde, ob ich sie küssen sollte, wagte dann aber doch keinen Vorstoß.
Plötzlich schien sie sich daran zu erinnern, wer vor ihr stand und sie ging auf Abstand. Im selben Moment ließ sie die Tür wieder frei. »Dann lass uns mal die Führung fortsetzen!«
»Dein Wunsch ist mir Befehl!«
»Was haben Sie da drinnen gemacht?«, fragte einer der Jungs forsch.

Ich warf Anabelle einen ›Siehst-du-was-habe-ich-gesagt-Blick‹ zu.
»Kinder«, sagte ich leise zu dem Jungen, der sich prustend wegdrehte.
Fassungslos blickte Anabelle mich an. »Das hast du nicht wirklich gesagt, oder?«
Ich zuckte mit den Schultern. »Wer blöd fragt, kriegt blöde Antworten.«
Anabelle verdrehte die Augen.
Wir setzten unsere Tour durch die Wache fort, machten hier und da eine Pause und landeten schließlich im Aufenthaltsraum, wo die Kinder erst einmal frühstückten.
Ich konnte nicht anders, und musste Anabelle einfach necken. Natürlich hätte ich zu gerne ›normal‹ mit ihr gesprochen, aber ich wusste einfach nicht, was ich sagen sollte, ohne plump zu wirken. Also sprach ich sie kurzerhand noch einmal auf meinen Vergleich mit einer Käsesorte, die wie ihr Name klang, an, und schon war wieder ein Gespräch im Gange.
Ich versuchte immer wieder, sie zu necken, doch Anabelle ließ sich nicht weiter provozieren. Sie war ganz die professionelle Lehrerin.
Schließlich zeigte ich der Klasse noch meinen Schreibtisch und landete zu guter Letzt mit ihnen in der Verkehrsleitzentrale. Das war in der Regel der interessanteste Ort für die Schulklassen, weil es auf den vielen Bildschirmen viel zu sehen gab. Außerdem hatten wir einen älteren Kollegen, der absolut spannende Geschichten über seine Arbeit erzählen konnte. So auch heute.
Ich schweifte ein wenig ab mit meinen Gedanken und beobachtete Anabelle.
Sie sah hübsch aus in ihrer schwarzen Hose und dem rosa Oberteil. Und plötzlich hatte ich eine Idee.

Ich hatte mich neulich breitschlagen lassen, bei einem Jugendprojekt mitzumachen. Ich konnte sie doch fragen, ob sie mich begleiten würde. Dann würde der Tag zumindest nicht langweilig werden UND ich hatte vielleicht eine Chance, sie mal auf die nette Art kennenzulernen. Vielleicht gab sie mir dann auch die Möglichkeit, mich wirklich von meiner besten Seite zu zeigen.

Während die Kinder den Geschichten meines Kollegen in der Verkehrsleitzentrale lauschten, neckte ich sie erneut. Plötzlich packte Anabelle mich am Schlafittchen und zog mich auf den Flur. Dort entstand mal wieder ein wildes Wortgefecht, bis ich schließlich die weiße Flagge hisste.

Ich fragte Mrs Störrisch, ob sie mich zu dem Aktionstag im Jugendheim begleiten würde, doch wie erwartet, war sie alles andere als begeistert. Offenbar hatte ich bereits einen zu schlechten Eindruck gemacht.

Fast bettelnd sah ich Mrs Zauberhaft an. Trotz ihrer überflüssigen Pfunde sah sie heute echt zum Anbeißen aus. Und ich gewöhnte mich langsam daran, dass sie nicht meinem Idealmaß einer Frau entsprach. Manchmal erwischte ich mich sogar, dass ich spontan an sie dachte und mir vorstellte, wie es sich wohl anfühlte, sie zu küssen.

Ich beschloss, nicht weiter auf ihre Fragen einzugehen und fasste an ihren Oberarm. »Du kannst doch ganz gut mit Kindern...«

»Du doch auch. Ich finde, du hast deine Sache mit meinen Schülern sehr gut gemacht. Warum also sollte ich dir helfen?«

Ich überlegte mir eine passende Antwort, aber es war egal, was ich von mir gab, sie hielt dagegen. Dabei war ich wirklich ein umgänglicher Typ - normalerweise. Und ich hatte wirklich Manieren - normalerweise. Ich behandelte Frauen wirklich mit Respekt - normalerweise. Nur leider

hatte Anabelle irgendetwas an sich, was meinen boshaften, kleinen Teufel hervorlockte. Und so führte ich mich ÜBERHAUPT NICHT auf wie normalerweise.
»Du denkst, weil du perfekte Haare, schöne blaue Augen, einen Kussmund und seinen stählernen Body hast, darfst du dir alles erlauben.«
In meinem Inneren fing eine Stimme an zu singen: ›*Sie findet dich to-oll, Phineas! Sie ma-ag dich! Und wenn du jetzt nicht zu-ugreifst, bist du ein Idio-ot!*‹
»Hatte ich erwähnt, dass du richtig süß bist, wenn du wütend bist?« Ich wackelte mit den Augenbrauen, um sie zum Lachen zu bringen.
»Nein.« Anabelle biss sich auf die Lippen. Sie senkte den Blick und ich wusste, ich war dabei, sie für mich zu gewinnen.
»Zum Anbeißen süß. Vielleicht bringe ich dich deshalb so gerne auf die Palme.«
»Ich werde über dein Angebot nachdenken, Mr Uncharmant. Okay?«
»Mr Uncharmant? Ich bin der Charme in persona!« Ich war empört. Ich nahm mir fest vor, eine andere Strategien an den Tag zu legen, um mich mit ihr verbal auszutauschen. Ich wollte ihr zeigen, dass ich ein toller Typ war, mit dem man viel Spaß haben konnte.
Eine junge Kollegin ging an uns vorbei. Sie kokettierte mit mir. Ich lächelte zurück und wurde gleich dafür mit einem bitterbösen Blick von Anabelle bestraft.
Sie verdrehte die Augen und ließ mich stehen.
»Warte, Belle!«
Mist!
Ich hatte doch nur gelächelt!

»›*Anabelle*‹ für dich! Frag doch deine blonde Bohnenstange, ob sie dir bei deinem Projekt hilft!« Hoch erhobenen Hauptes ließ sie mich stehen.

***

Mit dem schlechten Gewissen eines ganzen Gebirges auf meinen Schultern krabbelte ich aus dem Bett und zog mich an.
Hannah blickte mich grinsend, ja fast triumphierend, an.
»Das war phantastisch.«
»Ja.« Ich drehte mich weg.
Was hatte ich mir nur dabei gedacht, ausgerechnet mit meiner Arbeitskollegin in die Kiste zu hüpfen?
Hatte ich es wirklich so bitter nötig oder waren mir die Frauen egal, die ich flachlegte? Hatte Anabelle vielleicht doch Recht gehabt? War ich ein Hallodri? Ein Taugenichts, der jetzt nach zehn Jahren Einzelhaft die Sau rausließ? War ich nicht längst raus aus dem Alter, wo man sich die Hörner abstoßen musste?
Seufzend ging ich ins Bad und sprang eilig unter die Dusche, um das schlechte Gefühl von mir abzuwaschen, aber es half nicht wirklich.
Bei dem Gedanken an Hans' Schwester wurde mir plötzlich ganz warm ums Herz, auch wenn wir uns zur Zeit noch sekündlich angifteten. Aber um ehrlich zu sein, stand ich auf Frauen, die nicht zu allem und jedem ›Ja und Amen‹ sagten wie Hannah, sondern eher ein wenig kratzbürstig und aufmüpfig waren. Und Anabelle war herrlich widerborstig.
Hannah war eher eine typische Mitläuferin, die mit niemandem aneckte, und daher empfand ich sie auch als unendlich langweilig. Ich hatte nicht die geringste Ahnung, weshalb ich ausgerechnet mit ihr mein angekratztes

Selbstwertgefühl nach der Trennung von Miriam hatte aufpolieren müssen. Stolz war ich darauf nicht.
Vor allem stellte sich jetzt die Frage, wie ich Hannah wieder galant los wurde, ohne dass es auf dem Revier zu einer Schlammschlacht kam.
»Phin?«
Ich warf einen letzten Blick in den Spiegel, dann unterdrückte ich einen Seufzer und verließ das Badezimmer.
»Bin schon da. Ich muss nochmal eben zu meiner Mom fahren.«
Hannah blickte mich erwartungsvoll an.
Ich stöhnte innerlich. »Willst du mitkommen?«, fragte ich höflicherweise, obwohl mir gar nicht der Sinn danach stand.
Ich hoffte natürlich, dass sie keine Zeit hatte und ablehnte, aber den Gefallen tat sie mir nicht. »Sehr gerne. Dann lerne ich sie gleich mal kennen.«
Daran hatte ich nicht gedacht.
Aber wie ich meine Mutter kannte, machte sie sich ohnehin ein eigenes Bild. Sie hatte Miriam schon nicht gemocht und Hannah würde auch nicht in ihre Gunst fallen. So wie ich sie einschätzte, wird sie eher von Anabelle fasziniert sein und sich eine Frau wie Anabelle als Schwiegertochter wünschen.
Der Punkt ›*Schwiegertochter*‹ war für meine Eltern kein leichter, denn es war recht hart für sie gewesen, als Sven sich als schwul outete und mit Hans zusammenzog. Mittlerweile liebten und schätzten sie Hans, aber das war ein etwas längerer, steiniger Weg gewesen.
Gemeinsam mit Hannah fuhr ich zum Yoga-Zentrum, parkte den Wagen und betrat das großzügig geschnittene Gebäude, welches ganz im Sinne von Feng Shui eingerichtet worden war.

Meine Eltern hatten vor dem Bau und nach dessen Fertigstellung extra einen Feng-Shui-Meister einfliegen lassen, damit alles seine Ordnung hatte und die positive Energie ›fließen‹ konnte.
Als meine Mutter uns von Weitem sah, rief sie erfreut: »Phineas Thor! Was für ein seltener Glanz in unseren heiligen Hallen!«
Wir näherten uns dem Tresen und endlich erkannte ich die Frau, die neben der hübschen Blondine stand.
Es war Anabelle!
Innerlich verdrehte ich die Augen.
Super!
Ausgerechnet jetzt und hier musste ich sie treffen, wo ich Hannah im Schlepptau hatte!
(DAS entsprach ja genau dem Bild, welches sie von mir hatte.)
Im Schneckentempo drehte sie sich um, als würde sie meine göttliche Anwesenheit spüren.
»Hi Mom!«, sagte ich und wappnete mich innerlich gegen den potentiellen Angriff von Anabelle.
»Hallo, mein Schatz! Was verschafft mir die heutige Ehre? Und du hast jemanden mitgebracht?«
»Das ist Hannah, meine Kollegin.« Ich löste meinen Arm von Hannahs Schultern und umarmte meine Mutter. Dann blickte ich mich um. Möglichst unauffällig wandte ich mich an meine zukünftige Fast-Schwägerin: »Du schon wieder?«
Irgendwie holte Anabelle immer das Schlechteste aus mir heraus. War ich sonst als extrem höflicher Polizist und Kollege bekannt, so kehrte ich in ihrer Gegenwart stets den Teufel heraus. Trotzdem konnte ich die plötzlich auftretenden, verräterischen Herzklopfen nicht ignorieren. Ich spürte, dass mein rechter Nasenflügel zuckte.

Meine Mutter rieb mir über den Oberarm. »Das sind Minerva und Anabelle, Schatz. Sie haben einen Yoga-Kurs gebucht und überlegen gerade, ob sie einen Tantra-Kurs dazubuchen.«
»Ich kenne Anabelle bereits, Mom. Sie ist Hans' Schwester.«
»Wirklich?« Die Augen meiner Mom leuchteten auf. »Das ist ja toll. Du bist Hans' Schwester!« Meine Mutter umarmte Anabelle fast ein bisschen zu stürmisch und war besonders liebreizend. Dass Anabelle eine Vollwaise war, hatte ich allerdings nicht gewusst. Und plötzlich überschwappte mich eine Riesenwelle des Mitleids.
Warum hatte Hans das nie erwähnt?
Am liebsten hätte ich sie in den Arm genommen und gefragt, wann ihre Eltern gestorben waren, aber ich wagte nicht, sie zu fragen, aus Angst, ihr abermals auf die Füße zu treten.
Meine Mutter plapperte derweil munter weiter und erzählte von ihren berühmtberüchtigten Tantra-Kursen.
»Du willst einen Tantra-Kurs besuchen?«, wandte ich mich oberleise an Anabelle. »Wäre der Vagina-Kurs nicht viel besser für dich, Belli? Wobei, wenn ich es recht überlege, siehst du die vielleicht gar nicht, weil da was im Weg ist.« Ich deutete auf ihren Bauch.
Oh Mann, Phin, tat das Not?
Tiefer konnte ich nicht sinken, oder?
Was redete ich da eigentlich für einen Stuss?
Was war bloß in mich gefahren, dass ich sämtliche Manieren vergaß, sobald ich in Anabelles Nähe war?
Irgendwie kitzelte diese Frau die Tiefen meiner dämonischen Seite aus mir heraus. Eilig biss ich mir auf die Lippen und hoffte, das kleine Teufelchen in mir hielt sich langsam mal etwas zurück.

»Mandy, ich würde noch den Vagina-Kurs dazu buchen«, sagte Anabelle zu meiner Überraschung.
»Echt jetzt?«, fragte meine Mutter ebenso perplex.
»Ja. Oder bin ich dafür zu dick?« Fragend lächelte Anabelle meine Mutter an und warf mir einen bitterbösen Seitenblick zu.
Meine Mutter schnaufte entrüstet. »Blödsinn! Das bisschen zu viel auf den Rippen ist doch ganz sexy.«
Nach einigem Geplänkel verließ ich gemeinsam mit Hannah das Yoga-Zentrum. Kaum waren wir draußen, quakte Hannah, dass sie auf die Toilette musste.
Typisch Frau!
Reichlich genervt wartete ich auf dem Außengelände.
Als ich sah, dass Anabelle mit ihrer Freundin das Yoga-Zentrum verlassen wollte, positionierte ich mich in der Nähe der Tür. Mir drückte das schlechte Gewissen aufs Gemüt. Ich war mal wieder total unhöflich zu Anabelle gewesen, obwohl ich mir fest vorgenommen hatte, mich beim nächsten Zusammentreffen von meiner besten Seite zu zeigen. Außerdem plagte mich das schlechte Gewissen um so mehr, da ich jetzt wusste, dass sie keine Familie mehr hatte außer ihren Bruder. Sie war ein Waisenkind und ich behandelte sie so respektlos. Das musste aufhören!
»Kann ich dich kurz sprechen?«, sprach ich sie an.
Erschrocken wirbelte Anabelle herum.
»Phineas! Hast du mich erschreckt!« Sie fasste sich ans Dekolleté. »Oder sollte ich lieber ›*Thor*‹ sagen?«
Oh Mann, sie konnte aber auch nicht aufhören zu sticheln, oder? Nun hatte ich mir schon vorgenommen, nett zu sein und sie warf mit einem einzigen Satz meine ganzen Vorsätze um. Das war ja schlimmer als ein Dominospiel.

Anabelles Freundin verabschiedete sich und lief zum Auto voraus. Ich versuchte wirklich nett zu sein, aber Anabelle war so bissig, als wenn ich irgendein Einbrecher wäre, der das Grundstück betreten hatte, welches sie als Wachhund bewachen musste. Wütend funkelte sie mich an und plötzlich fand ich sie derart zuckersüß, dass ich ihr am liebsten einen Kuss aufgedrückt hätte.
»Ha!«
»Ha? Was soll das jetzt wieder heißen?«
»Das heißt, ich habe dich verletzt!«
Irgendwie musste ich meine Entschuldigung geschickt einleiten, ohne mein Gesicht zu verlieren.
»Natürlich hast du das, oder dachtest du, es geht spurlos an mir vorbei, wenn du mich als Nilpferd bezeichnest?«, regte sie sich zu Recht auf.
Das brachte mich gleich zu dem Punkt, den ich hatte geradebiegen wollen. Ich entschuldigte mich bei ihr und setzte mein bestes Sonntagslächeln auf, das ich zustande brachte.
»DU entschuldigst dich bei mir?« Mit großen Augen checkte sie die Aufrichtigkeit meiner Worte.
Am liebsten hätte ich laut geseufzt.
Stattdessen nickte ich schweigend.
»Okay. Ich verzeihe dir, aber vergessen tue ich das trotzdem nicht. Die Verletzung trägt Narben davon. Da kannst du noch so viele Hunderblicke aufsetzen und mich mit deinen Götteraugen anblinzeln. Ich bin NICHT doof.«
»Wer hat denn gesagt, dass du doof bist?«
Anabelle war extrem widerspenstig, aber ganz bestimmt nicht doof. Das war mir von Anfang an klar gewesen.
»Niemand.«
Eine Tür wurde zugeschlagen.

Ich wusste, unsere Zeit war begrenzt.
Hannah war auf dem Weg zu uns.
»Dein Betthäschen kommt. Ich verabschiede mich lieber.«
Ich rollte genervt mit den Augen. »Reitest du noch immer auf demselben Thema herum? Hannah ist nur eine Kollegin.«
»Aha!«
»Glaubst du mir nicht?«
»Du hast trotzdem deinen Füller in Bürotinte getaucht«, widersprach sie.
Mit DEM Spruch hatte ich nicht gerechnet.
WAS, zum Henker, sollte ich bitte DARAUF antworten?
Sie hatte ja Recht!
Ich hatte mich in einem Moment der Schwäche meiner Sehnsucht nach Nähe und Aufwertung hingegeben. Der Preis, den ich würde bezahlen müssen, wird sicherlich hoch sein. Es war IMMER ein Fehler, an seinem Arbeitsplatz mit den Frauen rumzumachen, mit denen man keine ernsten Absichten hatte.
»Du bist echt eine harte Nuss! Vermutlich hast du dir deshalb so viel Kummerspeck angefressen. Du musst deine Sensibilität vor anderen verbergen.«
Hatte ich das wirklich gerade gesagt?
Gott, wieso war ich so fies zu ihr?
Mensch, Phineas, nun reiß dich mal zusammen!
»Da bin ich wieder. Wir können los, Phin!« Hannah lächelte breit.
»Prima. Bis später, Belle!« Ich zog Hannah weg vom Ort des Wortgefechts, welches ich in Anabelles Nähe definitiv NICHT mehr im Griff hatte.
»Und was machen wir jetzt?«, fragte Hannah freudestrahlend, als wir beim Auto ankamen.

Ich blickte sie an und fühlte mich augenblicklich wie ein noch größeres Schwein. Ich hatte gar keine Lust, mit ihr etwas zu unternehmen oder mit ihr gemeinsam Zeit zu verbringen. Ich war schon viel zu lange mit ihr unterwegs. Hannah deutete mein Zögern richtig. »Du willst gar nicht mit mir zusammensein, oder?«
Ich presste die Lippen zusammen und suchte nach den passenden Worten. »Nein. Nicht wirklich. Es tut mir leid, Hannah! Ich hätte nichts mit dir anfangen sollen. Ich hatte keine ernsten Absichten.«
Hannah legte mir eine Hand auf die Schulter. »Lass mal gut sein! Ich schätze, das geht dir alles zu schnell. Kann ich auch verstehen, schließlich warst du zehn lange Jahre in einer festen Beziehung. Ich schlage vor, du setzt mich einfach zuhause ab und wir gehen die Sache ETWAS langsamer an.«
Wie wäre es mit ›*gar nicht*‹?
Hatte ich mich so missverständlich ausgedrückt?
»Guter Vorschlag. Danke für dein Verständnis.« Ich täuschte ein Lächeln vor und startete den Motor.

Sicherheit geht vor

Anabelle

»Yasmin ist die Tochter eines Scheichs, der im Exil lebt?«, fragte ich erstaunt.
Marianne Hasel, meine Chefin, nickte. »Ich hatte auch keine Ahnung. Aber der Vater rief mich heute morgen an, dass er eine Drohung bekommen hätte und nun Sicherheitspersonal in unserer Schule postieren will.«
»Hat er die Polizei eingeschaltet?«
»Soweit ich informiert bin, nicht. Er meinte, er würde das Problem auf seine Weise lösen. Und ich habe keine Ahnung, ob ich das der Schulbehörde melden muss oder vielleicht sogar der Polizei.«
»Vielleicht sollte Yasmin lieber zuhause bleiben«, schlug ich vor.
Marianne winkte ab. »Das hatte ich auch erst überlegt, aber wir wissen doch gar nicht, ob es überhaupt zu einem Übergriff kommen wird. Soll sich die Kleine nun monatelang zuhause verstecken?«
Ich schüttelte den Kopf. »Nein. Du hast Recht. Es wird schon nichts passieren.«

***

Ich schlüpfte in meine Sportsachen und folgte Minni in den großen Kursraum mit der überlebensgroßen Buddha-

Figur. Nach der kurzen Erwärmung drückte mir plötzlich die Blase.

Peinlich darauf bedacht, niemanden zu stören, verließ ich den Kursraum und sprang so leichtfüßig wie möglich zur Toilette.

»Wie eine Gazelle siehst du nicht gerade aus! Du kannst also aufhören, wie eine Elfe über den Boden schweben zu wollen. Es wird dir nicht gelingen, leise aufs Örtchen zu huschen.«

Ich wirbelte herum. »Phineas! Was, zum Henker, machst du denn schon wieder hier?«

Er zog beide Augenbrauen hoch. »Zufälligerweise ist das die Arbeitsstätte meiner Eltern.«

Ich fühlte mich trotz der Sportkleidung, als würde ich nackt vor ihm stehen. Ich versuchte, mich zu bedecken, doch das gelang mir natürlich nicht.

Gott, ausgerechnet heute hatte ich ein wirklich altes, viel zu enges, hässliches, schwarzes Aerobic-Outfit mit pinkem Balken quer über dem Bauch angezogen. Ich hätte es gleich in die Altkleidertonne werfen sollen!

Meine Gestik brachte Phineas nur noch mehr zum Schmunzeln. »Versuchst du dich gerade an bestimmten Körperstellen abzudecken?«

Ich richtete mich auf und stemmte die Hände in die Hüften. »Wieso musst du eigentlich AUSGERECHNET JETZT hier auftauchen, wo ich mal oberdringend auf die Toilette muss?«

Er deutete zur Tür. »Bitte, geh! Ich halte dich nicht auf!«

Ich machte auf dem Absatz kehrt und rannte zur Toilette. Als ich zwei Minuten später wieder herauskam und hoffte, unbeobachtet wieder in den Kursraum zurück zu schlüpfen, winkte Phineas mir grinsend zu. »Ich bin immer noch da!«

»Ja, und ich frage mich weshalb.«
Phineas erhob sich von dem Sessel, der in der Eingangshalle in der Chill-Out-Area stand und kam auf mich zu. »Ich hatte gehofft, dich nochmal zu sehen. Von wann ist eigentlich das Sportzeug? Aus den 80er Jahren? Oder ist so ein fetter Balken über dem Bauch wieder in Mode?«
Ich blickte an mir herunter. »Wieso? Sieht mein Outfit so veraltet aus?« Ich tat so, als würde ich den letzten Schrei tragen.
»Nee, eher fünf Nummern zu klein. So, als wenn du es bereits als Schulmädchen getragen hättest.«
Hatte ich vermutlich auch!
Ich hatte es irgendwo aus der hintersten Schrankecke herausgeholt, weil mein anderes Sportdress noch in der dreckigen Wäsche gewesen war.
Wie, verflixt nochmal, sollte ich JETZT wieder in den Yoga-Fluss kommen, nachdem mich Mr Charme dermaßen auf dem falschen Fuß erwischt hatte?
Wütend schnaufte ich ihn an. »Und wie siehst du bitteschön aus - ohne deine Uniform?«
Phineas blickte desinteressiert an sich herunter. »Jeans, Pulli. Normal.«
Ich rümpfte die Nase. »Normal? Mit einer Jeans, die voller komischer Flecken ist, die vermutlich von deinen vielen Ausrutschern stammen?«
Nun war es Phineas, der empört Luft holte. »Bitte was?«
Er blickte an sich herunter. »Das ist Kunst, kein Lebenssaft! Die habe ich bereits so gekauft.«
»Die weißen Flecken auf deiner Hose sind ›*Kunst*‹?«, hakte ich ungläubig nach. »So etwas kann man KAUFEN?« Ich verschränkte die Arme vor der Brust. »Ich würde eher sagen, das sind eindeutige Beweise, dass du alles nagelst, was nicht bei drei auf dem Baum sitzt. Und

nun versuchst du mir deinen Mangel an Sauberkeit als ›*Kunst*‹ zu verkaufen.« Ich schnaufte verächtlich. »Wieso hackst du eigentlich schon wieder auf mir herum? Hatten wir nicht schon längst die Friedenspfeife ausgepackt?«
»Ausgepackt, ja. Aber leider noch nicht gemeinsam geraucht. Darum bin ich auch da.« Phineas kam auf mich zu. Wenige Zentimeter vor mir blieb er stehen. »Du bist doch nur verärgert, weil du noch nicht in den Genuss meiner Lendenfrucht gekommen bist. Und darum reitest DU ständig darauf herum, dass ich jede Frau flachlegen würde. So schlimm bin ich nämlich gar nicht.«
Ich schnitt eine abfällige Grimasse. »Glaubst du, ich habe es nötig, mich mit einem Lackaffen abzugeben? Wer weiß, ob du noch gesund bist. Ich suche meine Sexualpartner lieber sorgfältig aus.«
Phineas zog die linke Augenbraue hoch. »Du hast doch gar keine Sexualpartner.«
»Woher willst du denn das wissen?«
»Weil du sonst entspannter wärest.«
»DAS«, ich hob einen Finger, »ist totaler Blödsinn! Wenn du nicht ständig auf meiner Figur herumhacken würdest, wäre ich mega entspannt.«
»Du meinst also, wenn ich charmanter zu dir wäre, dann würdest du weniger grimmig gucken, wenn du mich siehst?«
»Genau.« Ich versuchte stark zu bleiben. Irgendwie schaffte er es immer wieder, mich an meinem wunden Punkt zu treffen.
Phineas ging noch einen weiteren Schritt auf mich zu. Nun konnte ich sein ekelhaft betörendes Aftershave riechen. »Und wenn du mich noch einmal beleidigst, breche ich in Tränen aus«, fügte ich mit fast zitternder Lippe hinzu. »Ich bin nämlich nicht so stark, wie ich vielleicht auf

dich wirke. Und so langsam geht mir die Puste aus, deine Gemeinheiten einzustecken.«
»DU hast doch damit angefangen«, verteidigte sich Phineas.
Ich verzog den Mund. »Aber DU bist derjenige, der immer noch ständig an mir herummäkelt. Ich bin hier heute nichtsahnend zum Yoga gegangen und nun muss ich mich vor dir rechtfertigen, weil ich zu enge, altmodische Kleidung trage. Das ist echt nicht fair!«
»Entschuldige! Ich wusste einfach nicht, wie ich dich auf witzige Art ansprechen sollte. Ich finde dich eigentlich ganz süß in deinem Sportdress. Und noch süßer finde ich es, wenn du versuchst, deinen Körper vor mir zu verstecken. Oder wenn du wütend wirst.«
»Ich glaube nicht mehr an den Weihnachtsmann, du etwa?«, knallte ich ihm an den Kopf. »Du findest mich doch nicht süß!«
Phineas lächelte. »Doch. Und Santa Klaus ist ein Freund von mir. Ich habe ihm erzählt, dass ich dich süß finde.«
Nun musste ich wider Willen lachen. »Okay. Ich sehe schon, ich bin dir heute nicht gewachsen. Und da du mich komplett aus meiner Yoga-Stimmung herausgebracht hast, kann ich jetzt auch nicht mehr in den Kursraum zurückkehren, ohne den ganzen Laden aufzumischen. Wir können also auch genauso gut die Friedenspfeife rauchen.«
»Echt? Dann darf ich dich auf einen Kaffee einladen?«, überraschte Phineas mich.
»Einen echten Kaffee? Ohne Fiesitäten? Oder spuckst du heimlich in meinen Becher?«
Phineas verdrehte die Augen und zog mich ins angrenzende Café. »Ich habe nur versucht, Kontakt mit dir aufzunehmen. Vielleicht sollte ich doch mal einen Knigge-Kurs besuchen. Oder einen Kurs ›*Wie baggere ich eine*

Dame richtig an‹. Ich bin doch kein Schwein! Nur Schweine spucken in den Kaffee anderer Leute.«
Im Café betätigte er ein paar Knöpfe und zauberte im Handumdrehen zwei Tassen Kaffee. Eine reichte er mir.
»Friede?«
»Friede. Sofern du mich zukünftig in Ruhe lässt oder zumindest auf nettere Art und Weise ansprichst.«
»Das lässt sich einrichten«, erwiderte Phineas und zwinkerte mir zu.

***

»Ihr habt Sicherheitsleute in der Schule und die Polizei wurde nicht informiert?« Sven blies die Backen auf. »Ist das legal?«
Ich zuckte mit den Schultern. »Ich habe keine Ahnung. Ich hatte so einen Fall noch nie.«
Hans legte grübelnd einen Finger an die Lippen. »Ich finde, du solltest dich entsprechend wappnen. Nur für den Fall, dass es doch zu einer Entführung auf dem Schulgelände kommt.«
»Und wie sieht das deiner Meinung nach aus?«, fragte ich meinen Bruder.
Hans blickte auf. »Wir kaufen dir ein iPhone und so eine dazugehörige Uhr. Mit der Apple Watch kannst du ganz einfach den Notruf auslösen, ohne dass du an dein Handy heran musst.«
»Ist das nicht ein bisschen übertrieben?« Ich verdrehte die Augen. »Das kostet doch ein Vermögen!«
»Papperlapapp! Wir fahren gleich los und rüsten dich aus. Sicherheit ist wichtiger als Geld. Ich fühle mich wohler dabei«, widersprach Hans. »Mama und Papa habe ich schon verloren. Noch einen Verlust ertrage ich nicht.«

Liebevoll streichelte ich Hans' Arm. Wir sprachen nicht oft über den Unfall unserer Eltern, obwohl er trotzdem ständig wie ein transparentes Damoklesschwert über uns schwebte.
»Was ist mit Phineas, wollte er heute nicht auch kommen? Hattet ihr nicht gesagt, ihr müsst etwas Oberwichtiges MIT UNS BEIDEN besprechen?«, fragte ich mit rasenden Herzklopfen. »Oder war das nur ein weiterer verzweifelter Kuppelversuch?«
Seit dem Kaffee während des Yoga-Kurses waren zwei Wochen vergangen und Phineas hatte mich - wie versprochen - in Ruhe gelassen.
Leider.
Denn das Problem war, ICH konnte IHN nicht vergessen. Und eigentlich wollte ich auch gar nicht, dass er mich in Ruhe ließ. Das war nur so ein doofer Spruch gewesen. Ich vermisste ihn, sein Lächeln, seine blauen Augen, seinen Charme - wenn er ihn denn an den Tag legte. Und im Café war er wirklich rührend gewesen.
Ständig erwischte ich mich bei der Arbeit, dass ich mit den Gedanken abschweifte und mir wünschte, ich würde ihn wiedersehen.
Sven räusperte sich. »Phin musste auf dem Revier bleiben, aber er lässt dich schön grüßen.«
»Echt? Oder hast du dir das eben ausgedacht?«, sagte ich aufgeregt.
Hans streichelte meinen Oberarm. »Schwesterherz, mach dir keine Gedanken! Phineas war die ganze Woche über schon nicht zu erreichen, weil er ständig irgendwelche Sondereinsätze hatte. Er hat wirklich keine Zeit heute. Es liegt also nicht an dir.«
»Und warum hat er heute nicht frei?«

Warum hatte er nicht alles Menschenmögliche getan, um MICH wiederzusehen, dachte ich schweren Herzens. Offenbar war der Kaffee doch nur ein Kaffee gewesen! »Wegen der heutigen Demonstrationen muss er als Einsatzabschnittsführer die Gefangenensammelstelle leiten. Wir müssen also unsere Neuigkeiten auf nächste Woche verschieben«, sagte Sven. Er zückte sein Handy und zeigte mir eine Nachricht von Phineas.

›*Sven, richte Hans und Belle bitte liebe Grüße aus. Sondereinsatz. Mein freier Tag am Samstag wurde gestrichen. Du kennst das ja. VG, Phin.*‹

Nun ja, zumindest hatte er mich nicht ganz vergessen, dachte ich nervös. Ich streckte meine Schultern und wandte mich an meinen besorgten Bruder. »Gut, Hans, dann fahren wir in den nächsten Elektronikmarkt und besorgen zu meinem Schutz deine Wundertechnik.«
»Sehr gut«, sagte Hans und erhob sich. »Dann lass uns einen kleinen Ausflug machen!«

Holla, die Waldfee!

»Na, ihr zwei Turteltauben! Was gibt es denn so wichtiges, was ihr mit uns besprechen wolltet?« Lächelnd pflanzte ich mich an den Küchentisch, der eher an einen Bartisch erinnerte. Mühsam klemmte ich mir die Füße zwischen die Stangen des Barhockers und stützte mein Gesicht abwartend auf die Hände.
»Wir haben zwei Dinge auf dem Herzen«, sagte mein Bruder. »Zuerst die unangenehme Angelegenheit, die dich betrifft, und dann die gute Nachricht, die wir euch beiden mitteilen wollen.«
»Boah, echt jetzt? Unangenehm?« Genervt verdrehte ich die Augen. »Danach steht mir überhaupt nicht der Sinn. Wo steckt Anabelle überhaupt?«
Es verging kaum eine freie Minute, an der ich nicht an sie dachte. Ich hatte daher gehofft, sie heute hier anzutreffen.
Hans reichte mir ein Cola-Whiskey Gemisch.
»Willst du mich abfüllen?«
»Nein. Willst du lieber was Alkoholfreies?«
»Ja, bitte. Ich habe in letzter Zeit zu viele Dummheiten angestellt, wenn ich angetrunken war. Ich muss langsam erwachsen werden.« Ich grinste in die Runde, aber niemand lachte.
Sven winkte Hans mit dem Glas weg. »Das führt uns gleich zum Thema, Bruderherz. Mir wird es langsam

peinlich, dass mein Bruder als Hallodri jede zweite Frau auf der Wache flachlegt und keinerlei Rücksicht auf die Gefühle der Kolleginnen nimmt. Die Leute reden mittlerweile über dich. Ich meine, zehn Jahre lang warst du eine treue Seele mit deiner Miriam und hast wirklich gar nichts anbrennen lassen, aber…«
»Habe ich nicht?«, warf ich in den Raum.
»Hast du?«, fragte Sven überrascht.
Ich schüttelte den Kopf. »Nein, war nur ein Witz. Ich war wirklich treu. Um ehrlich zu sein, bin ich Miriam derart hinterhergelaufen, dass gar keine anderen Frauen neben ihr existiert haben. Ich war ihr gewissermaßen hörig, auch wenn ich das nur ungerne zugebe.«
Sven nickte. »Das dachte ich mir bereits.« Er holte tief Luft, dann fuhr er fort: »Dein Zölibat scheinst du aber momentan vergessen und alles nicht Getane wieder nachholen zu wollen. Du hast schon mit DREI Frauen auf derselben Wache geschlafen seit deiner Trennung. Zumindest, wenn man den Gerüchten glaubt. Findest du das gut durchdacht?«
Ich stöhnte leise. »Nein. Und es waren VIER. Ist halt so passiert. Ich kann ja auch nichts dafür, wenn die alle heiß auf mich sind. Wir waren immer etwas trinken nach dem Dienst und da habe ich mich irgendwie bezirzen lassen. War dem Charme der Damen unterlegen. Vielleicht bin ich auch ein Superheld, der gar nicht anders kann? Die legen doch auch alles flach.«
»Du bist so ein Dummschwätzer, Phin!«, knurrte Sven mich verärgert an. »Ehrlich, es ist echt Mist, wenn alle vom rücksichtslosen Marvelin sprechen, der alles nagelt, was nicht bei drei auf dem Baum sitzt. Noch eine Kollegin und du kannst dich in der Personalabteilung rechtfertigen.«

»Spinnst du? Das geht die doch überhaupt nichts an! Sex ist reine Privatsache«, empörte ich mich.
»Nicht ganz«, widersprach Hans. »Wenn du den Betrieb aufmischt und sämtliche Herzen weiblicher Polizisten brichst, dann wird sich die Personalabteilung früher oder später einmischen.«
»Eher früher«, sagte Sven verschnupft. »Ich habe da schon was läuten gehört.«
»Okay, was wollt ihr jetzt von mir?«
Hans reichte mir eine Spezi. »Hier, alkoholfrei.«
»Danke!« Lächelnd hob ich das Glas und trank.
»Lass die Finger von Kolleginnen, Phin! Für unseren Seelenfrieden und deinen Job. Nicht, dass sie dich noch strafversetzen«, warnte Sven.
»Strafversetzen? Wohin denn?« Ich konnte mir beim besten Willen nicht vorstellen, wohin mich dieser Weg führen sollte.
»Zum KDD zum Beispiel«, konterte Sven mit ernster Miene. »Da gehst du doch so gerne hin!«
»Was, zum Kriminaldauerdienst? Boah, bloß nicht!« Ich stöhnte theatralisch. Das würde Dauerschichten bedeuten und noch weniger Freizeit. Das hatte ich bereits einmal durch und ich hatte mir geschworen, nie wieder dort aufzuschlagen. Das war einfach nicht mein Ding. Ich liebte meine Arbeit als Schutzpolizist, auch wenn das Leben in der Großstadt alles andere als einfach war. Aber Kriminaldauerdienst war einfach nur nervig.
»Also gut«, sagte ich gnädig, »ich werde mich zukünftig beherrschen und keine Kolleginnen mehr vernaschen«, versprach ich hoch und heilig.
»Ich persönlich glaube ja, dass du ein Auge auf meine Schwester geworfen hast, aber Sven meinte, ihr würdet euch hassen«, sagte Hans mit prüfender Miene.

Hassen?
Das war total übertrieben.
»Nun, das ist vielleicht ETWAS zu viel des Guten«, sagte ich leise. »›Hassen‹ ist ein hartes Wort! Wir mögen uns eigentlich ganz gerne. Und vor etwa drei Wochen«, ich grinste in die Runde, »haben wir sogar im Yoga-Zentrum einen Kaffee zusammen getrunken. Ansonsten kreuzen sich unsere Wege nie.«
»Das könnte sich zukünftig ändern«, begann Sven zu meiner Verwunderung.
»Warum?«
»Wir werden heiraten«, platzte Hans heraus.
»Aber das wollten wir eigentlich euch beiden GLEICHZEITIG erzählen«, wandte sich Sven ein wenig angefressen an Hans.
»Sorry! Ist mir so rausgerutscht«, entschuldigte sich Hans. »Nimmst du mich trotzdem?«
»Ja, natürlich, Schatz.«
Glücklich lächelten sich die beiden an.
»Echt jetzt? Ihr heiratet?«
»Ja«, bestätigte Sven.
»Herzlichen Glückwunsch! Ich gratuliere euch! Schön, dass ihr in den Hafen der Ehe steuern wollt«, sagte ich. Erleichtert atmete Sven auf. »Boah, bin ich froh, dass du die Nachricht so gut aufgenommen hast.«
»Warum denn nicht? Wir wissen doch mittlerweile seit Jahren, dass du schwul und mit Hans zusammen bist«, sagte ich schulterzuckend.
»Würdest du unser Trauzeuge sein?«, fragte Sven leise.
Ich lächelte. »Gerne. So viel Vertrauensvorschuss? Darum soll ich aufhören, mir die Finger zu verbrennen, was?«

»Nein. Du sollst aufhören, am Arbeitsplatz herumzupimpern«, konterte Sven pikiert. »Das hat nichts mit unserer Hochzeit zu tun.«
»In Ordnung. Aber braucht man nicht ZWEI Trauzeugen? Wer übernimmt die andere Hälfte des Jobs?«
Sven und Hans blickten sich vorsichtig an, dann nahm Hans sich ein Herz. »Wir dachten an Anabelle.«
Ich lächelte in mich hinein. »Ah, deshalb wolltet ihr uns BEIDE sprechen?«
ICH sollte mit der Versuchung höchstpersönlich als Trauzeuge zusammenarbeiten? Das war ja großartig!
Mir stand die Überraschung offenbar deutlich ins Gesicht geschrieben, denn Hans hob die Whiskeyflasche hoch.
»Doch ein Schuss?«
Abwehrend hob ich die Hand. »Nein, nein. Es ist okay. Wir werden uns schon nicht an die Kehle springen.« Ich lachte leise.
Sven räusperte sich. »Nun ja, ihr sollt uns bei ein paar Vorbereitungen helfen. Caterer auswählen, Hochzeitstorte vorkosten, Deko aussuchen und noch so ein paar andere Kleinigkeiten, die zur Vorbereitung der Hochzeit gehören. Wäre das in Ordnung für dich?«
Ich winkte elegant ab. »Das kriegen wir schon hin. Wir sind ja erwachsen. Und wenn wir uns bis zur Trauung doch an die Kehle springen, dann rufe ich 110 an.«
»Sehr witzig«, schnaufte Sven.
Ich deutete auf Hans. »Hast du dich deshalb so in Schale geworfen?«
Hans trug einen Smoking mit Hemd und Fliege. Er schüttelte lächelnd den Kopf. »Nein, ich gehe noch aus.«
Plötzlich klingelte es an der Haustür.
»Ah, Madam kommt aber reichlich spät«, entfleuchte es mir.

Innerlich wappnete ich mich, Mrs Schlagfertig gegenüber zu treten und mich gegen ihre verbalen Angriffe zu wehren. Andererseits hatten wir ja die Friedenspfeife geraucht. Ich war also gespannt, wie unser Treffen ablaufen würde.
»Na, dann lasst unsere zweite Trauzeugin mal eintreten«, versuchte ich meine Nervosität zu überspielen.
Hans verließ die Küche, um die Haustür zu öffnen.
»Anabelle kann nicht lange bleiben«, sagte Sven. »Sie und Hans haben noch etwas vor.« Er reichte mir ein paar Erdnüsse. Ich griff beherzt zu und schob mir gleich eine ganze Handvoll in den Mund.
Das hätte ich mal besser nicht getan!
Als Hans wieder in die Küche kam, hatte er die wohl schönste Frau an seiner Seite, die ich je gesehen hatte.
Vor mir stand - eine wahre Prinzessin!
Eine Göttin der Liebe!
Ach, was sagte ich, Aphrodite in persona!
Vor mir stand - Anabelle.
Sie trug ein lilafarbenes Ballkleid, das derart figurfreundlich und perfekt geschnitten war, dass ihre überflüssigen Pfunde nicht weiter ins Gewicht fielen. Ihre langen, roten Locken hatte sie kunstvoll hochdrapiert und ein paar Engelslocken seitlich herausgezogen, so dass diese ihr hübsches Gesicht umrahmten. In der hohen Haarpracht steckte ein glitzerndes Diadem wie eine Krone. Ihre Wangen glühten und ihre Augen leuchteten. Sie sah dermaßen verführerisch aus, dass ich mich vor Schreck verschluckte und meine Erdnüsse quer über den Bartisch prustete.
Laut schimpfend beseitigte Sven das Malheur.
Entschuldigend hob ich eine Hand. Reden konnte ich nicht, irgendwo steckten noch Nüsse in meinem Hals.

»Hallo Sven!« Anabelle gab meinem Bruder einen Kuss, um den ich ihn augenblicklich beneidete. Dann wandte sie sich an mich. »Ich würde dir ja die Hand reichen, aber ich bin mir nicht sicher, ob du dich noch daran erinnerst, dass wir die Friedenspfeife zusammen geraucht haben.« Sie beugte sich vor und kam mir gefährlich nahe. »Freund oder Feind?«
»Freund«, war alles, was ich sagen konnte. Ich war so überwältigt von ihrem Anblick, dass mein Sprachzentrum irgendwie lahmgelegt war.
»Ihr werdet als Trauzeugen ab jetzt im Team arbeiten«, sagte Hans. »Da ist es umso erfreulicher, dass ihr euch vertragen wollt.«
Anabelle wirbelte zu ihrem Bruder herum. »Ihr wollt heiraten? Ernsthaft? Das ist also die frohe Botschaft!«
Hans nickte.
Anabelle fiel ihm um den Hals. »Hans, das ist SO toll! Ich freue mich riesig für euch! Herzlichen Glückwunsch!«
Sie gab Sven einen zweiten Kuss.
Ich stand auf und strich mein Hemd glatt. Dann umrundete ich den Bartisch, wusch mir im Küchenbecken die Hände und streckte ihr meine Hand entgegen. »Anabelle, es ist mir eine Ehre an deiner Seite die Hochzeit vorbereiten zu dürfen.«
»Wo ist der Haken?«, fragte Anabelle, während sie meine Hand misstrauisch beäugte.
»Es gibt keinen Haken«, sagte ich perplex.
Lächelnd ergriff sie meine Hand. »In Ordnung. Die Friedenspfeife bleibt ausgepackt.«
»Na, endlich! Ich dachte schon, wir haben verfeindete Geschwister, wenn wir heiraten«, stöhnte Sven erleichtert.
Anabelle winkte ab. »Nein, nein. Wir sind doch erwachsen! Nicht wahr, Thor?« Sie grinste. »Lass deinen Ham-

mer lieber eingepackt, sonst bekommt die Friedenspfeife noch Angst und haut womöglich ab.«

»DEN Satz hast du dir NICHT verkneifen können, was?« Ich ergriff ihre Hand und zog sie so unvermittelt in meine Arme, dass sie laut quiekte. »Wie wäre es mit einem Friedenskuss? Den hatten wir noch nicht«, wisperte ich ihr ins Ohr. Ich knabberte wie zufällig an ihrem Ohr und spürte, wie sie erzitterte. Zärtlich hauchte ich ihr an die Ohrmuschel. »Es ist lange her, dass wir beide zusammen einen Kaffee getrunken haben. Zu lange. Findest du nicht?«

Sie räusperte sich und löste sich von mir. »Das ist nicht meine Schuld. DU hättest mich ja nicht in Ruhe lassen müssen.« Nun glühten ihre Wangen noch mehr. Fahrig wischte sie sich ihre Hände an ihrem Kleid ab.

Verstehe einer die Frauen!

Hatte SIE nicht gesagt, ich solle sie in Ruhe lassen?

Ich beugte mich vor. »Nervös?«

»Nein, wieso? Ist doch nur eine harmlose Umarmung unter Trauzeugen«, wisperte sie zurück. Sie blickte mir tief in die Augen. »Was sagt denn Blondi dazu, wenn du mich anbaggerst? Oder hast du sie tatsächlich schon abgeschossen?«

»Sie ist abserviert. Schon lange.«

»Das freut mich zu hören.« Sie lächelte.

»Belle, wir müssen los! Der Ball ruft.« Hans blickte auf seine Armbanduhr.

Anabelle hielt sich eine Hand ans Ohr. »Echt? Der Ball ruft? Ich habe mir noch gar kein Kompliment von Phin abgeholt. Und ich finde, nach all den Boshaftigkeiten habe ich mal etwas Nettes verdient.«

»Phin!«, forderte Sven seinen Bruder mit einer Geste auf. Alle sahen mich an.

Ich grinste und musterte Anabelle anzüglich. »Du siehst ganz passabel aus.«
»Ist das alles, was du an Komplimenten hinkriegst?«, fragte Sven spöttisch. »Ich habe mich auch gerade gefragt, wie du mit so einem Satz die Damenwelt bisher rumgekriegt hast«, sagte Anabelle schnippisch.
»Du siehst umwerfend aus«, riss ich mich zusammen. »Wie eine Prinzessin. Wie hieß die dicke Rothaarige noch? Merida?« Ich lächelte. »Du siehst genauso bezaubernd aus wie Merida.«
»Na, danke«, knurrte Anabelle. »Aber gib's zu, auf Merida stehst du total und wolltest sie längst mal geküsst haben! Darum ärgerst du mich auch ständig. Weil du scharf auf mich bist!«
Ich musste leider zugeben, dass sie mit dieser Bemerkung Recht hatte. Also teilweise - ich stand auf Anabelle, nicht auf Merida.
»Wenn du einen Mistelzweig da hast, können wir das gleich erledigen«, neckte ich sie. Natürlich ging ich nicht davon aus, dass es hier irgendwo einen Mistelzweig gab, denn wir hatten Sommer.
»Wieso? Traust du dich sonst nicht, mich zu küssen?«, fragte sie grinsend.
»Ein Mistelzweig! DAS ist eine phantastische Idee!« Sven sprang auf und holte tatsächlich einen Mistelzweig aus einer Schublade.
»Du versteckst einen MISTELZWEIG in der Küchenschublade?«, fragte ich ungläubig.
»Den habe ich immer parat«, entschuldigte sich mein Bruder und hielt ihn sogleich über unsere Köpfe.
»Ist das dein Ernst, Sven?« Ich verdrehte die Augen.

Anabelle zuckte mit den Schultern und lächelte. »Na, was ist, Mr Superheld? Haben wir uns zu weit aus dem Fenster gelehnt? Oder sind wir etwa feige?«
Feige?
ICH sollte FEIGE sein?
Niemals!
»Kratz nicht an meiner Ehre, ja!« Ich machte einen Schritt auf sie zu und blickte zu Sven und Hans. »Könntet ihr euch bitte wegdrehen, während ich meiner Pflichtkür nachkomme!«
»Schämst du dich etwa? Seit wann hast du ein Problem damit, eine Frau zu küssen?«, feixte Sven.
Ich wand mich ein wenig. »Ich habe kein Problem damit, eine Frau zu küssen. Aber vor mir steht eine echte Prinzessin, der ich bisher nur selten charmant begegnet bin«, murmelte ich.
»Eine ECHTE Prinzessin?« Mit großen Augen trat Anabelle auf mich zu. Die Stimmung war am Kippen. »Ich wusste gar nicht, dass es adlige Walfische gibt.«
Ich schnitt eine Grimasse. »Willst du jetzt einen Mistelzweigkuss oder erneut anfangen zu streiten, Merida? Ich versuche gerade, mich von meiner besten Seite zu zeigen.«
Sven hielt den Zweig hoch und drehte sich gemeinsam mit Hans weg.
Ich beugte mich vor und näherte mich ihrem Gesicht. Ihre wunderschönen Augen blickten mich erwartungsvoll an, ihre Lippen war kussbereit geöffnet.
Und plötzlich schlug mir das Herz bis zum Hals.
Mein Puls beschleunigte und der Schweiß brach mir aus.
Ihr Mund war so kunstvoll geschwungen, dass ich richtig Lust bekam, ihn zu küssen.

Als sich unsere Lippen berührten, hatte ich plötzlich das Gefühl, ein Feuerwerk würde in meinen Eingeweiden explodieren. Ich war gar nicht mehr in der Lage, mich von ihr zu lösen und dehnte den Kuss ETWAS zu lange aus. Irgendwann wurden wir durch ein lautes Räuspern unterbrochen.
»Ich unterbreche euch ja nur höchst ungerne«, sagte Hans mit brüchiger Stimme, »aber wir müssen dann demnächst mal los, Belle.«
Sven grinste bis über beide Ohren. Fast kam es mir so vor, als würde er triumphieren. Und natürlich kam auch gleich die passende Bemerkung. »Ich wusste doch, dass ihr überhaupt nicht zueinander passt. Die Chemie ist ja so was von unstimmig, ich halte eure Abneigung kaum aus.« Er wischte sich den imaginären Schweiß von der Stirn. »Kann mal jemand diese magischen Sterne aus der Küche entfernen, die hier herumfliegen?«, witzelte Sven.
Anabelle blickte mich mit großen Augen an, dann schaute sie zu Boden.
Ich wusste - und das lag nicht allein in der Botschaft, die in ihrem Blick lag -, dass dieser Kuss endgültig etwas zwischen uns verändert hatte.
Ich war nicht länger ihr Feind Nummer eins.
»Ihr seht euch ja ab jetzt etwas öfters, da ihr unsere beiden Trauzeugen seid«, sagte Hans und schob Anabelle aus der Küche. »Und den Mistelzweig hat Sven immer in der Küche liegen. Ihr könnt euren Kuss also demnächst weiter üben.« Hans blieb im Türrahmen stehen. »Belle, bist du jetzt überhaupt noch in der Lage, auf den Ball zu gehen?«
Ich folgte den beiden wie ferngesteuert auf den Flur. »Auf was für einen Ball geht ihr denn?«, fragte ich.
Ich spürte so einen hässlichen Stich in meiner Brust namens ›*Eifersucht*‹. Wieso ging sie nicht mit mir auf den

Ball? Warum hatte sie MICH nicht gefragt, ob ich sie begleiten würde? Oder traf sie dort vielleicht sogar den Mann ihres Herzens?

»Schulball«, erklärte Hans, da Anabelle immer noch recht schweigsam war.

»Ist alles okay, Belle?«, wandte ich mich an die Dame meines Herzens.

Ich stockte.

Hatte ich tatsächlich ›*Dame meines Herzens*‹ gesagt?

Schätze, Amor hatte mich doch erwischt!

Anabelle blickte mich an - und sagte nichts. Dann blickte sie wieder auf den Boden, als wenn dort die Antworten herumliegen würden.

Ich fing an, mir Sorgen zu machen.

»Belle?«, fragte Hans mit besorgter Miene.

Anabelle schüttelte den Kopf und holte tief Luft. Dann räusperte sie sich und versuchte zu lächeln. »Alles klar. Danke! Bin in Ordnung. Muss bloß erst den Kuss verdauen.«

»Möchtest du einen zweiten Kuss zum Wachwerden?«, neckte ich sie, wobei mir bei der Erinnerung an unseren ersten Kuss gleich eine hungrige Schlange der Leidenschaft durch den Magen schoss.

Mein Herz klopfte bis zum Hals.

Meine Hände waren schweißnass.

»Einen zweiten Kuss?« Anabelle lächelte verträumt. Sie ließ sich von mir in den Mantel helfen. »Ich glaube, wenn du mich noch einmal küsst, bin ich definitiv NICHT mehr in der Lage, auf den Ball zu gehen.«

»Warum denn nicht?«, wisperte ich ihr ins Ohr.

»Weil es dem Walfisch dann die Schuhe aufweichen würde«, flüsterte sie.

»Aufweichen?«

Ich verstand nur Bahnhof.
Anabelle nickte seufzend. »Ja. Mir würde das Herz in die Hose rutschen. Da ich unter diesem engen Kleid aus Platzgründen jedoch kein Höschen trage, würde es sozusagen direkt nach unten in meine Schuhe sausen. Stelle dir nur mal diese Schweinerei vor!« Sie lachte leise bei meinem perplexen Gesichtsausdruck.
Vorsichtig wanderte mein Blick an ihr herunter.
Ich konnte tatsächlich KEINE Naht eines etwaigen Slips entdecken. »So kannst du UNMÖGLICH auf einen Ball fahren!«, platzte ich laut heraus, bevor ich mein Hirn einschalten konnte.
Hans drehte sich schmunzelnd weg.
»Wieso nicht?«, fragte Anabelle verwundert.
Herr im Himmel, sie trug KEIN Höschen!
WAS war, wenn sie dort jemanden kennenlernte - einen Mann, der nur auf ihre fehlendes Höschen fixiert war?
»Mach den Mund zu, Brüderchen, sonst werden die Milchzähne kalt«, sagte Sven, der uns gefolgt war und klappte meinen Unterkiefer zu.
Wie stellte ich es nur an, dass Anabelle NICHT auf den Ball ging?
»Ich schlage vor, ich begleite dich einfach!« Ich lächelte hoffnungsvoll.
Anabelle blickte mich mit hochgezogenen Augenbrauen an. »DU willst mich begleiten?«
»Ja, aber wir könnten den Abend auch damit verbringen, dass wir uns einen Zeitplan für unsere Arbeit als Trauzeugen machen«, schlug ich als Alternative vor.
Überrascht blickten mich drei Augenpaare an.
»Du willst was?«, fragte Anabelle erstaunt. »Du willst einen tollen Tanzball gegen einen Abend mit Planungen eintauschen? Ich schätze, du warst noch nie auf so einem

Ball, oder? Das ist wunderschön. Dort gibt es Prinzen wie bei Aschenputtel. Und mit DEM Kleid, das ich im Übrigen extra gekauft habe, werde ich RICHTIG VIELE Tanzpartner haben.« Sie beugte sich vor und wisperte mir ins Ohr: »Im Gegensatz zu dir, sind die nämlich trotz meiner überflüssigen Pfunde ziemlich scharf auf mich.« Ich zuckte nonchalant mit den Schultern. »Das glaube ich dir ungelogen. Vor allem, wenn sie spitzkriegen, dass du kein Höschen trägst.«
Sven und Hans gingen vor die Haustür und ließen uns allein.
»Es tut mir leid, Thor, aber nicht einmal für dich werde ich auf einen Märchenball verzichten. Und mitnehmen kann ich dich leider auch nicht. Ich habe nämlich keine Karte mehr.«
»Naja, ich kann mir vorstellen, dass so ein Ball recht märchenhaft ist. So, wie du aussiehst, brauchst du allerdings einen Begleitschutz. Da ICH aber auf den Ball gar nicht eingeladen bin und dich quasi NICHT beschützen kann, würde ich vorschlagen, du bleibst heute mit mir hier und wir machen etwas anderes Märchenhaftes.« Ich stockte.
»Etwas anderes Märchenhaftes?«, hakte Anabelle nach.
Ich lachte laut auf. »Ja, das wäre doch auch sehr verlockend! Oder wir helfen unseren Brüdern bei den Hochzeitsvorbereitungen.«
»Phineas, das klingt echt langweilig. Ich gehe auf den Ball. Mein Bruder hat seit Jahren eine eigene Sicherheitsfirma. Er ist ausgebildeter Sicherheitsmann, er wird also sehr gut auf mich aufpassen.« Sie klopfte mir gegen die Brust. »Seitdem unsere Eltern tot sind, hat er nichts anderes getan, als auf mich aufzupassen. Er wird mich nicht eine Sekunde lang aus den Augen lassen.«

Die Luft knisterte, sie war derart aufgeladen, dass ich die Spannung im ganzen Körper spürte. Meine normalen Körperfunktionen schienen plötzlich außer Rand und Band zu sein. Ich wollte nur eines: sie festhalten und nie wieder gehen lassen.
Sie trat vor den großen Spiegel. »Sitzen meine Haare überhaupt noch? Sehe ich noch aus wie eine Prinzessin?«
Anabelle blickte in den Wandspiegel.
Ich stellte mich hinter sie.
»Ja, du siehst noch aus wie eine Prinzessin«, sagte ich leise. Ich ließ einen Finger über ihren Hals gleiten, die andere Hand legte ich auf ihre Hüfte. »Du bist noch schöner als Merida. Tausendmal schöner.«
Anabelle hob beide Augenbrauen.
JETZT wäre vermutlich der perfekte Zeitpunkt gewesen, ihr meine Gefühle zu offenbaren, aber ich war zu feige.
Sie holte tief Luft, ließ mich im Spiegel aber keine Sekunde lang aus den Augen. »Du kannst ja doch richtig charmant sein.«
Ich lächelte. »Das kann ich. Sag bloß, das ist dir bisher entgangen?«
Nachdenklich blickte Anabelle mich an. »Um ehrlich zu sein, ja.«
»Ich habe den Charme quasi erfunden.«
»Ach! Wirklich?«
»Ja.« Ich nahm eine ihrer Locken in die Hand und drehte sie um meinen Finger. »Du siehst umwerfend aus in deinem Kleid, Belle.« Ich beugte mich vor und überlegte, ob ich sie erneut küssen sollte. Stattdessen zog ich mit meiner Nase über ihren Nacken.
Langsam drehte sie sich zu mir um und lehnte ihre Stirn gegen meine.

Wie ein Lebenselixier sog ich ihren Duft förmlich in mich auf.
»Obwohl ich so dick bin?«, überraschte sie mich.
»SOOOO dick bist du ja nun auch wieder nicht. Vielleicht ein BISSCHEN zu viel Bauchspeck. Aber das kriegt man schnell in den Griff.« Ich hob eilig eine Hand. »Sofern man das will und vielleicht nicht mehr heute Abend.«
»Oh, ich will schon. Und du hattest Recht! Ich habe mich in den letzten Monaten wirklich viel zu sehr gehen lassen. Der Job mit den Kindern, die Reinfälle mit den Männern, Einsamkeit, Lust am Essen…« Sie seufzte. »Die Liste ist endlos.«
»Also, ICH würde dich heute ausführen. So, wie du aussiehst! Ich wäre ein stolzer Begleiter.«
»Hast du das wirklich gerade gesagt?« Anabelle stand der Mund vor Staunen offen. Plötzlich stellte sie sich leicht auf die Zehenspitzen und war quasi auf ›*Kusshöhe*‹. Erwartungsvoll öffnete ich den Mund, während meine Schwellkörper bereits ihre Arbeit aufgenommen hatten. Ich roch ihr zartes Parfüm, welches mich an einen Kirschgarten erinnerte. Dann sah ich in ihre olivgrünen Augen und verlor mich fast darin.
»Ich wünsche dir einen zauberhaften Abend als frischgebackener Trauzeuge. Ich werde jetzt gleich das Tanzbein schwingen mit meinen männlichen Arbeitskollegen beziehungsweise mit den vielen anderen heißen Lehrern. Der Ball ist immer recht gut besucht. Und vielleicht ist ja auch der eine oder andere Sportlehrer da, der auf fehlende Höschen steht.«
Ihr Atem kitzelte meine Eingeweide. Ihre Worte berührten meinen Stolz. »Das musstest du noch einmal betonen, oder?«
»Ja.« Sie grinste und rutschte noch ein Stück höher.

Ich hielt die Luft an, wie ein Flitzebogen gespannt, ob sie mich noch einmal küssen würde, doch sie stellte sich wieder auf ihre Fersen und schien zu entschwinden.

Ich schnappte sie am Handgelenk und drehte sie noch einmal zu mir um. Hingebungsvoll zog ich sie in meine Arme, nahm ihr Gesicht in beide Hände und küsste sie voller Inbrunst.

»Du siehst bezaubernd aus. Tue nichts, was ich nicht auch tun würde«, sagte ich schließlich.

Lange blickte sie mich an, dann sagte sie einfach nur: »Ich glaube, das wäre mir zu viel!« Sie schwebte förmlich aus der Haustür, grinste mir noch einmal frech zu und ließ mich mit schmerzenden Eingeweiden und einem Berg voller Gefühle zurück.

***

Mein Samstagabend war echt beschissen.

Den ganzen Abend saß ich ruhelos auf meinem Sofa, zappte mich von einem Fernsehprogramm ins nächste und hatte an gar nichts Freude. Die ganze Zeit schwelgte ich in Erinnerung an diese zwei wirklich phantastischen Küsse mit Anabelle, an ihre zarte Haut, ihre schönen Augen und ihr wallendes Haar.

Wenn ich mich anfänglich nicht so idiotisch verhalten hätte, hätte ich längst mein erstes Date mit ihr gehabt - und wer weiß, vielleicht sogar schon das eine oder andere Schäferstündchen. Aber ich hatte mich ja provozieren lassen müssen und war ihr gegenüber so uncharmant gewesen wie noch zu keiner anderen Frau.

Ich überlegte hin und her, was ich nun in punkto Anabelle unternehmen sollte, konnte mich aber zu keinem wirklichen Schachzug durchringen. Am liebsten hätte ich mich

ins Auto geschwungen und hätte den ganzen Ball aufgemischt, um ihr Herz zu erobern.
Stattdessen schrieb ich meinen Bruder an und ließ mir Anabelles Handynummer geben.
Aber das verbesserte meine Gefühlslage leider auch nicht.
Nun saß ich wie ein Trottel vor dem Zettel mit der Nummer und wog ab, ob ich mich lächerlich machte, wenn ich ihr eine Nachricht schrieb oder ob ich damit nicht eher wie ein lästiger Kontrollfreak wirkte, der ihr den Tanzabend - ohne Höschen - nicht gönnte.
Es war echt zum Verrücktwerden.
Irgendwann ging ich total frustriert ins Bett.
Der Sonntag war auch nicht viel besser. Kopflos rannte ich durch die Gegend und als ich irgendwann das Gefühl hatte, an einem Hüttenkoller zu krepieren, ging ich joggen. Aber auch das war leider keine Tagesbeschäftigung. Der Zettel mit Anabelles Telefonnummer zog mich immer wieder wie magisch an. Ich schwänzelte permanent um diesen Zettel herum, bis ich irgendwann mein Handy nahm und ihr eine Nachricht schrieb.

› *Hallo Belle, wie war der Ball? Hast du das Herz eines Prinzen erobert, obwohl dein Höschen fehlte? LG, Phin* 👨🔨 ‹

Seufzend schickte ich die Nachricht ab und wartete, ob sie online ging, doch nichts passierte.
Nun wurde der Tag noch bescheidener, denn ich warf ungefähr jede Minute einen Blick auf mein schweigendes Display.
Herr im Himmel, konnte diese Frau nicht reagieren?

Hatte sie vielleicht doch einen Typen aufgegabelt und turnte gerade durch sein Bett?
Frauen blickten doch STÄNDIG auf ihr Handy!
Warum tat SIE es nicht?
Am Abend war ich kurz davor, mein Handy in den Müll zu werfen, als es endlich piepte.

> ›Hallo Thor, der Ball war märchenhaft schön. Danke der Nachfrage. Bis bald, Belle 👧.

Was?
Das war alles?
Keine Details?
Kein ›Wie geht es dir? Mir geht es gut.‹?
Waren Frauen nicht normalerweise DIE Schreiberlinge schlechthin?
Ich überlegte hin und her, ob ich ihr noch eine Nachricht schreiben sollte. Da ich mich jedoch auf überhaupt gar nichts mehr konzentrieren konnte, nahm ich mein Handy und tippte ungefähr zehn Antwortversuche, bis ich mich für eine Nachricht entschied.

> ›Freut mich zu hören 😊 👍. Und, war ein Prinz für dich dabei?‹

Mir schlug das Herz bis zum Hals, als ich auf ihre Reaktion wartete. Dieses Mal brauchte sie nur ein paar Sekunden, bis sie online ging. Und schon tauchte das kleine Feld ›schreibt…‹ auf.
Voller Spannung starrte ich auf mein Handy.
Nur wenige Augenblicke, dann hatte ich eine Antwort.

›*Ja, ich habe gestern einen Prinzen gefunden. Er war charmant, gut aussehend, Single und konnte toll küssen. Er war also perfekt. Es bleibt abzuwarten, was sich daraus ergibt.* 😉‹

Na, super!
Sie hatte jemanden kennengelernt.
Wütend warf ich meine Sofakissen durchs Wohnzimmer. Wieso war ich nur so ein dämlicher Trottel gewesen und hatte die letzten Wochen bei jedem Treffen auf ihr herumgehackt, als wenn meine Mutter mir keine Manieren beigebracht hätte?
Ich hätte mir in den Hintern beißen können, so frustriert und verärgert war ich über mich selbst. Wie sollte ich jetzt noch ihr Herz für mich gewinnen können?

›*Toll, Glückwunsch! Vielleicht können wir ja trotzdem noch ein paar gemeinsame Aktivitäten als Trauzeugen machen?! Wenn ER nichts dagegen hat.*‹

Anabelle schrieb im Eiltempo zurück.

›*Sehr gerne. Er ist tolerant, denke ich.*‹

Ich verdrehte die Augen.
Auch noch ein toleranter Idiot, der mir Konkurrenz machte. DAS konnte ich ja gebrauchen!
Enttäuscht warf ich mein Handy aufs Sofa und schmollte den Rest des Abends mit dem blöden Ding, das eigentlich gar nichts dafür konnte.

***

Am Montag darauf war ich heilfroh, dass ich ENDLICH wieder auf Arbeit war, auch wenn mir jegliche Anmachen meiner weiblichen Kolleginnen plötzlich mächtig auf den Keks gingen.

»Was ist dir denn am Wochenende für eine Laus über die Leber gelaufen?«, fragte Ralf, mein Kollege.

»Die Laus war eine Läusin«, gab ich seufzend wieder.

»Nicht schon wieder eine Kollegin, oder?«, hakte Ralf nach. Pikiert blickte er mich an.

Ich schüttelte den Kopf. »Nein, nein, keine Sorge. Damit ist ab sofort Schluss. Ich habe mich schon viel zu sehr gehen lassen.«

»Na, endlich kommst du zur Vernunft! Ich dachte schon, du willst alle Kollegen gegen dich aufbringen«, sagte Ralf erleichtert.

Stirnrunzelnd blickte ich ihn an. »Nee, wieso sollte ich das wollen? Ich schätze, ich hatte einen klitzekleinen Nachholbedarf nach zehn Jahren im Kloster.«

Ralf lachte leise. »Ich würde es eher ›*Gefängnis*‹ nennen. Schließlich war Miriam keine Nonne, oder?«

»Nein, war sie nicht.« Ich schnitt eine Grimasse. Ich wurde nicht gerne an Miriam erinnert.

»Und wer ist sie, deine geheime, neue Liebe?« Neugierig musterte Ralf mich.

»Wer hat denn von ›*Liebe*‹ gesprochen?«, konterte ich unwirsch.

Ralf stöhnte. »Na, das sieht doch ein Blinder mit Krückstock, dass es dich erwischt hat. Du rennst total kopflos durch die Gegend. Alles muss man dir heute dreimal sagen, und ich glaube, wenn wir jetzt einen gefährlichen Einsatz hätten, müsste ich dich hier auf der Wache lassen, weil du uns alle in Gefahr bringen würdest.«

»So ein Quatsch! Ich bin vollkommen bei der Sache«, widersprach ich und schüttete mir Salz in den Kaffee.
Ralf zog eine Augenbraue hoch. »So, so, vollkommen bei der Sache? Das sehe ich!«
Ich nippte an meinem Kaffee und prustete das salzige Gesöff einmal quer über den Tisch. »Pfui Teufel, was ist denn das? Wer hat den Kaffee gekocht? Der schmeckt ja eklig hoch zehn!«
Ralf verschränkte die Arme vor der Brust. »Phineas Thor, das hast du ganz alleine verbockt. Du hast Salz statt Zucker in deinen Becher geschüttet.«
»Welcher Vollhorst stellt Salz auf einen Kaffeetisch?«, knurrte ich.
»Das ist ein Esstisch im Gemeinschaftsraum, an dem auch Frühstück, Mittag und Abendbrot gegessen wird. Das Salz steht IMMER da.«
Ich stand auf und brachte meinen Kaffee zur Spüle, um ihn wegzukippen. Das Zeug war ja ungenießbar. Angewidert schnappte ich mir eine Apfelschorle und versuchte, den Dienst irgendwie über die Runden zu kriegen.
So ging das die ganze Woche.
Ich stand auf, aß etwas, putzte Zähne, duschte und fuhr zur Arbeit. Und zwischendurch dachte ich immer wieder an ihren ›*toleranten Typen*‹, den sie aufgegabelt hatte. Wieso hatte ich bloß meine Chancen bei ihr verstreichen lassen? Wieso hatte ich so viel Wert auf ihre nicht schlanke Figur gelegt?
Durch das Gipfeltreffen in der Stadt war ich glücklicherweise über alle Maßen gefordert und so hatte ich nicht einmal spät abends, wenn ich endlich nach Hause kam, die Nerven, mein Telefon noch in die Hand zu nehmen, um Anabelle anzurufen oder ihr eine Nachricht zu schreiben.

Ich fieberte auf Samstag hin, weil wir dort Pläne für die Hochzeit von Sven und Hans schmieden wollten. Eigentlich hätte mir längst klar sein müssen, dass ich zum Höhepunkt des Gipfeltreffens NIEMALS frei kriegen würde. Als Polizeihauptkommissar mit immerhin drei silbernen Sternen auf der Schulter musste ich die Gefangenensammelstelle übernehmen und die vielen Festnahmen chaotischer Demonstranten koordinieren. Ich hatte so viel zu tun, dass ich nicht einmal eine Minute Verschnaufpause hatte, in der ich vielleicht an Anabelle hätte denken können.

Als ich am Sonntagmorgen endlich in mein Bett fiel, verschlief ich den ganzen Tag wie ein Toter. Abends machte ich mir schnell ein Steak und konnte mich dann doch nicht länger zurückhalten. Ich schrieb ihr eine Nachricht.

›*Neues Jahr, neues Glück*🍀*! Tut mir aufrichtig leid, dass ich dich im letzten Jahr als Nilpferd betitelt habe. Ich hoffe, du verzeihst mir. LG, Phin*🧔🔨‹

Es dauerte nicht lange, da kam prompt eine Nachricht.

›*Wir hatten doch noch gar keinen Jahreswechsel. Habe ich den verschlafen? Bin ich doch eher Dornröschen?*😁‹

Ich schmunzelte und schrieb.

›*Nein, Merida, ich rede vom Jahreswechsel der Hexen und Zauberer. Noch nie Harry Potter gelesen?* 😳 ‹

Anabelle schien Zeit zu haben. Sie schrieb ohne zu zögern zurück.

›*Mit deinem Verhalten ‚im letzten Jahr' hast du immerhin den Preis des 'sexiest, aber leider uncharmantesten Mann des Jahres' gewonnen. Ich nehme deine Entschuldigung trotzdem an.* 😊

Ich lachte, als ich ihre Zeilen las. Dann tippte ich die Antwort.

›*Wow, danke! Ich LIEBE es, Preise zu gewinnen. Was für eine Auszeichnung! Aber ist der Titel des Wettkampfes nicht ETWAS widersprüchlich?* 🤔 ‹

Anabelle tippte sofort drauflos.

›*Aber nein! Da es so viele Männer gibt, die total sexy und attraktiv, aber dennoch die größten Arschlöcher sind, wurde dieser Preis ins Leben gerufen.* 😄

Tja, was sollte ich darauf antworten? Sie hatte ja Recht! Ich habe mich anfänglich WIRKLICH wie ein Vollidiot verhalten. Aber darauf wollte ich nicht noch einmal eingehen. Ich versuchte es also mit einer witzigen Antwort.

›*Da muss ich mich ja anstrengen, auch in diesem Jahr eine Trophäe zu bekommen.* 😬 😬 ‹

Ich sah Anabelle förmlich vor mir, wie sie an ihrem Handy saß und lachte. Sie schrieb auch prompt zurück.

›*Tja, aufgrund deiner Entschuldigung wirst du DIESEN Preis ‚in diesem Jahr' leider nicht mehr gewinnen können. Aber wie wäre es mit dem Preis des ‚Prinz Charming'?* 🤔

Ich trank meinen Tee aus und überlegte, was ich ihr antworten könnte.

›*Ist der nicht bereits vergeben?*‹

Mir klopfte das Herz bis zum Hals. Würde sie mir jetzt preisgeben, welchen ›*Prinzen*‹ sie kennengelernt hatte?

›*Nein, der ist noch zu haben. Und DU bist nominiert. Herzlichen Glückwunsch!* 🤗 👏 ‹

Ich holte tief Luft. Hatte ich doch noch eine Chance bei ihr? Mit zitternden Fingern suchte ich die Tastatur.

›*Das ehrt und freut mich ungemein. Ein Dank an die Jury!* 🙏 ‹

Ich wagte es nicht, ihr einen Kuss-Smiley zu schicken. Dennoch freute ich mich diebisch, als prompt noch eine Nachricht kam.

›*Mal sehen, wie sich die Jury letztendlich*

entscheidet. Ich drücke dir die Daumen 👍👍.
Gute Nacht 🌑 ✨. Belle 👧.‹

Ja, warteten wir ab, ob ich ihr Herz noch erobern konnte!

›*Gute Nacht🌑, schlaf gut😴, holde Prinzessin und träume… ~~von mir?~~ etwas Süßes! Phin🧔⛏*‹

Lachend warf ich mein Handy aufs Sofa, direkt neben den siebten Band der Kinderbuchserie, um die sich alle rissen - *Harry Potter*. Nachdem sie mich anfangs so pikiert angesehen hatte, dass ich noch nie von dem Zauberer gehört hatte, habe ich mir alle Bücher besorgt und las sie nun fleißig durch.
Nach zwei Stunden zauberhafter Lektüre, fiel ich schließlich total müde wieder ins Bett.

***

»Phineas, Einsatz!« Unnachgiebig stand Ralf vor mir. Da half kein Jammern und Murren, ich musste mir meine Jacke schnappen und mitgehen.
Mit Blaulicht und Tatü-taaa rasten wir durch die Stadt, bis wir zum Einsatzort kamen. Wir gaben einen kurzen Standortbericht durch und verließen den Wagen. Das mehrstöckige Mehrfamilienhaus schien auf den ersten Blick ruhig zu sein.
»Wer hat angerufen?«, erkundigte ich mich bei meinem Kollegen.
Ralf zückte seinen Notizblock. »Sandra Marienthal. Sie meinte, ihre Nachbarn würden mal wieder austicken.«

Naserümpfend blickte ich an der Hausfassade hoch. Es war alles ruhig. Niemand blickte aus dem Fenster. Schulterzuckend suchte ich einen Weg zum Innenhof.
»Wollen wir im Hof nachsehen?«, fragte ich Ralf.
Dieser nickte und folgte mir.
Kaum hatten wir den Innenhof betreten, rauschte auch schon eine klebrige, blaue Flüssigkeit auf mich herab. Binnen Sekunden wusste ich, dass ich mit Wandfarbe überschüttet worden war.
Von oben hörte ich Gelächter. Dann war alles ruhig.
Ralf, der verschont geblieben war, gluckste leise. »Gut siehst du aus. Richtig lecker!«
»Danke, Kollege! Vielleicht rufst du lieber mal Verstärkung?«
Ralf zückte das Funkgerät und machte Meldung.
Wir zogen uns in den Torbogen zurück, wo ich mich mühsam mithilfe von alten Geschirrhandtüchern einigermaßen von der Farbe befreite. Die Uniform jedoch war hinüber.
Als der zweite Einsatzwagen kam, lachten die Kollegen laut auf, als sie mich sahen.
»Phineas, bist du unter die Faschingsteilnehmer gegangen? Karneval ist doch erst im Februar, oder?«
»Nee, ich glaube, er versucht sich jetzt als blaues Gespenst. Na, hoffentlich ist die Neuanschaffung einer Uniform noch von deinem Bekleidungskonto gedeckt!«, rief Marcel spöttisch.
»Sehr witzig, Kollegen! Könnten wir dann mal ins Haus gehen und nachsehen, was da los ist?«, fragte ich pikiert.
»Willst du nicht lieber zurück zum Revier fahren und dich umziehen? So bist du doch das Gespött der Nation«, sagte Marcel.

»Nein, nein. DEN Einsatz lasse ich mir jetzt ganz bestimmt nicht mehr durch die Lappen gehen! Auf geht's!«
Ich stürmte voran.
Wir klingelten bei der Anruferin, die uns sofort ins Haus ließ und über die Lage aufklärte. Anschließend klingelten wir bei den besagten Nachbarn.
Wir klingelten ganze fünf Minuten lang, doch es tat sich nichts. Schließlich hörten wir Kampfgeschrei.
»Aufmachen, Polizei!«, rief ich laut und eindringlich.
Im Treppenhaus wurden bereits die ersten Türen neugieriger Bewohner geöffnet, doch die Schaulustigen waren wir gewohnt.
»Treten wir die Tür ein!«, sagte Ralf entschlossen.
»Meinst du wirklich, dass das Kampfgeräusche von Personen sind?«, fragte ich skeptisch. »Vielleicht haben die auch einfach den Fernseher aufgedreht.«
Plötzlich krachte es hinter der Tür und jemand schrie schmerzerfüllt auf.
Ich klingelte noch einmal. »Öffnen Sie, Polizei!«
Niemand kam und öffnete.
Ralf schob mich beiseite, nahm Anlauf und trat die Tür ein.
Vor uns breitete sich das reinste Chaos aus.
Farbeimer lagen umgekippt auf dem Boden, das Parkett schwamm in den buntesten Farben und inmitten des Sees lagen ein Mann und eine Frau und schlugen aufeinander ein.
Ralf stöhnte. »Na, super! Müssen wir jetzt etwa in diese Schlammschlacht eingreifen? Meine Uniform tut mir jetzt schon leid! Und meine Schuhe erst!«
Ich grinste höhnisch. »Ich sehe ja bereits aus wie ein Schwein. Ich gehe rein.«

»Ich komme mit«, sagte Marcel entschlossen. »Ich habe dieses Jahr noch keine Uniform gekauft. Mein Bekleidungskonto ist unbefleckt.«
»Marcel, DEN Schaden ersetze ich ganz bestimmt NICHT durch mein Bekleidungskonto«, konterte Ralf. »Das wird mir hübsch der Dienstherr ersetzen!« Seufzend ging er an mir vorbei und rutschte über den farbdurchtränkten Flur. Ich folgte ihm. Marcel war direkt hinter mir. Zu dritt versuchten wir, Herr der Lage zu werden, doch die beiden Streithähne waren bis in den letzten Muskel durchtrainiert und aufgrund des rutschigen Untergrundes fanden wir einfach keinen Halt.
»Jetzt ist Schluss hier!«, brüllte Ralf verärgert, als er zum zigsten Mal versuchte, die Frau von dem Mann runterzuholen. Sie holte aus und schlug meinem Kollegen mitten ins Gesicht. Dieser verlor den Halt und landete mit blutender Nase auf dem Boden.
Ich griff beherzt zu, doch die Frau verstand sich ausgezeichnet in der Kampfkunst und so rangelten wir nun in Richtung Haustür. Als wie diese erreichten, packte unser letzter, noch sauberer Kollege zu. Gemeinsam überwältigten wir die Frau. Die Handfesseln schnappten zu und die Frau wurde abgeführt.
»Was war hier los?«, fragte ich den Mann, der stöhnend auf dem Boden lag. »Sind Sie in Ordnung? Brauchen Sie einen Arzt?« Ich zückte mein Funkgerät, aber meine Hände waren derart voller Farbe, dass es mir wegrutschte und im Farbsee landete.
»Mist!« Ich holte mein Handy aus der inneren Jackentasche und wählte den Notruf. Diesen konnte ich auch noch abgeben, doch dann entglitt mir auch dieses Wunder der Technik und landete im roten Farbeimer, der leider noch bis zur Hälfte gefüllt war.

Wehmütig zog ich mein Handy aus der Pampe heraus und betrachtete es von allen Seiten. »Verflixt! Schätze, das ist hinüber.«
Ralf blickte mich an und hielt sich die Nase. »Scheiß Einsatz!«
Ich nickte. Dieser Einsatz war wirklich unerwartet beschissen gewesen.
Siedendheiß fiel mir ein, dass ich den Zettel mit Anabelles Telefonnummer in den Altpapiercontainer geworfen hatte, nachdem ich sie auf dem Telefon abgespeichert hatte. Nun war ihre Nummer futsch.
Wir warteten noch den Rettungswagen ab, dann verschlossen wir die Wohnung notdürftig und versiegelten die Tür.
»Ich bringe dich besser erstmal in die Klinik. Sieht ganz nach Nasenbruch aus«, wandte ich mich an meinen Kollegen.
Ralf nickte. »Gute Idee! Allerdings frage ich mich schon die ganze Zeit, wie wir mit dem Peterwagen fahren sollen, ohne ihn zu besudeln.«
»Ich habe noch eine Folie für die Sitze im Kofferraum«, erwiderte ich und führte meinen Kollegen die Treppe hinunter.

Einmal Prinzessin sein

Anabelle

Ich betrat die Küche von Sven und Hans und gab Sven einen Kuss. Aus den Augenwinkeln sah ich Phineas, der mich wie paralysiert anstarrte. Mit offenem Mund wanderte sein Blick an mir herunter.
Ich hatte mich für den Schulball in ein nigelnagelneues Kleid geworfen. Ich hatte es von einer Schulfreundin schneidern lassen, somit saß es trotz Fettpölsterchen wie angegossen.
Begeistert warf ich mich in Hans' Arme, als dieser erzählte, dass er und Sven heiraten würden. Ich freute mich riesig für meinen Bruder. Er und Sven waren ein absolutes Traumpaar, das sich zwar gelegentlich mal stritt, aber das sollte ja reinigende Wirkung haben.
Plötzlich stand Phineas auf und zog mich einfach in seine Arme.
»Na, endlich! Ich dachte schon, wir haben verfeindete Geschwister, wenn wir heiraten«, stöhnte Sven erleichtert.
Phineas löste die Umarmung nur leicht. Sein Atem löste eine Welle der Gänsehaut auf meinem Körper aus, als er mir tatsächlich ein Kompliment ins Ohr flüsterte. Und bevor ich mich versah, hatte Sven von irgendwoher einen Mistelzweig ausgegraben und hielt ihn über unsere Köpfe.

»Wirst du die Prinzessin jetzt küssen?«, witzelte ich kaum hörbar.

Phineas blickte demonstrativ auf den Mistelzweig, als wenn es Sünde über einen brachte, wenn man sich darunter NICHT küsste. Dann beugte er sich vor und näherte sich meinem Gesicht.

Fast sackten mir die Knie weg, als seine Lippen meine berührten. Er war zunächst unglaublich zärtlich und liebevoll, dann zog er mich fest in seine Arme und küsste mich derart leidenschaftlich, wie ich noch nie zuvor geküsst worden war. Ich küsste ihn mit allen Sinnen und genoss dabei nicht nur seine Wärme, sondern auch den Duft seines herben Aftershaves. Wenn wir nicht in der Küche meines Bruders gestanden hätten, wären wir vermutlich übereinander hergefallen.

Und plötzlich wurde mir klar, dass Phineas der Prinz war, von dem ich schon als kleines Mädchen geträumt hatte. Vergessen waren unsere Streitereien, vergessen war die Tatsache, dass er mich EIGENTLICH für viel zu dick hielt. Vergessen war die Tatsache, dass ich ihn für einen Hallodri hielt. Ich wollte ihn, den Mann mit den sexy blauen Augen und dem heißen Blick, den er selbst aufsetzte, wenn er wütend war.

Ich spürte, dass die Chemie ganz gewaltig stimmte zwischen uns - die Stimmung war gekippt.

War er die letzten Wochen noch mein ›*Feind Nummer eins*‹ gewesen, so war er rasant von null auf hundert zum ›*Objekt der Begierde Nummer eins*‹ aufgestiegen.

Mein Puls war bei eintausendachtzig, mein Herz raste.

Ich wusste, ich würde mich freiwillig und von alleine nie wieder von ihm lösen können.

Nach einer gefühlten Ewigkeit wurden wir durch ein lautes Räuspern unterbrochen. »Ich unterbreche euch ja nur

höchst ungerne«, sagte Hans mit leiser Stimme, »aber wir müssen dann demnächst mal los, Belle.«
Sven grinste bis über beide Ohren. »Ich wusste doch, dass ihr überhaupt nicht zueinander passt. Die Chemie ist ja so was von unstimmig, ich halte eure Abneigung kaum aus.« Er wischte sich den imaginären Schweiß von der Stirn. »Kann mal jemand diese magischen Sterne aus der Küche entfernen, die hier herumfliegen?«
»Ihr seht euch ja ab jetzt etwas öfters, da ihr unsere beiden Trauzeugen seid«, sagte Hans und schob mich aus der Küche. »Schwesterherz, bist du jetzt überhaupt noch in der Lage, auf den Ball zu gehen?«
Weggehen?
Wohin?
Weg von Phineas?
Das ging nicht, das war unmöglich!
Ich konnte NICHT weggehen!
Was sollte ich auf einen Ball gehen, auf dem nur so langweilige Typen wie mein Kollege Jörg auf ein Tänzchen mit mir warteten und mir die Füße platt traten, während mein Prinz NICHT auf dem Ball war?
Unmöglich!
Phineas folgte uns in den Flur. Er sagte etwas, aber ich war gar nicht aufnahmefähig. Auch Hans schien mit mir zu sprechen, aber seine Worte kamen gar nicht in meinem Gehirn an. Ich befand mich im Ausnahmezustand, im absoluten Schmetterlings-Verliebtheits-Modus.
»Belle?« Hans packte mich mit besorgter Miene an beiden Schultern und brachte mich in die Wirklichkeit zurück. »Belle?«
Ich schüttelte den Kopf und holte tief Luft. Dann räusperte ich mich und versuchte zu lächeln. »Ja, klar. Danke! Bin in Ordnung. Muss bloß erst den Kuss verdauen.«

Und wie ich den verdauen musste! Um ehrlich zu sein, hatte ich noch NIE einen derartigen Kuss bekommen. Ich zitterte regelrecht, und das lag nicht an dem dünnen Kleid.
»Möchtest du einen zweiten Kuss zum Wachwerden?«, fragte Phineas leise.
Verwirrt blickte ich ihn an.
Sven und Hans ließen uns alleine und warteten vor der Haustür.
Der Mistelzweig war weg.
Wollte er den Kuss tatsächlich wiederholen?
Meine Hirnwindungen nahmen nur langsam wieder ihre Arbeit auf. Ich war kaum in der Lage, mich zu konzentrieren, geschweige denn, einen vernünftigen Satz herauszubringen. »Einen zweiten Kuss?« Ich lächelte Phineas an.
»Ich glaube, wenn du mich noch einmal küsst, bin ich definitiv NICHT mehr in der Lage, auf den Ball zu gehen.« Witzelnd machte ich darauf aufmerksam, dass ich kein Slip unter dem wahnsinnig engen Kleid trug. Schmunzelnd bemerkte ich, dass Phineas interessiert an mir herunterblickte und meine Aussage zu überprüfen versuchte.
»So kannst du unmöglich auf einen Ball fahren«, platzte er heraus.
»Natürlich kann ich das«, widersprach ich. »Schließlich habe ich Hans überzeugen können, mich zu begleiten. Und ER hat seit Jahren eine eigene Sicherheitsfirma.«
Phineas versuchte, mich zum Bleiben zu überreden und am liebsten wäre ich auch geblieben. Ich blickte in den Spiegel und versuchte, mein Frisur zu richten.
Phineas legte mir von hinten seine Hände auf die Hüften und machte mir weitere Komplimente.
Ich wandte mich ihm zu und stellte mich auf Zehenspitzen. Dabei tat ich so, als ob ich ihn küssen wollte, aber in

Wirklichkeit wollte ich ihn nur anheizen. Ich genoss das Gefühl, dass er mir quasi aus der Hand fraß. Das war eine ganz neue Erfahrung, die ich mit unserem Göttersohn machte.
»Ich wünsche dir einen zauberhaften Abend als frischgebackener Trauzeuge. Ich werde jetzt gleich das Tanzbein schwingen mit meinen männlichen Arbeitskollegen beziehungsweise mit den vielen anderen heißen Lehrern. Der Ball ist immer recht gut besucht.«
Ich wusste, meine Worte zeigten Wirkung.
Und ich wusste, alles in ihm sträubte sich dagegen, dass ich ihn hier stehen ließ.
Trotzdem wandte ich mich ab, rechnete jedoch nicht damit, dass er mich noch einmal in seine Arme zog und küsste.
»Du siehst bezaubernd aus.«
»Danke!«
Ich blickte ihn lange an und wusste, es würde noch sehr interessant werden mit ihm.

***

Am Sonntag hatte ich nach dem aufregenden Tanzabend leider nichts vor. Minni hatte keine Zeit und auch sonst hatte ich nichts geplant. Eigentlich hätten wir bereits mit unserer Tätigkeit als Trauzeugen anfangen können, aber ich hatte in der gestrigen Aufregung vergessen, mir Phineas' Nummer geben zu lassen.
Und jetzt war ich zu stolz, um Hans nach seiner Nummer zu fragen. Also schaltete ich den Fernseher an, zog mir ein paar Filme aus der Mediathek rein und putzte nebenbei meine Wohnung zum wohl hundertsten Mal, als mein Handy plötzlich piepte.

Dank meiner neuesten Technik musste ich die Nachricht nicht einmal öffnen, um zu sehen, was ich von wem erhalten hatte, denn die Nachricht tauchte auf dem Sperrbildschirm auf.
Es war eine unbekannte Nummer. Den Verfasser konnte ich nicht entdecken. Also entschied ich, den Märchenfilm noch zuende zu sehen und machte mir zwischendurch noch einen Tee.
Dann warf ich mich zurück aufs Sofa und nahm mein Handy zur Hand.

›*Hallo Belle, wie war der Ball? Hast du das Herz eines Prinzen erobert? LG, Phin* 🧔🔨‹

Wahnsinn!
Die Nachricht war von Phineas!
Damit hatte ich überhaupt nicht gerechnet. Umso größer war die Freude.
Eilig speicherte ich Phineas' Nummer ein, als wenn sie durch Zauberhand verschwinden würde, wenn ich es nicht tat.
Dann starrte ich lange auf das Prinzenpaar im Fernseher, bis ich endlich eine Antwort verfasst hatte, die mir geeignet erschien.

›*Hallo Thor, der Ball war märchenhaft schön. Danke der Nachfrage. Bis bald, Belle* 👧‹.

Ich hätte ihm am liebsten noch eine Million andere Fragen gestellt. Ich hätte ihn gerne gefragt, wie er den Abend nach unseren beiden Küssen verbracht hatte. Ob er mich

ebenso sehr vermisste, wie ich ihn. Und wann ich ihn endlich wiedersehen würde.
Aber stattdessen zwang ich mich, ganz ruhig und bedeckt zu bleiben.
DIESES Mal wollte ich alles anders machen.
Bisher hatte ich meine Ex-Freunde immer zugetextet und genervte Antworten geerntet. Das wollte ich auf keinen Fall wiederholen.
Umso überraschter war ich, als noch eine Nachricht von Phineas kam.

›*Freut mich zu hören*😊 👍. *Und, war ein Prinz für dich dabei?*‹

Seine Frage verursachte Herzklopfen bei mir und bei dem Gedanken an ihn, kribbelte es ganz gewaltig in meinem Unterleib.
Ich hatte gestern tatsächlich (m)einen Prinzen gefunden - IHN!
Aber das konnte ich ihm ja schlecht auf die Nase binden.
›*Lieber Phin, Nilpferd an Hengst meldet gehorsamst, dass DU mein Prinz, mein Auserwählter bist.*‹
Nee, unmöglich!
DAS konnte ich AUF KEINEN FALL schreiben.
Grübelnd kaute ich auf meiner Unterlippe herum, bis mir der passende Satz einfiel.

›*Ja, ich habe gestern einen Prinzen gefunden. Er war charmant, gut aussehend, Single und konnte gut küssen. Er ist also perfekt. Es bleibt abzuwarten, was sich daraus ergibt.*😉‹

Breit grinsend saß ich auf meinem Sofa.
DAS war ein super Schachzug!
Nun musste Phineas glauben, dass ich jemanden kennengelernt hatte, obwohl ich de facto IHN damit meinte.
ER war ja der Prinz, den ich gestern geküsst hatte!
Aber solange ich nicht wusste, wie es in seinem Innern aussah, wollte ich mir auf gar keinen Fall die Blöße geben und ihm Aufwartungen machen.
Schließlich hatte er mir von Anfang an deutlich gemacht, dass ich viel zu dick war, um für ihn als Freundin infrage zu kommen.

›*Toll, Glückwunsch! Vielleicht können wir ja trotzdem noch ein paar gemeinsame Aktivitäten als Trauzeugen machen?! Wenn ER nichts dagegen hat.*‹

DAS hörte sich doch ganz so an, als wenn er Interesse an mir hatte UND dazu noch eifersüchtig war.
Tschakka!
Ich freute mich diebisch und schrieb eilig zurück.

›*Sehr gerne. Er ist tolerant, denke ich.*‹

Leider folgte keine Antwort mehr. Ich starrte noch ein Weilchen auf das Display, doch Phineas ging nicht mehr online.
War er jetzt genervt, weil er dachte, ich hätte einen anderen Mann kennengelernt oder war das pures Desinteresse? Die Frage nagte natürlich an mir, aber ich wagte es andererseits auch nicht, ihn direkt zu fragen. Also warf ich mein Handy seufzend beiseite und versuchte, mich wieder mit dem langweiligen Fernsehprogramm abzulenken.

***

Ich schnappte mir meinen Kaffeebecher und wollte mich gerade auf den Weg in meine Klasse machen, als mich Jörg aufhielt. »Hey, Anabelle! Der Ball war toll, oder? Ich wünschte, wir könnten unseren Tanzabend nochmal wiederholen. Wie wäre es, hast du Lust, am Freitag mit mir auszugehen?«

Ich blickte meinen Kollegen an, der mich beim Ball am Samstag vor zwei Wochen mehrfach zum Tanzen aufgefordert hatte. Bereits bei der dritten Anfrage hatte ich ablehnen müssen, denn meine Füße waren bereits grün und blau getreten von seinen tollpatschigen Füßen.

Außerdem hatte ich mein Herz unwiederbringlich an Phineas verschenkt.

»Ja, es war ein wundervoller Abend. Aber das müssen wir doch nicht JEDEN TAG wieder durchkauen, oder? Und nein, ich werde NICHT mit dir ausgehen. Abgesehen davon, dass du überhaupt nicht mein Typ bist, ARBEITEN wir zusammen. Und das schon seit vier Jahren. Tauche niemals deinen Pinsel in Bürotinte!«

»Was ist das denn für ein dämlicher Spruch?«, knurrte Jörg beleidigt.

Meine Aussage über den Tanzball entsprach nicht ganz der Wahrheit, denn nachdem Phineas mich geküsst hatte, war der Abend für mich gelaufen gewesen. Ich schwebte zwar auf Wolke Sieben, aber der Ball hätte mir sicherlich mehr Spaß gemacht, wenn ich den Kuss NICHT gekriegt oder Phineas mich zum Ball begleitet hätte. So musste ich ständig und ausschließlich nur an ihn denken und sämtliche Anmachen irgendwelcher männlichen Kollegen liefen ins Leere. Ja, vielmehr noch nervten sie mich plötzlich,

denn Phineas war der einzige, den ich an dem Abend noch hätte sehen oder in meine Nähe lassen wollen.
Seitdem waren schon wieder vierzehn Tage vergangen und ich hatte nichts mehr von Phineas gehört. Ich ging mittlerweile davon aus, dass Phineas der Kuss nicht so viel bedeutet hatte wie mir. Also versuchte ich meinen Alltag irgendwie über die Bühne zu bringen, aber im Grunde genommen war ich liebeshungrig und unkonzentriert.
Selbst wagte ich es aber nicht, ihn anzuschreiben.
Außerdem fand ich, war es an ihm, um mich zu kämpfen, auch wenn er davon ausgehen musste, dass ich jemanden aufgegabelt hatte.
»Belle!«
Ich wirbelte herum und wurde sogleich von meiner Freundin überfallen, die viel zu spät dran war.
»Minni, warum kommst du jetzt erst?«
Minni grinste mich an und wackelte vielsagend mit den Augenbrauen. »Tommy hat mich heute Morgen spontan noch etwas aufgehalten.«
»Dann brauchst du wohl gar keinen Tantra-Kurs mehr?«, fragte ich sie leise bei der Umarmung.
Das würde ich sehr bedauern, denn mir machte der Kurs tatsächlich Spaß. Zudem genoss ich es, von Mandy so umgarnt zu werden.
Sie war wie ein Mutterersatz für mich.
»Oh doch, den Kurs gönnen wir uns noch bis zum bitteren Ende.« Sie rubbelte mir über den Oberarm. »Wir haben doch auch schon vier Stunden absolviert. Diesen Freitag kommen die Massagen dran. Darauf freue ich mich schon.«
»Ich habe dir einen Kaffee auf deinen Platz gestellt. Mit Milch und Honig. Deckel ist drauf. Müsste also noch

warm sein«, sagte ich mit einem gehetzten Blick auf die Wanduhr.
Minni drückte mir einen eiligen Kuss auf die Wange. »Danke! Du bist ein Engel!«
Grinsend winkte ich ihr zu und machte mich auf die Socken. Ich ließ meine Klasse ungerne warten.
»Sehen wir uns zum Mittagessen, Belle?«, rief Jörg mir hinterher.
Ich verdrehte die Augen.
Seit dem Ball hing er wie eine Klette an mir. »Nein, danke. Ich bin mit Minni verabredet. Sorry!«
»Du bist IMMER mit Minerva verabredet«, beschwerte sich mein Kollege.
»Wir sind halt beste Freunde«, konterte Minni angefressen. »Und nun drängele nicht so herum, Jörg! Du hast ohnehin keine Chance bei Belle. Ihr Herz ist bereits vergeben.«
»Was?« Geschockt blickte Jörg Minni an. »An wen? Kenne ich den Kerl? Ich fordere ihn zum Duell heraus!«
Grinsend bog ich um die Ecke und begrüßte den Sicherheitsdienst des Scheiches vor meinem Klassenzimmer mit einem leisen Gruß und einem Kopfnicken. Die beiden bewaffneten Männer reagierten kaum, dennoch wusste ich, dass sie mich wahrgenommen hatten.
Mein Herz war tatsächlich vergeben, aber ich fragte mich seit gut zwei Wochen, ob es nicht eher eine unerwiderte Liebe war.
»Belle, an WEN hast du dein Herz verschenkt?«, rief Jörg mir hinterher, doch ich ignorierte sein Rufen.
Musste der ungehobelte Klotz so eine Frage durch das gesamte Schulgebäude brüllen?
Unmöglich!

Ich betrat das Klassenzimmer und ging zum Pult. »Guten Morgen, Kinder!«
Eilig setzten sich alle auf ihre Plätze. »Guten Morgen Frau Hausstein!«
»Wir wollen heute noch einmal die Reise nach Australien machen. Holt bitte eure Englisch-Arbeitshefte heraus!«
»Und was ist mit unserem Frühstück?«, fragte einer meiner Schüler.
»Und unserer täglichen Meditation?«, warf eine Schülerin ein.
Ich schlug mir gegen die Stirn. »Stimmt. Fast hätte ich das vergessen. Das machen wir natürlich jetzt sofort!«
Ich war vollkommen durch den Wind.
Die Frühstücksrunde und die anschließende Phantasiereise mit den Kindern war heilig. Wie hatte ich die vergessen können?
Nach dem Frühstück schaltete ich den CD-Player an und ließ die sanfte Melodie einer Harfe und einer Panflöte erklingen. Dann setzte ich mich auf einen Stuhl und las aus meinem Skript vor, während meine Schüler ihre Köpfe auf den Tisch legten und die Augen schlossen. Wir reisten in ein entferntes Fantasieland mit einem riesigen Baum, durch den die Kinder gehen mussten, um schließlich an einen Fluss zu kommen. Dort stiegen sie alle in ein Boot und fuhren zu einem entfernten Ufer. Hier durften sie sich auf die Suche nach einer Papierrolle machen, auf der ihre Sorgen standen. Ich fand auch ein Stück Papier. Meine Sorgen standen in übergroßen Versalien darauf.

Liebt er mich?
War ich gut genug für ihn?
Oder hat Phineas gar kein Interesse an mir?

So sehr ich mich auch bemühte, aber ich konnte den Gedanken nicht abschütteln, also ließ ich mich mit treiben.
Sobald wir die Sorgenblätter gefunden hatten, tauchte eine gute Fee auf. Sie schwang ihren Zauberstab und ließ das Sorgenpapier in Feuer und Rauch aufgehen.
Glücklich lächelte ich ins Leere.
Hach, wie schön wäre es, wenn Phineas genauso verliebt in mich wäre wie ich in ihn!
Ich setzte mich mit meiner Klasse wieder in die Boote und fuhr zurück zum Baum.
Nach einer Viertelstunde schaltete ich den CD-Player wieder aus. »So, und nun holen wir bitte unsere Englischhefte hervor!«
Murrend holten die Schüler ihre Hefte hervor. Sie liebten die Fantasiereisen und waren manchmal danach so voller Phantasie, dass sie kaum zu bremsen waren.
»Oder möchtet ihr lieber eure Reise aufschreiben?«
»Jaaaa!«, schrien die Kinder begeistert und holten eilig ihre Deutschschreibhefte aus den Ranzen.
Lächelnd ging ich durch die Reihen und beobachtete, wie meine dritte Klasse hechelnd und mit heraushängender Zunge eilig ihre Füller über das Papier kratzen ließen. Es hatte kaum geklingelt - es saßen noch alle hochkonzentriert an ihrer Arbeit - da wurde plötzlich die Tür gewaltvoll aufgestoßen und drei vermummte Gestalten stürmten ins Klassenzimmer.
Sie trugen schwarze Kleidung und Masken vor dem Gesicht. In den Händen hielten sie Maschinengewehre - oder wie diese langen Dinger hießen, mit denen man endlos Munition verpulvern konnte. Ich war kein Waffenexperte.
Sie redeten in einer Sprache, die ich nicht verstand.
Wo, zum Henker, war der Sicherheitsdienst vor unserem Klassenzimmer?

Mir wurde schlagartig bewusst: Das mussten arabische Gegner des Scheichs sein!
Hatte ich nicht gegenüber Phineas großspurig behauptet, ich würde NIEMALS in ein Geiseldrama geraten?
Hier hatten wir nun den Salat!
ICH steckte tatsächlich mitten in einer Geiselnahme.
Wie war das noch mit dem Notruf?
Seitlichen Knopf an der Uhr drücken?
Ob Phineas wohl Dienst hatte?
Würde er mich retten?
Oh Gott, vielleicht hatte er Dienst und WOLLTE mich gar nicht retten, weil ich ihm mit dem Prinzen einen Bären aufgebunden hatte. Ich hatte ihm ja nicht gesagt, dass ER mein Prinz war!
Vollkommen überrumpelt starrte ich die Typen an.
Ich konnte noch nicht sterben!
Ich musste erst noch wissen, ob Phineas mich liebte!
Hatten die Typen echt den Nerv und wollten meine neunjährige Schülerin ENTFÜHREN?
Bevor ich mich versah, stand Yasmin hinter mir und suchte Schutz.
Heiliger Bimbam, nun wurde es ernst!
»Hey, Mädchen, komm zu uns! Yalla!«, rief einer der Männer.
Die wollten Yasmin, um ihren reichen Papa unter Druck zu setzen.
»Geben Sie uns die Kleine raus!«, forderte einer der Männer in gebrochenem Deutsch. Wild fuchtelnd zeigte er mit seiner Waffe auf mich.
Guter Gott, wollte er mich etwa erschießen?
Was sollte ich tun?
Ich konnte doch kein Kind an gewalttätige Männer herausgeben!

Eher würde ich sterben!
Und das ging leider noch nicht.
Dafür hatte ich keine Zeit.
Und Lust sowieso nicht.

Trotz meiner überwältigenden Angst hielt ich Yasmin hinter meinem Rücken versteckt und legte beschützend die Arme um sie. »Nein. Sie ist noch ein Kind!«
Ich drehte mich zu Yasmin und legte ihr meine Hände auf die Schultern. »Sei jetzt ganz ruhig! Wir schaffen das!« Dann tat ich so, als würde ich sie umarmen. Dabei drückte ich den seitlichen Notrufknopf meiner Uhr und aktivierte eine SMS, die automatisch an Hans verschickt wurde.

Wir hatten vereinbart, dass ich diesen Hilferuf nur für den Fall nutzte, wenn es tatsächlich zu einem Überfall in der Schule kommen sollte. Bisher hatte ich Hans belächelt, wenn er mich bei jedem Gespräch daran erinnerte, ob ich die Notruffunktion noch beherrschte.
Offenbar funktionierte sein siebter Sinn besser als meiner!
Draußen auf dem Korridor hörte ich Schüsse.
Die Kinder schrien ängstlich auf.
»Bitte lassen Sie die Kinder zu mir kommen!«, flehte ich die Täter an.
Als einer von ihnen nickte, wandte ich mich mit zitternder Stimme an die Klasse. »Jetzt steht die Fensterseite auf und kommt ganz langsam zu mir nach vorne.« Sobald die ersten Kinder bei mir waren und sich auf den Boden gesetzt hatten, holte ich die mittlere Reihe und schließlich die Wandseite zu mir. Trotz der brenzligen Situation klappte der ›Umzug‹ erstaunlich gut.
Nun saßen die Kinder wie eingeschüchterte Häufchen Elend in der hintersten Ecke des Klassenzimmers und ich war quasi ihr Schutzschild.

Ich befand mich nicht nur praktisch zwischen den Stühlen, sondern auch mental im Zwiespalt.

Ich war dabei, ALLE Kinder zu gefährden, weil ich Yasmin nicht herausrücken wollte. Aber ich konnte doch kein neunjähriges Mädchen an drei schwer bewaffnete Entführer übergeben! Mit dieser Schuld würde ich niemals wieder froh sein.

Es dauerte nicht lange, da ertönten bereits die ersten Sirenen. Blaulicht leuchtete durch die Fenster hinauf in den ersten Stock. Wir hörten Türen schlagen, dann war es gespenstisch ruhig.

Aber nicht nur die Kinder hatten die Einsatzfahrzeuge gehört, auch die Entführer brauchten nur aus dem Fenster zu blicken und sahen das Aufgebot an Polizei-, Feuerwehr- und Rettungskräften.

Ich wusste nicht, wie viele Entführer tatsächlich im Haus waren. Der Schusswechsel auf dem Korridor hatte auch von dem neuen Sicherheitspersonal kommen können, den Yasmins Vater engagiert hatte. Wieso die Entführer allerdings zu uns hatten durchdringen können, war mir ein Rätsel. Wieso schoben die keine Wache mehr vor unserem Klassenzimmer? Bevor die Stunde angefangen hatte, waren sie doch noch da gewesen. Hatte man sie weggelockt oder sogar getötet? Oder hatten die von vornherein nur zum Schein für den Scheich gearbeitet?

Ich warf einen vorsichtigen Blick auf meine Uhr.

Hans hatte geschrieben.

›*Wo bist du?*‹

Ich blickte mich verstohlen um. So unauffällig wie möglich setzte ich mich zu den Kindern auf den Fußboden und schrieb blind eine Antwort auf meiner Uhr. Dabei tat ich so, als wenn ich an meinem Handgelenk herumkratzte.

› *Im Klassenzimmer. Es sind 3 Täter.* ‹

Ich hatte Hans bereits einen ausführlichen Lageplan der Schule besorgt, so dass er wusste, in welchem Raum ich mich wann befand.

› *Bleib ruhig! Hilfe ist unterwegs.* ‹

Ich habe keine Ahnung, wie lange wir dort saßen, aber es klingelte zur nächsten Stunde, zur Pause und wieder zur nächsten Stunde.
Einer der Täter wandte sich schließlich an mich. »Aufstehen!«
Eilig schob ich meinen Ärmel wieder über die Uhr.
»Ich?« Ich tippte auf meine Brust.
Der Typ nickte.
Seufzend stand ich auf.
Dann winkte er auch Yasmin hoch.
»Wir gehen. Sie kommen mit!« Er winkte uns hinter sich her, als plötzlich die Tür aufgerissen wurde. Dort stand Phineas, allerdings nicht in Polizeiuniform, sondern in einem total altmodischen Anzug. Das braune Jackett war ungefähr zwei Nummern zu groß und die Hose eher zwei Nummern zu klein. Wenn die Situation nicht so ernst gewesen wäre, hätte ich lauthals losgelacht. Er sah wirklich urkomisch aus. Unter dem Arm trug er einen Aktenkoffer. Wer ihn nicht kannte, hielt ihn sicherlich für einen vertrottelten Nerd oder einen total zerstreuten Professor.
»Belli, ich habe jetzt Unterricht in deiner Klasse. Was machen die vielen Kinder auf dem Bo...« Er brach ab.

»Was sind das für Männer, Belli? Ist das eine neue Form des Unterrichts? Übt ihr eine echte Geiselnahme oder ist das ein Theaterstück?«
Die Geiselnehmer zielten mit ihren Waffen auf Phineas.
»Schnauze! Rüber hier!« Der Mann winkte Phineas zum Fenster. Dieser blickte erst mich an, dann stolperte er prompt über einen Stuhl und machte einen Heidenlärm.
»Pass doch auf, du Trottel!«, rief der bewaffnete Täter.
Phineas hob eine Hand. »Ja, ja.«
Mir schlug das Herz bis zum Hals.
Sie würden ihn doch wohl nicht erschießen, oder?

Oh Schreck!

Ich fühlte mich ausgebrannt und voll unerfüllter Sehnsucht, als ich am Montagmorgen meinen Dienst antrat. Da es nach der letzten, eher stürmischen Woche erstaunlich ruhig war, beschloss ich, Sven zu besuchen, der im gleichen Gebäude, aber ein paar Stockwerke höher, arbeitete.

»Hi Phin, du siehst aber fertig aus! Was hast du denn am Wochenende getrieben? Hast du 'ne Neue?«

»Sven, sei still! Die ganze Woche war vollgepackt mit randalierenden Chaoten und das Wochenende war auch nicht ruhiger. Vielleicht solltest DU nächstes Mal die Gefangenensammelstelle leiten!«

Sven schlug sich gegen die Stirn. »Sorry, Bro! Total vergessen.« Er bot mir einen Stuhl an. »Belle war am Samstag bei uns. Wir haben bereits ein paar Termine für die Hochzeitsvorbereitungen abgesprochen. Hier hast du einen Zettel! Gleiche mal bitte die Termine mit deinem Dienstplan ab!«

»Mach ich.« Ich seufzte schwer.

Misstrauisch beäugte Sven mich. »Was ist los? Herzschmerz?«

Ich nickte. »Ein bisschen.«

»Warum? Welche deiner Kolleginnen hat es dir denn dieses Mal angetan?«

»Keine.«

Plötzlich ging ein Strahlen über Svens Gesicht. »Dann ist es Anabelle?«

Ich lächelte und schwieg.

»Warum hast du dich dann ganze zwei Wochen nicht mehr bei ihr gemeldet?«, fragte Sven pikiert. »Ich glaube, sie hätte sich gefreut. Vor allem nach dem wirklich intensiven Kuss unter MEINEM Mistelzweig. Die Schwingungen habe ja sogar ICH gespürt und ich war nicht einmal Zuschauer, nur anwesend.«

»Wieso bewahrst du eigentlich einen Mistelzweig in deiner Küchenschublade auf? Das ist total verrückt!«

»Das Ding ist heilig. Was meinst du, wie viele Pärchen ich damit schon zusammengebracht habe. Küsse haben irgendwie etwas magisches an sich.«

Ich seufzte noch einmal. »Wir haben am Sonntag nach dem Ball ein wenig hin und her geschrieben. Aber ich befürchte, dass sie einen Mann auf dem Ball kennengelernt hat.«

»Belle hat niemanden kennengelernt. Das hätte Hans mir erzählt. Er passt da auf wie ein Schießhund!«

»Aber sie hat geschrieben, dass sie einen Prinzen geküsst hat«, sagte ich schwermütig. »Und daraufhin verließ mich der Mut.«

Sven schmunzelte. »Schon mal daran gedacht, dass DU der Prinz sein könntest? Soweit ich informiert bin, hat sie am Abend des Schulballs nur dich geküsst.«

Ich runzelte die Stirn. »Du meinst, sie hat vielleicht MICH damit gemeint?« Plötzlich ging ein Strahlen über mein Gesicht. »Das wäre ja…«

»Phantastisch?«

»Genau.« Ich warf einen Blick auf die Liste. »Nächstes Wochenende bin ich mit an Bord. Da können wir so viele

Termine reinpacken wie möglich. Dann habe ich genug Zeit, um ihr Herz zu erobern. Und das unter dem Deckmantel eines Trauzeugen.«
»Super! Ich sage Hans und Belle Bescheid.« Er stutzte. »Nee, ich sage nur Hans Bescheid und DU meldest dich bei Anabelle! Abgemacht?«
»Gebongt. Habe ja ihre Nummer. Ach, nee. Die habe ich nicht mehr. Mein Handy ist bei einem Einsatz in einem Farbeimer gelandet. Kannst du mir ihre Nummer nochmal schicken?«
»Klar, mache ich. Belle hat übrigens etwas sehr merkwürdiges erzählt«, berichtete Sven ganz nebenbei. »Darum hat Hans ihr gleich eine Notfallausrüstung gekauft.«
Ich wurde hellhörig. »Wieso braucht sie eine Notfallausrüstung? Sie ist doch Lehrerin und keine Bundeskanzlerin. Das Lehramt ist nicht gerade der gefährlichste Job der Welt, oder?«
»Generell muss ich dir da Recht geben. Aber Belle hat ein Mädchen in der Klasse, Yasmin war, glaube ich, ihr Name, deren Vater ein Scheich im Exil ist. Aufgrund einer Drohung hat er wohl zusätzliches Sicherheitspersonal in der Grundschule postiert. Aber die Polizei wollte er nicht involvieren. Komischer Typ!«
Mir richteten sich die Nackenhaare auf.
Mein Alarmsystem sprang an - und das funktionierte derart zuverlässig, dass ich meine Großmutter darauf verwetten würde.
Plötzlich klingelte mein Handy.
Es war Ralf. »Mensch, wo steckst du denn? Wir haben einen Großeinsatz.«
»Bin oben bei meinem Bruder. Ich hatte dir eigentlich Bescheid gesagt. Oder habe ich das vergessen?«, fragte ich mich eher selbst.

»Egal. Beweg deinen Hintern runter!«, rief Ralf in leichter Panik.
»Du klingst so merkwürdig. Was ist das für ein Einsatz?«, fragte ich Ralf.
»Geiselnahme in der Grundschule ›Ums Eck‹..«
Sämtliche Alarmglocken ließen mir die Eingeweide gefrieren. »Sven, wie heißt die Schule, an der Belle arbeitet?«, fragte ich tonlos, während ich mein Handy in der Hosentasche verstaute.
»Grundschule ›Ums Eck‹. Wieso?« Fragend blickte er mich an.
Adrenalin schoss mir durch die Glieder. Ich zitterte augenblicklich am ganzen Körper. Das Herz wollte mir davonspringen.
»Dort gibt es eine Geiselnahme!«, antwortete ich panisch.
»Mist! Ich rufe sofort Hans an! Der hat einen Lageplan. Den soll er dir gleich aufs Handy schicken.«
Ich flitzte aus dem Raum und rannte drei Stockwerke die Treppe hinunter. Ohne ein weiteres Wort schnappte ich mir meine schusssichere Weste und zog meine Uniformjacke über.
Ralf wartete schon ungeduldig. »Drei Peterwagen sind bereits unterwegs. SEK wurde informiert«, berichtete mein Kollege.
Mir war speiübel.
Anabelle war in Gefahr.
Und die ganzen Kinder.
Mit dem Wagen folgten wir unseren Kollegen und fuhren zur Grundschule ›Ums Eck‹, die glücklicherweise nur fünf Minuten von der Wache entfernt war. Dort positionierten wir uns rund um das Gebäude, darauf wartend, dass das Spezialeinsatzkommando bald eintreffen würde. Nach einer kurzen Lagebesprechung, schnappte ich mir meine

kleine Microkamera und befestigte sie unauffällig an der Uniform.

»Ich gehe da jetzt rein und checke die Lage. Es wurden bereits Schusswechsel signalisiert. Ich kann nicht länger warten, Anabelle ist da drin!« Fest entschlossen überprüfte ich meine Waffe.

Ralf hielt mich am Arm fest. »Du kannst da nicht einfach in Polizeiuniform reinmarschieren! Wir wissen nicht einmal, wo das Sicherheitspersonal des Scheichs steckt. Offensichtlich sind die bereits überwältigt worden. Wer auch immer die Geiselnehmer sind, sie scheinen sehr kampferfahren zu sein.«

»Ralf, ich MUSS!«

»Warte! Ich habe eine Idee.«

Mein Kollege flitzte zum Streifenwagen und holte einen alten Tweedanzug aus dem Kofferraum.

»Wo hast du den denn her?«, fragte ich pikiert.

Ralf verdrehte die Augen. »Meine Frau wollte doch unbedingt auf diese Verkleidungsfeier. Ich sollte als Lehrer aus dem letzten Jahrhundert gehen. Ich habe sogar die passende Aktentasche aus Leder dabei.« Mein Kollege überreichte mir die Sachen.

Ich wandte mich an den Einsatzleiter und trug meine Idee vor.

»Das ist verdammt heikel, Phineas«, sagte dieser wenige Augenblicke später. »Wir sollten auf das SEK warten.«

»Das dauert zu lange, Micha. Ich habe den schwarzen Gürtel in Karate und gehe nicht offensichtlich bewaffnet als Polizist, sondern als trotteliger Lehrer da rein. Ich checke die Lage und über die Kamera kannst du mitverfolgen, wie es im Schulgebäude aussieht und wo sich die Geiselnehmer aufhalten.« Ich überreichte meinem Einsatzleiter den Laptop und klappte ihn auf. Mit ein paar

Eingaben hatte ich Kontakt zu meiner Kamera hergestellt.
»Da drinnen ist die Frau, die ich liebe und ich bin nicht bereit, sie zu opfern«, sagte ich leise.
Michael hielt mich am Handgelenk fest. »Da du offensichtlich befangen bist, kann ich dich erst recht nicht da reinlassen. Du würdest nicht nur dich, sondern auch die Geisel in Gefahr bringen. Das SEK ist auf Geiselnahmen spezialisiert.«
»Bitte lass mich gehen, Micha! Ich bin dein bestausgebildeter Kampfsportler und mit den alten Klamotten für die Kostümparty wird niemand Verdacht schöpfen. Auf den Gängen wird niemand herumlaufen. Außer vielleicht den Tätern.« Flehend blickte ich Michael an. Dann öffnete ich mein Emailprogramm und öffnete Hans' Mail mit dem Lageplan der Schule. »Das ist von meinem zukünftigen Schwager. Ein Lageplan der Schule. Er hat sogar schon die entsprechenden Punkte eingezeichnet, an denen das SEK ins Gebäude eindringen kann.«
»Sehr gute Arbeit«, lobte mein Chef. Schließlich nickte er ergeben. »In Ordnung. Zieh dich um und orte die Lage! Das SEK ist in spätestens zehn Minuten hier.«
Das ließ ich mir nicht zweimal sagen. Im Affenzahn steckte ich im Kostüm, ohne auf die erstaunten Gesichter meiner Kolleginnen zu achten.
»Ich schicke dir eine Nachricht, sobald die Kollegen da sind. Wenn deine Uhr vibriert, versuchst du in Deckung zu gehen. Egal, wo du bist, Phin!«, befahl Michael.
Ich nickte ergeben und hoffte, das SEK brauchte ETWAS länger.
Dann befestigte ich die Kamera, die aussah wie ein Knopf, am Kragen des Jackets und ignorierte den kratzigen Tweedstoff.

»Ich bin fertig. Habt ihr die Bildübertragung meiner Kamera im Kasten?«, wandte ich mich an die Einsatzleitung. Ralf und Michael hoben beide den Daumen.
Ich atmete noch einmal tief durch, dann streckte ich meine Schultern und ging entschlossen auf das Schulgebäude zu. Ich rief mir den Lageplan der Schule in Erinnerung, so dass ich wusste, wo sich Anabelle aufhielt und wo ich hinlaufen musste, wenn die Geiselnehmer sie nicht bereits in einen anderen Raum verschleppt hatten.
Ich betrat das Gebäude und fand im Korridor zwei schwer verletzte Sicherheitsmänner. Ich vergewisserte mich, dass mich niemand sah und schleifte beide Personen zur Eingangstür, wo sie von einem Einsatzteam in Sicherheit gebracht werden konnten. Dann lief ich in den ersten Stock zu Anabelles Klassenzimmer.
Es war gespenstisch ruhig im Gebäude. Als ich mich jedoch der Tür näherte, wo laut Lageplan Anabelles Klasse sein sollte, hörte ich laute Rufe.
Ich straffte noch einmal die Schultern, überprüfte den festen Halt meiner Waffe am Fußgelenk in der speziellen Manschette und klemmte mir die Aktentasche unter den Arm. Dann riss ich die Tür schwungvoll auf und tat so, als wenn ich ein trotteliger Lehrer war, der noch nicht gepeilt hatte, was vor sich ging, und der unbedingt Unterricht machen wollte.
»Belli, ich habe jetzt Unterricht in deiner Klasse. Was machen die vielen Kinder auf dem Bo...« Ich tat erstaunt, als die Geiselnehmer mit ihren MGs direkt auf mich zielten. Dabei ging mir die Pumpe wie sonst was.
»Was ist denn hier los?« Ich rückte die Aktentasche enger unter meine Achsel und schnitt eine Grimasse. »Was machen Sie denn hier? Belli, führst du ein Theaterstück auf?«

Ich stellte mich absichtlich dumm, obwohl ich wusste, dass ich mit dem Feuer spielte. Aber ich konnte nicht einfach so wieder aus dem Klassenzimmer abhauen, ohne Gefahr zu laufen, von hinten erschossen zu werden.
»Was willst du, du Clown?«, sprach mich einer der Täter an.
Ich schluckte. »Ich habe hier Unterricht.«
»Der fällt aus.«
»Aber ich wollte…«
»Halt die Klappe!« Unwirsch winkte mich einer der Täter erst zum Fenster, dann in die Ecke, in der die verängstigten Schüler saßen. Anschließend schubste er Anabelle und ein kleines, dunkelhaariges Mädchen in Richtung Ausgang.
Diese ließ sich glücklicherweise nicht anmerken, dass sie mich kannte oder gar Angst hatte.
»Wo wollen Sie mit meiner Kollegin und unserer Schülerin hin?«, fragte ich, während ich im Zeitlupentempo aufstand.
»Halt die Klappe!« Der Täter hob die MG und schoss damit in die Zimmerdecke.
Erschrocken kreischten die Kinder auf, als der Putz von der Decke rieselte. Ängstlich zogen sie die Köpfe ein und verkrochen sich unter ihren Händen.
Der Täter drängte Anabelle und das Mädchen weiter zum Ausgang.
»Nehmen Sie mich und lassen Sie meine Kollegin laufen!«, bot ich verzweifelt an.
Die Täter blickten mich an und schienen mich aufs genaueste zu inspizieren. Um meiner Rolle als schusseliger Lehrer gerecht zu werden, ließ ich meine Aktentasche fallen.

»Hups!« Entschuldigend lächelte ich in die Runde, bückte mich und hob sie wieder auf. Dabei rutschte sie mir erneut aus den Händen. »Komm her, du doofes Ding!«
Wenn die Situation nicht so ernst gewesen wäre, hätte ich einen hervorragenden Clown abgegeben.
»Der Spinner soll mitgehen«, wies einer der Geiselnehmer an und schubste Anabelle in meine Richtung. »Nimm den Idioten und das Mädchen mit!«
Anabelle stolperte auf mich zu. »Pass auf dich auf!«, wisperte sie mir im Vorbeilaufen zu.
Ich hatte keine Zeit zu reagieren, denn die Täter waren extrem ungeduldig.
Meine Uhr vibrierte.
Das war das vereinbarte Zeichen.
Ich wusste also, dass das SEK eingetroffen war.
Nun musste ich nur noch Zeit schinden, damit sie an den vereinbarten Punkten ins Gebäude eindringen konnten. Mit gespielter Unsicherheit stolperte ich im Schneckentempo zur Tür.
»Schneller! Yalla yalla!«, schrien die zwei Täter, die uns nach draußen begleiteten, während einer von ihnen bei Anabelle und den Kindern in der Klasse blieb.
Innerlich stöhnte ich.
Ich hasste die Typen jetzt schon.
»Warum nehmen wir das Mädchen mit?«, stellte ich mich dumm. Ich blieb im Korridor stehen und wartete auf eine Antwort. »Sie ist doch noch ein Kind.«
»Halt die Klappe oder ich rasiere dir den Bart! Geh weiter!«
Ich packte das Mädchen an den Schultern und beugte mich herunter. »Es ist alles gut, Anna. Wir müssen jetzt beide tapfer sein.«
»Anna?« Einer der beiden Täter blieb unsicher stehen.

Ich richtete mich auf. »Ja. Das ist Anna Bint Abihi. Eine meiner Schülerinnen. Wir haben zwei arabische Mädchen in der dritten Klasse. Yasmin sitzt noch im Klassenzimmer bei meiner Kollegin.«
Die Geiselnehmer blickten sich verunsichert an. Dann holte einer von ihnen ein Handy aus der Tasche und öffnete ein Bild. Das Foto auf dem Display verglich er mit dem Mädchen neben mir, dessen Namen ich nicht kannte.
»Sieht aber aus wie Yasmin«, sagte einer der Täter.
»Willst du uns für dumm verkaufen?«, schrie mich der andere an. Er holte aus und wollte mich mit der Faust schlagen, aber ich reagierte blitzschnell und wehrte seinen Angriff so professionell ab, dass der Täter zu Boden ging.
Ich wusste, ich hatte keine Chance, auf das Mädchen aufzupassen, wenn ich den Täter jetzt dingfest machte und dadurch den zweiten Mann aus den Augen ließ. Also stolperte ich theatralisch und tat so, als wenn meine Gegenwehr rein zufällig so perfekt gewesen war. Dabei schlug ich dem am Boden liegenden Täter gleich noch einmal eine Faust gegen den Kopf.
Der zweite Täter fackelte nicht lange und schnappte sich das Mädchen. Im selben Augenblick stürmte das SEK das Gebäude.
Wir waren umstellt.
Das bekamen auch die Täter spitz.
Der Gefallene sprang auf die Beine und schnappte sich seine MG, die ihm aus den Händen geglitten war.
Mist, dachte ich, die Waffe hätte ich wegschießen müssen! Böser Fehler - vor allem, wenn er damit jetzt Kollegen verletzte!
Doch die Kollegen vom SEK erledigten ihre Arbeit in vollster Perfektion und überwältigten ihn, bevor er jemanden anvisieren konnte.

Ohne weiter nachzudenken, nutzte ich das Überraschungsmoment und grätschte dem zweiten Täter zwischen die Beine. Ich brachte ihn so geschickt zu Fall, dass er das Mädchen loslassen musste, um seinen Sturz abzufedern. Mit dem Gewehr schoss er in die Zimmerdecke. Ich schnappte mir das Mädchen und warf sie einem Team des SEK entgegen. Zum Glück reagierten die Kollegen und ergriffen sie. Sie war schneller in Sicherheit, als ich blinzeln konnte.
Den zweiten Täter hatten sie auch bereits überwältigt.
»Safe!«, brüllte der Einsatzleiter. Dann nahm er die Maske ab und beugte sich zu mir herunter.
»Jens?«, rief ich überrascht.
»Pfusch uns NIE wieder ins Handwerk, Phineas Marvelin, auch wenn dein zweiter Vorname ›Thor‹ lautet!«, knurrte mich mein alter Ausbildungskollege an.
»Ohne mich wären die Täter mit der Lehrerin und dem Mädchen längst geflohen, und zwar schon vor zehn Minuten. Ein Dankeschön wäre also angebracht, finde ich.« Ich ließ mich nicht einschüchtern.
Jens zögerte, dann reichte er mir die Hand und half mir auf die Beine. »Gut. Dein Bericht wird sicherlich folgen, oder?«
»Natürlich.«
»Danke!« Jens lächelte mich an. Dann zog er sich wieder die Maske über den Kopf. »Wo sind die anderen Täter?«
»Soweit ich weiß, ist noch einer im Klassenzimmer. Aber Vorsicht! Der Typ ist bis unter die Zähne bewaffnet und zu allem entschlossen. Und so mal eben wird er nicht das Handtuch werfen. Ich könnte…«
»Was?«
An seinem Tonfall merkte ich, dass er nicht sonderlich begeistert darüber war, dass ich mich einmischen wollte.

Dennoch verschränkte er abwartend die Arme. »Ich höre!«

»Ich stolpere noch einmal wie ein Trottel in das Klassenzimmer zurück und tue so, als wenn seine beiden Kollegen vor euch getürmt wären. Das Überraschungsmoment nutzt ihr aus und überwältigt den Täter. Wenn wir Glück haben, steht er noch am Fenster, während die Lehrerin und die Kinder auf der rechten Seite des Klassenzimmers sitzen«, erklärte ich meinen Plan.

Der Einsatzleiter dachte kurz darüber nach. »Ein gefährlicher Plan. Er könnte dich erschießen. Oder die Kinder.«

»Wie sollen wir anders an ihn herankommen? Stundenlang warten, bis er freiwillig aufgibt oder anfängt, die ersten Geiseln zu erschießen?« Fragend blickte ich meinen Kollegen an.

»Okay«, seufzte dieser schließlich. »Es ist ein Versuch wert. Aber beschwere dich hinterher nicht, wenn er dich tötet.«

»Keine Sorge, ich wäre ein friedlicher Toter«, witzelte ich, obwohl keinem von uns zum Spaßen zumute war.

Ich positionierte mich vor dem Klassenzimmer, während die Kollegen vom SEK im Korridor Stellung bezogen.

Auf ein Zeichen hin stolperte ich in das Klassenzimmer zurück. »Belli, du glaubst nicht, was eben passiert ist! Die Täter sind einfach abgehauen. Die hatten Angst vor der Polizei und haben mich eiskalt stehengelassen.« Ich rannte gegen den Tisch und warf gleich noch ein paar Stühle um.

Der übriggebliebene Geiselnehmer war so erschrocken, dass er mit der MG gleich ein paar Löcher in die Decke schoss. Der Rückstoß seiner Waffe ließ ihn nach hinten stolpern. Er rutschte aus und flog rücklings gegen das Fensterbrett.

Ich ließ mich über den Boden gleiten und machte Platz für die Kollegen vom SEK, die das Zimmer stürmten und den Täter überwältigten.
Erleichtert über den unblutigen Ausgang erhob ich mich umständlich und ging zu Anabelle und den Kindern hinüber. Anabelle hatte hochrote Wangen und sah einfach zum Anbeißen süß aus. Die Haare hingen ihr wirr in alle Richtungen, das Zopfgummi hatte sich verabschiedet. Sie klopfte sich den Staub von der Hose und pustete sich eine vorwitzige Haarsträhne aus dem Gesicht.
»Phineas, dich schickt der Himmel! Oder sollte ich dich Thor nennen? Ach, du mein Held, darf ich dich küssen?« Anabelle lächelte.
Ich breitete die Arme aus und sie warf sich hinein.
»Danke, dass du uns gerettet und dir keinen Urlaub genommen hast, auch wenn du kein *Harry Potter* Fan bist.«
»Niemals hätte ich dich den Geiselnehmern ausgesetzt! Außerdem bin ich ein ziemlich großer *Harry Potter* Fan«, erwiderte ich.
»Bist du etwa zum Bücherwurm mutiert?«, fragte Anabelle überrascht.
Ich deutete auf meine unmögliche Verkleidung. »Sieht man das nicht?«
Anabelle lächelte und gab mir einen schnellen Kuss auf die Wange. »Doch. Danke, mein Held!« Sie schaute sich um. »Wo ist Yasmin?«, fragte sie besorgt.
»In Sicherheit. Ich konnte sie den Geiselnehmern entreißen und den Kollegen vom SEK zuschustern. Sie haben sie weggebracht«, erklärte ich.
»Wow! Wie hast du das denn geschafft?«
»Süße, ich habe den schwarzen Gürtel!« Ich wackelte aufreizend mit den Augenbrauen.
Anabelle gluckste. »Echt jetzt?«

Ich nickte. »Echt!«
»Ich bin schwer beeindruckt. Das wusste ich ja gar nicht.« Anabelle umarmte die ersten Schüler, die sich an uns herandrängten. »Ich glaube, die Kinder brauchen psychologische Betreuung. Die sind total geschockt.«
Ich blickte mich um.
Einige saßen noch immer zusammengekauert auf dem Boden, anderen weinten bitterlich, wiederum andere sprangen aufgeregt wie die Gummibälle durch die Gegend und fanden den Polizeieinsatz einfach nur ›geil‹.
Ich nickte. »Ich denke, die Kollegen werden alles weitere veranlassen.«
Liebevoll blickte ich sie an.
Am liebsten hätte ich sie geküsst, aber ich wagte es nicht, mich zu ihr hinabzubeugen und so rubbelte ich ihr einfach nur über die Oberarme. »Bist du in Ordnung?«
»Jetzt ja. Ich hätte nie gedacht, dass ICH mal in SO eine Situation kommen und mich so freuen würde, dich zu sehen.«
Ich war wie vor den Kopf geschlagen. »Nun«, sagte ich etwas unterkühlter und ließ sie los, »dein Prinz wird sich sicherlich freuen, dass er dich heil wieder hat.«
Bevor sie reagieren konnte, wimmelte es im Klassenzimmer nur so von Polizisten und wir hatten keine Zeit mehr, uns weiter zu unterhalten.

***

»Hi Mom! Alles im Lot aufm Boot?« Ich grinste meine Mutter an, die mir bereits an der Nasenspitze ansah, dass ich einen Grund hatte, weshalb ich schon wieder bei ihr auftauchte.

Sie nahm mein Gesicht in beide Hände und drückte mir einen viel zu dicken Kuss auf. »Hallo mein Schatz! Was macht das Götterleben?« Sie grinste. »Herzschmerz?« Ich verdrehte die Augen. »Mom, auch wenn du mir den außergewöhnlichen Namen Thor gegeben hast, führe ich KEIN Götterleben.« Ich schloss kurz die Augen. »Schön wär's!« Ich seufzte theatralisch.
Ich hatte tatsächlich Herzschmerz.
»Was führt dich denn zu mir? Wo drückt der Schuh?«
Ich linste auf ihren Tresen.
Hatte sie eine ihrer Teilnehmerlisten dort liegen?
»Was suchst du denn? Die Teilnehmerlisten?« Meine Mutter grinste und wackelte bedeutungsvoll mit den Augenbrauen. »Brauchst du Anabelles Nummer? Dann frag doch deinen Bruder!«
Ich spielte den Unschuldigen. »Anabelle? Welche Anabelle?«
Sie klappste mir gegen den Oberarm. »Ach du! Tu nicht so! Ich weiß genau, dass sie dir gefällt.« Sie beugte sich vor. »Ich finde sie im Übrigen auch richtig toll. Sie hat ja den Tantra-Kurs mit ihrer Freundin schon fünfmal besucht. Heute findet der sechste und letzte Kurs statt.«
»Hatte sie sich nicht auch für den Vagina-Kurs angemeldet?«
»Jaaaaa«, erwiderte meine Mutter gedehnt. »ABER da haben Männer keinen Zutritt. DU auch nicht!«
»Dann findet der erst noch statt?«
»Nein. Um ehrlich zu sein, fand er gestern statt.« Meine Mutter umrundete den Tresen und blätterte in ihrem Ordner herum. »Und sie hat ganz komisch reagiert, als ich mich nach dir erkundigt habe. Sie fragte mich, wie ich darauf käme, dass sie wüsste, wie es dir ginge.« Prüfend

betrachtete meine Mutter mich. »Versau das nicht, Phineas Thor! Sie ist die Richtige für dich!«
Ich nickte nur. Es machte keinen Sinn, mit ihr etwas auszudiskutieren, wenn sie sich etwas in den Kopf gesetzt hatte. Außerdem war ich ja gar nicht abgeneigt, Anabelle auszuführen. »Seit wann hast du einen Ordner mit Teilnehmerlisten?«
Meine Mutter lächelte entschuldigend. »Nun, meine Steuerberaterin hat sich über meine lose Zettelwirtschaft beschwert. Also hefte ich jetzt immer gleich alles ab.«
»Sehr löblich, Mom!« Ich ging zu ihr und linste ihr über die Schulter.
»Datenschutz, mein Sohn!« Sie schnalzte mit der Zunge und blickte mich an. »Frag doch Hans! Der ist so nett.«
»Eigentlich brauche ich ihre Nummer gar nicht. Sven hatte mir bereits ihren Kontakt geschickt und ich habe ihr auch schon ein paar Nachrichten geschickt.« Ich seufzte. »Vor drei Wochen. Seitdem habe ich sie nur einmal gesehen und da hatten wir kaum Gelegenheit, miteinander zu reden. Ich weiß einfach nicht, wie ich ihr meine Aufwartung machen soll. Ich habe mich so blöd verhalten, als wir uns das erste Mal getroffen haben…«
Mitleidsvoll streichelte meine Mutter über meine Wange. »Mein Schatz, wo ist dein Eroberherz geblieben? Hat Miriam den in einen Jahrhundertschlaf versetzt?«
»Mama! Miriam hat damit gar nichts zu tun.«
Die Tür wurde geöffnet und ein Schwarm Frauen betrat schwatzend das Yoga-Zentrum.
Aus einem Impuls heraus wollte ich mich erst ducken, doch meine Mutter hielt mich am Schlafittchen fest.
»Nichts da! Hier geblieben, mein Sohn. Ein echter Donnergott macht sich nicht aus dem Staub. Außerdem ist das

DIE Gelegenheit, um Anabelle nach einem Date zu fragen.«
»Aber Anabelle ist inmitten der vielen Frauen«, jammerte ich leise.
Pikiert blickte meine Mutter mich an. »Seit wann bist du feige? JETZT hast du die Gelegenheit, sie anzusprechen.«
»Ich bin nicht feige. Ich war nur anfänglich nicht sonderlich nett zu ihr. Und offenbar empfindet sie nicht dasselbe für mich wie ich für sie. Sie ist teilweise ECHT abweisend.«
»Sie ist bestimmt unsicher. Schließlich siehst du umwerfend aus, mein Schatz! Und sie fällt eher in meine Gewichtsklasse. Da hat man als Frau automatisch Zweifel, ob die Männerwelt einen überhaupt haben will.« Plötzlich rieb sie sich die Hände. »Dann gibst du also zu, dass du dich in sie verliebt hast?«
»Ich gebe gar nichts zu«, erwiderte ich bockig.
»So wie Sven erzählte, hast du in der Schule bei der Rettungsaktion eine ziemlich gute Figur gemacht, mein Schatz«, sagte meine Mutter stolz. »Und er meinte auch, dass Anabelle großes Interesse an dir zeigt. Zumindest hat sie Sven gelöchtert und ihn ausgefragt, was du momentan machst und was du über sie denkst. Und das soll schon was heißen.«
»Ehrlich? Sie hat ihn gefragt? Warum hat er MIR nichts davon gesagt? So ein Schuft!«
»Nutze doch jetzt die Gelegenheit und bitte sie um ein Date. Ich lenke derweil die anderen Ladies ab.« Kurzentschlossen trat meine Mutter der Gruppe entgegen. »Meine Damen, darf ich Sie vor der Tantra-Stunde noch zu einem neu eingetroffenen Tee in unserem Café einladen?«
Begeistert stimmten die Frauen zu.
Meine Mutter lotste die Gruppe ins benachbarte Café.

Da Anabelle das Schlusslicht bildete, sprang ich ihr förmlich in den Weg. »Hallo Belle!«

Erstaunt blickte Anabelle auf. »Phin! Was machst du denn hier? Nimmst du auch an dem Tantra-Kurs teil?«

Ich schüttelte lächelnd den Kopf. »Nein. Ist doch auch schon deine letzte Stunde, oder?«

»Ja. Hast du überhaupt schon einmal an so einem Kurs teilgenommen?« Fragend blickten mich ihre großen Augen an.

Was sagte ich ihr nun?

Dass meine Ex-Freundin diese Kurse blöd fand und ich mich daher immer darum gedrückt hatte? Andererseits war es ganz schön peinlich, dass meine Mutter diese Kurse anbot und ich noch nie daran teilgenommen hatte.

»Nein...«

»Nein? Warum das denn nicht? Sie sind toll! Und«, sie zwinkerte mir aufreizend zu, »du kannst damit die Dame deines Herzens beglücken.«

Die Dame meines Herzens stand direkt vor mir!

Und ich fühlte mich wie ein Idiot, weil ich nicht in der Lage war, einen vernünftigen Satz zu formulieren und sie einfach klar heraus nach einem Date zu fragen.

»Meine Ex-Freundin war kein Fan von dieser Art der Freizeitbeschäftigung. Und alleine habe ich keinen Sinn darin gesehen«, erklärte ich schulterzuckend. »Vielleicht hole ich das mal nach - mit der Dame meines Herzens«, fügte ich grinsend hinzu.

»Ich fand den Kurs toll, auch wenn ich von alleine nicht auf die Idee gekommen wäre, ihn zu besuchen«, sagte Anabelle grinsend. »Na, dann wünsche ich dir viel Spaß bei der Suche nach der Dame deines Herzens UND bei dem Tantra-Kurs. Hast du sie denn schon gefunden?«

»Ich habe die Dame meines Herzens tatsächlich schon gefunden«, gab ich zu.
Boah, mir klopfte das Herz bis zum Hals.
Ich war nervöser als vor meinem allerersten Kuss als Teenager.
»Ach!« Neugierig blickte sie mich an.
»Ja, habe ich.«
Sie steht genau vor mir, dachte ich, wagte es aber nicht, den Satz auszusprechen.
»Wer hatte denn die Idee, zum Tantra-Kurs zu gehen?«, lenkte ich vom Thema ab.
»Meine Freundin Minni. Sie wollte ihren Mann überraschen.«
»Verstehe. Und wo ist Minni Maus?«
»Sie heißt eigentlich Minerva«, sagte Anabelle lachend.
»Ah, noch eine Göttin.« Ich nickte. »Ach, das war doch die Blonde vom letzten Mal, oder?«
»Ja.«
Ich blickte auf die Wanduhr.
Die Zeit arbeitete nicht für mich.
Ich musste sie endlich fragen, ob sie mit mir ausging.
»Und, haben die Kinder den Überfall einigermaßen unbeschadet überstanden?«, tastete ich mich vorsichtig heran.
Anabelle nickte seufzend. »Ja. Wobei Yasmin bisher nicht wieder zur Schule gekommen ist. Ihr Vater überlegt, ihr einen Privatlehrer zu besorgen.«
»Das kann ich verstehen. Sofern das in Deutschland erlaubt ist. Da gibt es ja eine Million Ausnahmeregeln. Und wie geht es dir?«
»Mir?« Überrascht blickte sie mich an. Verschwörerisch beugte sie sich vor. »Sag bloß, du interessierst dich dafür, wie es mir geht?«

»Ja, sonst hätte ich nicht gefragt, Frau Naseweis«, sagte ich fast ein wenig pampig. Das, was eigentlich eine Einleitung für die Bitte um ein Date werden sollte, entwickelte sich hoffentlich nicht wieder zu einem Streitgespräch! Was sollte das für eine Beziehung werden, in der es bei jedem zweiten Satz krachte?

Ich zog mich augenblicklich zurück und spürte, wie mir das Herz schwer wurde. Offensichtlich hatte ich die Zeichen falsch gedeutet und sie hatte nicht das geringste Interesse an mir.

»Okay, ich mache mich dann mal vom Acker«, sagte ich schließlich, als sich zwischen uns ein unangenehmes Schweigen ausbreitete. Ich schnitt eine Grimasse und wollte mich an ihr vorbeidrängen, doch sie hielt mich am Arm fest. »Entschuldige! Es war total doof von mir, dir zu schreiben, ich hätte einen Prinzen kennengelernt. Ich weiß auch nicht, warum ich bei dir immer so angriffslustig reagiere.«

Ich atmete tief durch. »Dann hast du also gar keinen Prinzen geküsst?«

»Doch.«

»Doch?«

»Ja, er steht direkt vor mir.« Abwartend blickte sie mich an.

Dieser Satz brauchte unglaublich lange, bis er in meinem Gehirn als Information analysiert werden konnte.

»Das süße Walweibchen vor mir meint MICH, den unbezwingbaren Donnergott?«

Voller Empörung schnappte sie nach Luft. »Was?«

Ich beugte mich vor und gab ihr einen schnellen Kuss auf den Mund. »War auch nur ein Scherz. Ich bin wahnsinnig erleichtert, dass du niemand anderes kennengelernt hast.

Ich bin, ehrlich gesagt, überglücklich, dass ICH dein Prinz sein darf.«
»So, bist du das?« Sie schmunzelte.
»Ja, bin ich. Schließlich bist DU die Dame meines Herzens«, wagte ich mich vor. Da sie nicht auf dem Absatz kehrt machte, nahm ich allen Mut zusammen. »Gehst du mit mir aus?«
»ICH bin die Dame deines Herzens? Und DU willst mit mir ausgehen? « Sie klopfte sich gegen den Bauch. »Aber ich entspreche bei weitem nicht deinem Schönheitsideal!«
»Ach so? Woher kennst du denn mein Schönheitsideal?«, witzelte ich.
Anabelle wurde puterrot. »Ich erinnere nicht noch einmal an das Nilpferd.«
Ich legte ihr eine Hand um die Hüfte und zog sie gegen meinen Unterleib. »Belle, ich war ein totaler Idiot. Ich habe längst kapiert, dass es überhaupt nicht darauf ankommt, ob jemand dick oder dünn ist. Entweder man passt zueinander, oder nicht.«
»Es geschehen noch Zeichen und Wunder«, wisperte sie lächelnd.
»Auch ich mache manchmal Fehler.«
»Der unfehlbare Thor!«
»Ich habe noch nie jemanden getroffen, der SO nachtragend ist wie du.«
Die Luft knisterte gewaltig zwischen uns.
Mir schlug das Herz bis zum Hals.
Sollte ich sie noch einmal küssen?
»Also, was ist? Gehst du mit mir aus?«, flüsterte ich, da meine Stimmbänder kläglich versagten.
»Ja. Wir haben ohnehin noch einige Termine als Trauzeugen, die wir abarbeiten müssen.«

»SO ein Date meinte ich nicht. Ich dachte eher an ein Abendessen oder einen Kinobesuch.«

Anabelle lächelte. »Wer hätte gedacht, dass DU mich mal um ein romantisches Dinner oder einen kuscheligen Kinoabend bitten würdest.« Sie öffnete den Mund. »Apropos, kuschelig? Da klingelt bei mir etwas. Ich bin NICHT gewillt, einen Horrorfilm zu gucken«, brauste sie auf.

Ich spürte, dass sie sich augenblicklich zurückzog. Mit dem Finger stupste ich ihr auf die Nasenspitze. »Keine Sorge. Ich gucke gar keine Horrorfilme. Ich hatte dich nur provozieren wollen.«

»Dann würde ich SEHR gerne mit dir ausgehen, mein Donnergott! Freitag?«

»Freitag ist perfekt.«

»Mädels! Der Kurs fängt an«, rief meine Mutter und schlug einen Gong.

»Belle, kommst du?«, rief Belles Freundin.

»Ich glaube, dein Typ wird verlangt«, sagte ich enttäuscht. Anabelle nickte und befreite sich aus der Umarmung. »Das glaube ich auch.« Sie wandte sich noch einmal an mich. »Holst du mich ab? Um sieben?«

Ich nickte. »Mit dem größten Vergnügen. Aber schicke mir bitte deine Adresse, damit ich auch weiß, WO ich dich abholen soll.«

»Geht klar.«

***

Es geschah mir sicherlich ganz recht. Seit Tagen wartete ich auf Anabelles Anruf oder irgendein Lebenszeichen, aber es kam nichts.

Ich dachte schon darüber nach, ob sie es sich anders überlegt hatte und doch nicht mit mir ausgehen wollte, als Sven mich anrief.

»Hallo Bruderherz! Was machst du gerade?«
»Ich habe Dienst. Aber am Wochenende habe ich endlich frei. Dann können wir eure Hochzeit in Angriff nehmen.«
»Ja, darauf freuen wir uns schon sehr«, sagte Sven leise schnaufend. »Ich bin echt nervös.«
»Das glaube ich dir. Du sag mal, hast du was von Anabelle gehört?«
»Amor, ick hör dir trapsen! Klar, aber ich hatte dir doch eigentlich ihre Nummer geschickt. Warum rufst du sie nicht mal an?«
»Sie wollte sich melden und ich wollte nicht aufdringlich sein. Wir wollten morgen Abend ausgehen. Ich wollte sie zuhause abholen, aber ich habe noch nicht einmal ihre Adresse.«
»Sie hat heute Abend Klassentreffen.«
»An einem Donnerstag? Wie ungewöhnlich.«
»Ja, das hat mich auch gewundert«, gab Sven zu. »Und die letzten Tage hatte sie wohl ziemlich viel zu tun mit der Schule. Wegen der Geiselnahme, weißt du. Hans will sie heute Abend observieren, damit sie auch heil nach Hause kommt. Ich finde ja, sie ist alt genug, aber ER meinte, auf Klassentreffen geht es manchmal nicht mit rechten Dingen zu.«
»Was hat Hans für ehemalige Klassenkameraden, dass er so etwas annimmt?«, fragte ich erstaunt.
»Keine Ahnung. Aber wenn man schwul ist, sieht das Leben manchmal nicht ganz so rosig aus. Uns betrachten halt nicht alle Menschen als vollwertige Mitglieder der Gesellschaft«, erwiderte Sven.
»So ein Blödsinn!«
»Glaubst du mir nicht?«, fragte Sven überrascht.
»Doch, doch. Das meinte ich nicht. Ich meinte eher, es ist total bescheuert, dass ihr ausgegrenzt werdet, nur weil ihr

andere sexuelle Vorlieben habt. Es wird doch auch niemand ausgegrenzt, nur weil er seinen Partner beim Sex quält. Und ich möchte nicht wissen, wie viele Sado-Maso-Anhänger es gibt.« Ich schüttelte ungläubig den Kopf.
Aber als kleiner Bruder von Sven hatte natürlich auch ich die Hänseleien anderer bezüglich Svens Homosexualität zu spüren bekommen. Oftmals hatte man sogar mich für schwul gehalten, so frei nach dem Motto: ›*Ist einer in der Familie schwul, muss der Rest der Familie ebenso homosexuell sein*‹.
»Ich habe um 18 Uhr Feierabend. Ich begleite Hans«, sagte ich entschlossen.
»Echt? Na, dich hat es ja erwischt, was?«
Ich sah meinen Bruder förmlich vor mir, wie er sich ins ›*Götterfäustchen*‹ grinste.
»Nun ja…«
»Ich hole dir Hans an den Apparat. Warte!«
Ich vereinbarte mit meinem Schwager in spe Ort und Zeit und hoffte, dass der Tag möglichst schnell rumgehen mochte.

***

Am Abend saß ich vor der Kneipe in Hans Auto und wartete gemeinsam mit ihm, bis sich Anabelle gegen 22 Uhr endlich loseiste und den Ort ihres Klassentreffens verließ. Eilig trat ich ins Freie und überquerte die Straße.
»Belle, was machst du denn hier? Ist es nicht schon ein bisschen zu spät, um alleine durch die Großstadt zu ziehen?«, versuchte ich, einen unbefangenen, lockeren Eindruck zu vermitteln.
»Phin! Was machst du denn hier? Hast du Dienst? Ist das hier etwa dein Revier?«
Ich blickte an mir herunter.

Ich hatte mir nach Dienstschluss die Uniform gar nicht ausgezogen, weil ich so nervös war, dass ich das total vergessen habe.
»Nein, ich habe schon ein Weilchen Dienstschluss.«
Anabelle blickte mich an, dann lächelte sie. »Sag bloß, du hast Hans beim Observieren geholfen?«
Entgeistert starrte ich sie an.
Hatte sie etwa bemerkt, dass wir die ganze Zeit im Auto vor der Kneipe gesessen haben, um auf sie aufzupassen?
Sie stemmte die Hände in die Hüften. »Ich kenne meinen Bruder. Klassentreffen sind ein rotes Tuch für ihn. Er hat da so einige schlechte Erfahrungen gemacht. Darum gibt es kein einziges Klassentreffen, bei dem er NICHT vor der Lokalität sitzt und mir danach Begleitschutz geben will. Aber dass du da jetzt auch mitmachst, finde ich erstaunlich.«
»Warum ist das erstaunlich? Wir sind immerhin beide Trauzeugen. Wenn du ausfällst, muss ich alles alleine machen«, log ich charmant. »Außerdem habe ich mich gewundert, weil du dich nicht mehr gemeldet hast. Wir wollten doch morgen ins Kino gehen und ich weiß gar nicht, wo ich dich abholen soll.«
Anabelle lachte laut auf. »Ach so, DA ist der Hase begraben! Du scheust dich vor zu viel Arbeit! Und ich habe mich nicht gemeldet, weil ich dich einfach mal zappeln lassen wollte.« Sie grinste. »Nein, war nur ein Spaß«, winkte sie ab. »Ich hatte die Woche über so viel zu tun, dann noch Elternabende und Sport…«
»Sport? Du hast mit Sport angefangen?«, fragte ich überrascht.
Sie klopfte sich gegen den Bauch. »Klar. Ich muss doch ganze zwanzig Kilo loswerden.«

»Nimm bloß nicht zu viel ab«, platzte ich zu ihrer Überraschung heraus.
»Das sind ja ganz neue Töne!«
Ich zuckte verlegen mit den Schultern. »Nun, wie dem auch sei, was hältst du davon, wenn wir Hans nach Hause schicken und ICH dich nach Hause begleite?« Ich lächelte sie unsicher an.
Du meine Güte, ich erkannte mich selbst nicht wieder! Entwickelte ich mich gerade zu einem Schosshündchen, der seiner Angebeteten aus der Hand fraß?
Anabelle musterte mich für den Bruchteil einer Sekunde.
»Ich mache dir einen anderen Vorschlag. Wir lassen uns von Hans zu mir fahren und trinken noch einen Tee bei mir. Was meinst du? Dann weißt du auch gleich, wo du mich morgen abholen kannst.«
Mein Herz machte einen aufgeregten Hüpfer.
»Klingt nach einem guten Plan«, versuchte ich, nicht allzu viel Freude zu zeigen.
Gemeinsam gingen wir zu Hans' Wagen.
»Hallo Bruderherz! Das ist aber nett, dass du mich nach Hause fahren willst«, begrüßte Anabelle ihren Bruder und gab ihm einen dicken Kuss auf die Wange.
»Dann darf ich dich ernsthaft nach Hause fahren?«, fragte Hans erfreut.
Anabelle nickte. »Du darfst UNS fahren.«
»Wow! Das sind ja ganz neue Seiten. Danke, Phin!«
»Wieso bedankst du dich bei mir?«, fragte ich überrascht.
Hans grinste. »Anabelle hatte bisher fünf Klassentreffen, aber bei keinem durfte ich sie anschließend nach Hause fahren. Weil sie so groß und erwachsen ist. Und so selbständig. Aber heute darf ich sogar euch beide kutschieren. Das nenne ich Fortschritt.«
»Verstehe! Bitte, gern geschehen.«

Amourös

Mit wild klopfendem Herzen schloss ich meine Haustür auf. Ich konnte gar nicht glauben, dass ich Phin im Schlepptau hatte, und das um diese Uhrzeit.
Ich blickte auf meine Armbanduhr.
Heute hatte ich das Klassentreffen, welches alle zwei Jahre stattfand, bereits um 22 Uhr verlassen.
Normalerweise stand lediglich mein Bruder vor der Lokalität, in der die Treffen stattfanden, um meine Sicherheit zu gewährleisten. Aber heute hatte er Hilfe durch Phineas bekommen. Aus einem Impuls heraus, hatte ich ihn einfach gefragt, ob er mit zu mir kommt.
»Was darf ich dir zu Trinken anbieten?«, fragte ich unsicher.
»Tee oder Kaffee, bitte.«
Phineas hängte seine Jacke auf und zog seine Schuhe aus. Gott, er sah einfach UMWERFEND aus in seiner heißen Uniform. Dazu der akkurat geschnittene Bart und seine leuchtend blauen Augen. Die Haare waren geschickt nach oben gestylt. Wer ihm bei DEM Anblick nicht zu Füßen lag, musste entweder blind oder gefühlstaub sein.
Seufzend betrachtete ich ihn.
»Was war das denn für ein Seufzer?«
Wir gingen in die Küche. Dort schaltete ich den Wasserkocher an und holte zwei Becher aus dem Schrank.

Was sollte ich ihm sagen?
Ich drehte mich zu ihm um und lehnte mich dabei gegen die Arbeitsplatte. »DAS...war ein amouröser Seufzer«, wagte ich mich vor.
Phineas hob beide Augenbrauen. »Amourös?« Er näherte sich mir unsittlich.
Allein seine geschmeidige Bewegung ließ mein Herz noch höher schlagen, mein Puls beschleunigte wie nach einem Hundert-Meter-Lauf und der leichte Schweißausbruch ließ auch nicht lange auf sich warten.
»Man kann ›*amourös*‹ seufzen?«, fragte Phineas erneut nach.
Ich grinste. »Hast du doch gehört, oder? Vielleicht war das auch walisch, die Sprache der Walfische.«
Phineas verdrehte die Augen. Dann machte er noch einen Schritt auf mich zu und legte mir die Hände um die Hüften. »Süße, bezaubernde Belle, wie soll ich es nur anstellen, meine dummen Worte von einst je auf deiner Festplatte zu löschen? Wo sitzt deine Delete-Taste?«
Er war nur noch einen Wimpernschlag von mir entfernt.
Meine Atmung wurde leicht schnappartig.
»Die Delete-Taste ist leider kaputt. Aber wenn du einen Tantra-Kurs deiner Mutter mal besucht hättest, dann wüsstest du, wo eventuell die Escape-Taste liegt.«
»Was lernt man denn in so einem Kurs?«, fragte Phineas ehrlich interessiert.
»Ich kam in den Genuss einer Yoni-Massage.«
Phineas' Augenbrauen wanderten in die Höhe. »Was ist bitte ›*Yoni*‹?«
»Das weißt du nicht? Das ist das tantrische Wort für die weiblichen Genitalien«, erwiderte ich geheimnisvoll lächelnd.

»Wow!« Fast erschrocken atmete Phineas ein. »Du hattest eine…eine Massage in deiner Vagina?«
»Oh ja! Ich habe gar nicht gewusst, dass ich einen A- und einen G-Punkt habe.«
»Oh Gott, Belle, bitte lass mich dein Schüler sein!« Phineas ging vor mir auf die Knie.
Ich lachte laut auf und wollte gerade etwas erwidern, als Phineas mich mit einem Kuss überraschte.
»Wofür war der denn?«, fragte ich schließlich atemlos.
Phineas lächelte und streichelte mir über die Wange. »Das war die Antwort auf deinen amourösen Seufzer. Ich verstehe zwar nicht immer walisch, aber ich spreche erotisch.«
»Das ist keine Sprache.«
»Ist es nicht?« Phineas gluckste.
»Nein.« Ich hob beide Hände und fuhr ihm durch die Haare. Dabei seufzte ich tiefer als tief.
»Verrätst du mir, was DER Seufzer nun wieder zu bedeuten hatte?«, flüsterte Phineas so zärtlich, dass es mir eine Gänsehaut über den Rücken jagte.
»Du siehst so unglaublich GUT aus in deiner Uniform«, wagte ich mich vor und erntete ein Grinsen.
»Sie ist sozusagen meine Geheimwaffe.«
»Ach, wirklich?«
Phineas nickte. »Ja.« Er schaute scheinbar unbeteiligt auf seine Fingernägel. »Es gibt nur wenige Frauen, die mir darin widerstehen können. Und da du eine besonders harte Nuss bist, muss ich alle Register ziehen, um unseren verpatzten Start irgendwie wieder auszubügeln und dich doch noch zu bezirzen.«
»Unser Start war wirklich verpatzt«, gab ich zu. Nun hob ich eine Hand und streichelte über sein Gesicht. »Aber bezirzen lasse ich mich SEHR gerne. Vor allem von dir.«

Und schon standen wir in der Küche und hatten unseren Tee vollkommen vergessen. Eine gefühlte Ewigkeit später hätte ich mir am liebsten die Kleider vom Leib gerissen, aber das Licht war so hell, dass ich fürchtete, ihn im nackten Zustand zu verscheuchen.
»Darf ich bei dir übernachten?«, fragte Phineas plötzlich.
Ich überlegte kurz, dann nickte ich. »Allerdings fühle ich mich noch nicht bereit, dir im nackten Zustand gegenüber zu treten. Vielleicht warten wir damit, bis ich abgespeckt habe. Das dauert auch nur etwa ein Jahr.«
Phineas streichelte meine Wange. »Ein Jahr? Uff!«
»Zu lange für den Jäger?«
»Niemals. Ich würde auch länger auf dich warten, Prinzessin! Aber das muss natürlich nicht sein. Schließlich habe ich mich so in dich verliebt, wie du bist.«
»Du hast dich in mich verliebt?«, fragte ich überrascht.
Phineas zuckte mit den Schultern. »Daran ist Amor schuld.«
»Ach? Oder sagst du das nur, weil die Stimmung zwischen uns aufgeheizt ist und der Mond scheint.«
Phineas lachte leise. Dann streichelte er meine Wange. »Süße Belle, der Mond hat nichts mit meinen Gefühlen zu tun. Und es war mir noch NIE so egal wie bei dir, dass du nicht gertenschlank bist. Ich war ein absoluter Hornochse, weil ich anfänglich so eine dumme Äußerung vom Stapel gelassen habe. Wir lassen es einfach langsam angehen. Ich verspreche, dir heute Nacht NICHT an die Wäsche zu gehen. Ist das ein Wort?«
Ich lächelte ihn an. »Du kannst ja wirklich richtig nett sein.«
»Natürlich, mein Reden.«

»Du darfst mir an die Wäsche gehen. Nur nicht so genau hingucken oder abtasten«, fügte ich eilig hinzu.

Phineas stöhnte. »Wenn ich ein Hauself wäre, würde ich mir jetzt die Hände bügeln. Als Strafe, weil ich dich anfangs beleidigt habe. Bitte lass mich dich anfassen dürfen! Ich habe auch kein Maßband an Bord, um etwaige Fettpölsterchen auszumessen.«

»Hauself? Hände bügeln? Sag bloß...?«

Phineas nickte. »Ja, ich habe ALLE *Harry Potter* Bücher gelesen und ALLE Filme gesehen, seitdem wir uns zum ersten Mal begegnet sind.«

»Wow! Ich bin total überwältigt. Für mich?«

»Nun, zuerst wollte ich nicht noch einmal wie ein Idiot dastehen, dann wollte ich dich damit beeindrucken und letztendlich habe ich Gefallen an der Geschichte gefunden. Sie ist so...magisch.«

»Du überraschst mich immer wieder.«

»Apropos, Überraschung. Wo ist dein Schlafzimmer?«

»Was ist das denn jetzt für eine Überleitung? Was willst du in meinem Schlafzimmer?«, fragte ich perplex.

»Nun ja, ich dachte, du könntest mir die Tantra-Massage näher bringen.«

»Warte! Ich zeige dir erst einmal die Wohnung. So groß ist sie ja nicht.« Nach einer kurzen Führung holte ich noch zwei Gläser Wasser und ging ins Wohnzimmer, wo Phineas brav auf dem Sofa saß und wartete. Dankend nahm er das Glas entgegen. »Ich schlafe auch auf deinem Sofa, wenn dir das lieber ist«, schlug er vor.

Ich schüttelte den Kopf. »Nein, das musst du nicht. Ich würde sehr gerne neben dir einschlafen. Und auch wieder aufwachen!«

Phineas lächelte. »Das mit dem Aufwachen gestaltet sich morgen früh ETWAS schwierig. Ich muss nämlich schon um sechs Uhr auf dem Revier sein.«
»Du Ärmster! Das ist ja schon in fünf Stunden!«, rief ich erschrocken aus.
Phineas zuckte mit den Schultern. »Die Liebe hält mich wach. Ich schaffe das schon irgendwie.«
»Die Liebe?«, neckte ich ihn, freute mich aber diebisch, dass er mir plötzlich seine Gefühle offenbarte.
Phineas stand auf und kam zu mir. »Ich hätte es anfangs wirklich nicht für möglich gehalten, aber sowohl Sven als auch meine Mutter hatten Recht. Beide hatten prophezeit, dass ich mich in dich verlieben würde. Und genau das ist eingetreten.« Nun seufzte er.
»War das auch ein amouröser Seufzer?«, witzelte ich.
Phineas lachte. »Das war es.«
Ich streckte die Hand nach ihm aus. »Na, dann komm mit, du Held meiner schlaflosen Nächte!«

***

»Belle, was sitzt du hier und bläst Trübsal?« Minni klatschte ihre Tasche neben mir auf den Tisch. Stöhnend ließ sie sich im Stuhl neben mir nieder. »Bin ich k.o. Waren unsere Schüler schon immer so anstrengend?«
»Ich blase kein Trübsal. Ich bin total müde. Ich glaube, ich habe die letzte Nacht zwei Stunden geschlafen.« Ich blickte sie prüfend an. »Du siehst aber auch fertig aus. Sag bloß, du hast die Tantra-Massage schon mit Tommy ausprobiert?«
»Die Massage habe ich gleich nach dem Kurs ausprobiert«, winkte Minni lachend ab. »Ich konnte gar nicht abwarten, meine Theorie endlich in die Praxis umzusetzen.«

»Und, wie ist sie angekommen?«
»Phantastisch. Der Sex war unglaublich!« Schwärmerisch rollte Minni mit den Augen.
Ich lächelte. »Siehst du, da hat sich doch der Aufwand gelohnt.«
»Was isst du da?«, fragte Minni neugierig. Sie warf einen Blick in meine Brotbox. »Möhren? Bist du krank? Wo ist dein Franzbrötchen?«
Ich klopfte mir auf den Bauch. »Ich habe schon drei Kilo abgenommen.«
»Wahnsinn! Du hältst ja tapfer durch!«
»Ich möchte mich nicht schämen, wenn ich mit Phineas in der Kiste lande, wie du dich immer auszudrücken pflegst.«
»Habe ich etwas verpasst? Du hältst mich gar nicht mehr auf dem neuesten Stand«, beschwerte sich Minni.
Ich grinste. »Phineas hat letzte Nacht ganz spontan bei mir geschlafen. In meinem Bett.«
»Wahnsinn! Echt? Na, darum hast du nur zwei Stunden Schlaf abbgekommen! Und?« Mit großen Augen blickte Minni mich an.
Ich beugte mich vor und flüsterte: »Es ist nichts passiert. Fast nichts.«
»Er ist standhaft geblieben?«
»Nun ja«, ich zuckte mit den Schultern, »da es mir peinlich war, mit meinen Fettpölsterchen Sex zu haben, wollte er mich nicht drängen.«
»Unglaublich! Wer hätte gedacht, dass dein Thor so ein rücksichtsvoller Mann ist!« Minni pfiff durch die Zähne.
»Ist er.« Ich lächelte bei dem Gedanken an Phineas.
Gedankenverloren streichelte Minni meine Hand. »Ich kann es gar nicht glauben, dass dieser umwerfend attraktive Mann letzte Nacht bei dir geschlafen hat, OHNE dass

ihr miteinander geschlafen habt. Was ist er nur für ein Held!«

Ich lachte leise und biss in meine Möhre. »Das ist er wirklich. Allerdings habe ich ihn in die Mythen der Tantra-Massage eingeweiht und er hatte Mühe, sich zu beherrschen.«

»Das glaube ich dir. Tommy kann sich danach nicht mehr zurückhalten!« Minni lachte kopfschüttelnd.

»Phineas hat sich in mich verliebt«, platzte ich heraus.

Minni rollte mit den Augen. »Na, der Göttin sei Dank! Bin ich erleichtert, dass deine Liebe nicht unerwidert ist.«

»Das bin ich auch, vor allem nach dem äußerst hässlichen Start, den wir beide hatten.«

»Ja, du warst so verärgert über seine arrogante Art und nun übt ihr euch schon in der intimsten Massage, die von den Menschen wohl je erfunden wurde. Das erklärt auch, warum du so müde bist. Naja, kannst ja heute Abend schlafen.«

Ich schüttelte den Kopf. »Nein, wir gehen ins Kino.«

»Toll, Belle! Ich freue mich wirklich, dass du einen anständigen Kerl erwischt hast.«

»Woher wollt ihr wissen, ob der Typ anständig ist? Gibt es ein Männerbarometer, der euch Frauen sagt, wann es ein Mann ernst meint?«, mischte sich Jörg ein, der uns belauscht haben musste.

Minni verdrehte die Augen. »Mensch, Jörg! Schleich dich nicht immer so an und bespitzele uns!«

Unser Kollege stemmte sich die Hände ein die Hüften. »Im Ernst, woher wollt ihr wissen, dass Anabelles neue Eroberung ernste Absichten hat?«

Ich rümpfte die Nase. »Weil er es sagt. Außerdem ist er der Bruder meines Fast-Schwagers. Ich glaube, seine

Mutter würde ihm den Kopf waschen, wenn er die Sache mit mir vergeigt.«
»Aha! Diese Tatsache macht es in der Tat ETWAS schwieriger, sich wie ein Schwein aufzuführen«, gestand Jörg. Er seufzte. »Das heißt dann ja wohl, dass ich mich davon verabschieden kann, dass du mit mir ausgehst, oder Belle?«
Ich nickte. »Ja, das heißt es dann wohl, Jörg.«
Schulterzuckend suchte unser Kollege das Weite.
»Ich hoffe, du hattest niemals vor, mit ihm auszugehen. Er ist ein Nerd!«
Ich blickte meine Freundin skeptisch an. »Minni, wie lange kennst du mich jetzt schon?«
»Fünfzehn Jahre, vier Monate und, äh, drei Stunden?« Sie grinste.
Ich gab ihr einen schnellen Kuss auf die Wange. »Genau. Wir zwei gehen durch Dick und Dünn. Jörg wäre nicht einmal mein Typ, wenn er der letzte Mann auf Erden wäre. Die Menschheit würde aussterben.«
»Na, zum Glück liegt das Schicksal der menschlichen Rasse nicht in seinen, sondern in deinen und Phineas Händen«, feixte Minni. Sie wischte sich den imaginären Schweiß von der Stirn. »Das riecht nach süßen, kleinen Götterkindern!«
Es klingelte zum Unterricht.
»Komm, hopp-hopp! Die letzten zwei Stunden rufen.«
Minni erhob sich ächzend und schwankte plötzlich. Erschrocken fing ich sie auf. »Minni, was ist mit dir?«
»Keine Ahnung. Mir war auf einmal so schwindelig.«
»Du solltest zum Arzt gehen! Ich übernehme deine Klasse.«
»Meine Klasse hat die letzten zwei Stunden Sport. Willst du dir das wirklich antun?«

»Klar, ich spiele mit beiden Klassen Völkerball. Das lieben alle Kinder«, beruhigte ich meine Freundin. »Und du fährst sofort zum Arzt.«
»Okay. Ich sage nur eben Marianne Bescheid, dass es mir nicht gut geht.« Minni stand auf und schwankte erneut. Entschlossen setzte ich sie auf den Stuhl zurück. »Du fährst nirgendwo alleine hin! Ich rufe Tommy an.« Kurzerhand wählte ich seine Nummer. Er ging zum Glück auch gleich an den Apparat und versprach, seine Frau umgehend abzuholen.

Im Netz des Tantras

Phineas

»Phineas Thor, was machst du denn um DIESE Uhrzeit schon in meinen heiligen Hallen?«
Ich begrüßte meine Mutter mit einem Kuss.»Hallo Mom! Ich wollte dir nur noch eben ›Hallo‹ sagen, bevor ich zu Sven und Hans fahre. Dieses Wochenende starten wir mit den Hochzeitsvorbereitungen.«
Meine Mutter tätschelte mir die Wange.»Ach, das freut mich. Dann siehst du ja auch Anabelle wieder.« Sie zwinkerte mir zu.
»Um ehrlich zu sein, habe ich sie bereits Donnerstagnacht und letzte Nacht gesehen.«
»Der Göttin sei Dank, dass du endlich Vernunft angenommen und sie um ein Date gebeten hast. Ihr seid so ein süßes Paar! Grüße sie schön von mir!«
Ich spürte, wie meine Wangen heiß wurden.»Mach ich!«
Prüfend blickte meine Mutter mich an.»Na, was verheimlichst du mir noch?«
Ich verdrehte die Augen.»Dir kann man auch echt nix vorenthalten, was?« Ich musste wider Willen lächeln.
»Wenn du nicht meine Mutter wärest, würde ich einen Tantra-Kurs bei dir buchen. Ich will unbedingt diese tollen Tantra-Massagen lernen. Und Anabelle erzählte noch von einer anderen Massage. Wie war noch gleich der Name?«

»Die Yoni-Massage?«, hakte meine Mutter überrascht nach.
Grinsend nickte ich.
»Ach, wie schön ist doch die Liebe«, rief meine Mutter aus und klatschte entzückt in die Hände. »Das ist SO toll, mein Schatz! Anabelle ist eine hervorragende Wahl. Ich trage euch beide gleich für den nächsten Tantra-Kurs ein, okay?«
Sie hatte so laut gesprochen, dass mein Vater aus seinem Büro gekrochen kam. »Guten Morgen, mein Sohn! Was machst du denn schon hier?«
»Hallo Papa!«
»Phineas Thor hat sich verliebt«, platzte meine Mutter gleich heraus. »Und jetzt will er Tantra-Massagen lernen.«
Mein Vater blickte mich fragend an, dann nickte er. »Sein Liebesglück ist nicht zu übersehen. Unser Sohn strahlt ja heller als die Sonne am wolkenlosen Himmel. Wer ist denn die Glückliche?«
»Anabelle Hausstein, Hans' Schwester«, rief meine Mutter begeistert aus. »Es gibt bestimmt gleich eine Doppelhochzeit, Rainer!«
Ich verdrehte die Augen.
Ich liebte meine Eltern wirklich. Sie waren einfach phantastisch, und auch wenn meine Mutter als Sexualtherapeutin und mein Vater als Künstler sehr außergewöhnliche Berufe hatten, waren sie unglaublich tolerant, aufgeschlossen und herzlich. Als Kind war ich oft verspottet worden, weil meine Mutter ein Yoga-Zentrum leitete und Vagina-Kurse gab, während mein Vater Skulpturen aus Stein meißelte oder aus Holz schnitzte. Dann kam noch erschwerend die Tatsache hinzu, dass Sven sich relativ früh geoutet hatte. Ich hatte es in der Schulzeit daher nicht

immer einfach gehabt. Allein der Umstand, dass mein Äußeres mich zum Mädchenschwarm schlechthin gemacht hatte, hatte mein Dasein ETWAS erleichtert.
»Hans' Schwester ist doch eine gute Wahl, oder nicht?« Fragend blickte mein Vater zu mir.
Ich grinste verlegen. Dann zuckte ich mit den Schultern.
»Amor hat die Wahl getroffen.«
»Der Liebesgott hat mir schon immer mit am besten gefallen.« Mein Vater hob den Daumen und verschwand wieder in seinem Büro.
»Arbeitet Dad heute gar nicht in seiner Werkstatt?«, fragte ich überrascht.
»Erst später. Ich habe gleich noch einen Schwangerschwafts-Yoga-Kurs. Da brauche ich Ruhe.«
Die Tür ging schwungvoll auf und ein Pärchen kam zum Tresen.
»Oh, hallo! Bist du nicht Phineas?«, sprach mich die Blondine an.
Fragend blickte ich die Frau an, ich wusste nicht, wo ich sie einsortieren sollte.
»Woher kennen wir uns?«, fragte ich vorsichtshalber nach.
»Ich bin Minni, Anabelles Freundin.«
Es klingelte bei mir.
»Ah, ja, natürlich. JETZT erinnere ich mich. Ihr wart bei dem Tantra-Kurs.« Ich reichte ihr die Hand.
»Das ist mein Mann Tommy.«
Ich begrüßte auch ihren Mann.
»Was kann ich denn für euch tun?«, fragte meine Mutter lächelnd.
Minni räusperte sich. »Ich würde mich gerne für den Schwangerschafts-Yogakurs anmelden. Geht das noch?«

Überrascht holte meine Mutter Luft. »Das ging aber schnell! Herzlichen Glückwunsch!«
Minni lachte leise. »Wir wissen es auch erst seit gestern.«
»Ich wusste, dass meine Tantra-Kurse gut sind, aber SO gut...« Meine Mutter lachte leise.
Minni hob einen Daumen. »Die Kurse sind wirklich phantastisch. Nicht wahr, Tommy?«
Tommy pustete die Backen auf. »Ob die Kurse gut sind, kann ich nicht beurteilen, aber das, was du dort gelernt hast, hat mir sehr gut gefallen.« Er grinste.
Ich drehte mich taktvoll weg. »Gut, Mom, ich mache mich dann mal vom Acker und fahre zu Sven und Hans.«
»Liebe Grüße an Anabelle«, sagte Minni grinsend.
»Mach ich. Aber ich werde dein kleines Geheimnis mal besser noch für mich behalten, oder?« Ich zwinkerte ihr zu.
»Sehr aufmerksam von dir, danke!«, freute sich Minni.
»Und wenn du ihr weh tust, gibt es Ärger mit mir«, fügte sie überflüssigerweise hinzu.
»Ich hatte nicht vor, Belle wehzutun.«
Und das meinte ich auch so.
»Das ist auch besser so«, konterte Minni mit ernster Miene. »Sie ist nämlich meine beste Freundin und hat genug blöde Typen kennengelernt.«
Tommy legte einen Arm um ihre Schultern und gab ihr einen Kuss auf die Stirn. »Schatz, das ist Anabelles Angelegenheit, findest du nicht?«
Minni schüttelte den Kopf. »Nein. ICH muss sie schließlich trösten, wenn es schief geht. Und ehrlich gesagt habe ich die Nase voll von Typen, die sie verarschen.«
»Mein Sohn ist kein Typ, der Frauen an der Nase herumführt«, mischte sich meine Mutter ein. »Und unsere Belle ist wie für ihn gemacht.«

Ich verdrehte die Augen und stöhnte. »Danke, Mom! Sehr lieb, dass du für mich in die Presche springst. Aber ich glaube, das ist nicht nötig.«
»Nein, weil du gut erzogen wurdest.« Sie zwinkerte mir zu. »Und nun sieh zu, dass du deinen Pflichten als Trauzeuge nachkommst! Bis später!«
»Tschüss, Mom! Ciao ihr zwei!«
»Ciao!«

***

Kaum saß ich im Auto, holte ich mein Handy heraus und tippte eilig eine Nachricht an Anabelle. Von Miriam wusste ich, wie wichtig es der Frauenwelt war, sie mit solch kleinen Liebesbeweisen zu beglücken.

> ›*Freue mich, dich* gleich zu sehen. *Habe dich die die letzten zwei Stunden vermisst. Bis gleich.*
> *LG, Thor* 🧔🪓.‹

Im Eiltempo fuhr ich zu Sven und Hans und entledigte mich der Jacke und den Schuhen in Rekordzeit.
Noch bevor ich ins Wohnzimmer schlüpfen konnte, ertönte der Nachrichtenton meines Handys.

> ›*Habe dich auch sehr vermisst. Hoffe aber, dass du auch die nächsten Nächte Zeit für mich hast. LG, Belle*👧💋 ‹

Mit meinem Handy winkend betrat ich das Wohnzimmer.
»Guten Morgen alle zusammen!« Ich sprang zu Anabelle.
»Lange nicht mehr gesehen, was?« Ich blickte auf meine

Uhr. »So ungefähr zwei Stunden. Wie war es beim Sport?«
»Gut.« Anabelle gab mir einen Kuss und lächelte. Sie sah hinreißend aus und ich hätte sie am liebsten gleich hier und jetzt vernascht. Ich ergriff ihre Hand und deutete einen Handkuss an. »Liebste Anabelle, darf ich an deiner Seite die Hochzeit meines Bruders und seines Verlobten vorbereiten? Nimmst du mich als Trauzeugen mit auf die Reise?« Ich beugte mich vor. »Und ja, ich habe die nächsten Nächte Zeit für dich. Ich muss nicht arbeiten.«
Anabelle lachte leise. Sie zog mich vom Boden hoch und legte ihre Arme um meinen Hals. »Das klingt phantastisch. Und das, obwohl du noch nichts hast erbeuten können.«
Ich klaute mir einen Kuss und grinste. »›Nichts‹ würde ich nicht sagen. Auch wenn der Jäger noch nicht ALLES erbeuten konnte, zappelt zumindest sein anvisiertes Opfer im Netz des Tantras.«
Anabelle schnitt eine Grimasse. »So? Tut es das?«
»Tut es das nicht?«, fragte ich verwirrt.
Anabelle legte den Kopf schief. »Doch, tut es.«
Ich verneigte mich kurz, dann blickte ich ihr tief in die Augen. »Da bin ich aber erleichtert.«
»Wer hätte gedacht, dass du dich zu so einem tollen Exemplar der männlichen Spezies entpuppst!«
»Das war ich schon immer. Du hast es nur nicht erkannt«, erwiderte ich grinsend.
»Ach! Habe ich das nicht?«
Ich schüttelte den Kopf. »Nein. Aber jetzt trägst du ja glücklicherweise Amors Brille.«
Anabelle lachte laut auf. »Ach, das wusste ich ja gar nicht.«

»Ihr zwei süßen Turteltauben, wir unterbrechen euch ja nur höchst ungerne, aber könnten wir jetzt den Caterer, den Dekoladen und den Konditor aufsuchen?«, platzte Sven dazwischen.

Anabelle nickte. »Und ob wir das können.« Sie wandte sich an ihren Bruder, der schmunzelnd auf der Sofalehne hockte. »Wie sieht es aus, Hans, ziehst du mit der einzigen Henne im Korb in die Hochzeitsvorbereitungsschlacht?«

Hans lachte, während Sven den Daumen hob. »Wir sind bereit.«

Ich zog Anabelle vom Sofa hoch und wickelte mir ihre tollen, langen Haare um den Finger.

»Was wird das denn, wenn es fertig ist, Thor?«

»Ich bewundere nur dein bronzenes Haar, geliebte Sif«, feixte ich.

»War ›Sif‹ nicht die Ehefrau von Thor?«, fragte Anabelle nachdenklich.

Ich nickte. »Ja, das war sie. Sie hat ihm sogar einen Stammhalter geschenkt.«

Verstohlen schlüpfte sie in meine Hand. »Dann komm, mein Donnergott! Lass uns die Familie beglücken!«

»Äh, wie jetzt?« Wie vom Donner gerührt blickte ich sie an. »War das gerade eine Einladung zur Zeugung kleiner Götterkinder?«

»Nein«, lachte Anabelle überrascht auf, »so war das nicht gemeint. Dein Stammhalter muss noch ETWAS warten. Zum einen möchte ich dich erst noch ein Weilchen alleine genießen und zum anderen bin ich gerade dabei, mich vom Wal in eine Nymphe zu verwandeln. Ich will nicht gleich schon wieder fett werden.«

»Schwangere Frauen sind doch nicht ›fett‹«, empörte ich mich. Ich gab ihr einen Kuss aufs Haar.

Anabelle lächelte. »Sicherlich trifft das auch nicht auf alle zu, aber da ICH ganz offensichtlich eine Veranlagung zur Ansammlung von Walfett habe, zögere ich diesen Umstand lieber noch ein Weilchen hinaus.«
»Dann lass uns lieber das Date beim Konditor schwänzen und etwas für unsere körperliche Fitness tun. In deinem Schlafzimmer«, fügte ich leise hinzu.
Anabelle gluckste. »Klingt verlockend. Aber versprochen ist versprochen. Erst die Arbeit, dann das Vergnügen.«
Ich rollte mit den Augen. »In Ordnung. Ich füge mich dem Schicksal.«
Gemeinsam fuhren wir zum Caterer, entschieden uns für ein kalt-warmes Buffet mit viel Fleisch und Gemüse, dann ging es ab in den Dekoladen. Dort suchten wir das Tischdekor aus und letztendlich kamen wir ins Tortenparadies, wo eine Sünde nach der nächsten auf uns wartete.
Bereits nach der dritten Torte hob ich abwehrend die Hände. »Ist es eigentlich normal, dass man sich durch so viele Tortenstücke futtern muss, um sich für eine Hochzeitstorte zu entscheiden? Mir ist schon ganz übel.«
Sven grinste. »Du wirst lachen, aber ich habe mich soeben dasselbe gefragt.«
»Ich dachte, das macht man so«, sagte Hans schulterzuckend.
Anabelle prustete los. »Na, ihr seid mir die Richtigen! Ich würde sagen, wir nehmen einfach die Torte mit dem Biskuit und der üppigen Schokoladenfüllung. Schokolade geht immer. Und wer die Torte nicht mag, hat Pech gehabt.«
»Belle, du hast wie immer die besten Ideen. Die fand ich persönlich auch am leckersten«, rief Hans erfreut.
»Dann darf ich mich mit eurer Trauzeugin abseilen?«, platzte ich heraus, ohne groß nachzudenken.

Pikiert schauten mich Sven und Hans an.
»Was soll das denn jetzt heißen?«, fragte Sven verwirrt.
Ich hob beide Hände. »Ich wollte nur sagen, dass wir doch mit unseren Terminen fertig sind. Und wenn nichts dagegen spricht, würde ich Belle gerne entführen.«
»Du meinst wohl eher ›verführen‹, Bruderherz!«, lachte Sven.
Ich grinste und zuckte mit den Schultern.
Anabelle legte mir eine Hand auf den Arm. »Ich hätte Lust, vorher noch etwas kulturelles zu machen. Was meinst du?«
Mit großen Augen sah ich sie an.
Meinte sie das ernst?
»Wir waren doch gestern erst im Kino«, platzte ich heraus.
Anabelle kicherte leise. »Ich sehe schon, dein Kopfkino läuft gerade in anderen Gefilden. Dann gehen wir eben direkt zu dir.«
»So ist es brav, Sif! Heute Schlaraffenland und später Kunst und Kultur, klingt bravourös.«
»Was redest du denn auf einmal so gestelzt?«, beschwerte sich mein Bruder.
Ich klopfte mir auf die Brust. »Ich date jetzt eine Lehrerin. Natürlich muss ich mich da ETWAS gewählter ausdrücken, mein Lieber. Der Schlendrian ist jetzt vorbei.«
Anabelle verdrehte die Augen. »Vielleicht habt ihr ja nächste Woche Lust, mit ins Kino zu kommen. Heute muss ich ihm erst einmal ein paar Flausen austreiben.«
Ich wackelte mit den Augenbrauen. »Austreiben klingt sehr vielversprechend.«
Anabelle lachte laut auf und erhob sich. Sie gab Sven und Hans einen Kuss und zog sich die Jacke über. »Dann bis morgen!«

»Treibt es nicht zu bunt«, rief Hans uns hinterher. »Doch, Hans, ich will endlich Onkel werden«, warf Sven mit ernster Miene ein.

Anabelle verdrehte die Augen, während ich schmunzeln musste. Meine Familie hatte es plötzlich verdammt eilig mit dem Nachwuchs. »Wir werden sehen«, sagte ich und winkte kurz zum Abschied.

Der Störling

Anabelle

»Hallo Belle, wie war dein Wochenende?« Minni strahlte mich an.
»Ich glaube, du musst mir erstmal etwas beichten, bevor ich Bericht erstatte.« Ich setzte mich auf die bequeme Bank und bestellte eine heiße Schokolade.
»Oh, nee, hat Phineas etwa gepetzt?«, rief Minni erschrocken. Sie fuchtelte dabei so wild mit den Händen herum, dass sie fast ihren Kakaobecher umwarf.
»Was soll das denn heißen? Du weihst Phineas in deine Geheimnisse ein, ohne vorher mit MIR zu sprechen?«, fragte ich geschockt.
Minni winkte ab. »Ich war am Samstagmorgen mit Tommy im Yoga-Zentrum. Phineas war auch da und hatte seine Eltern kurz besucht, bevor ihr euren Hochzeitsvorbereitungstag gestartet habt.«
»Ach, und die paar Minuten hast du zum Plaudern genutzt?« Ich war irgendwie gekränkt.
Das bemerkte Minni auch. Sie ergriff meine Hand. »Nee, Phineas hat mitbekommen, was für einen Kurs ich gebucht habe. Ich war doch am Freitag beim Arzt.«
»Ja, und? Was ist dabei herausgekommen? Darauf wollte ich eigentlich hinaus.«
»Ich bin schwanger.«
Staunend blickte ich Minni an. Ich war sprachlos. Ich hatte zwar gewusst, dass sie und Tommy mit der Familien-

planung beginnen wollten, aber dass es SO schnell klappen würde, damit hatte ich nicht gerechnet. Ich war mir nicht sicher, ob ich mich freuen oder lauthals losweinen sollte. Ich kannte Minni seit der siebten Klasse und seitdem waren wir unzertrennlich. Wir hatten uns schon damals fest vorgenommen, gleichzeitig zu heiraten und auch gleichzeitig Kinder zu kriegen. Sogar den Kindergarten wollten wir mit unseren Kindern gemeinsam aussuchen. Und nun saß ich hier als frisch gebackene Freundin, aber kinderlos. Ich hatte weder die Ehe, noch irgendeine Familienplanung in Aussicht.

»Ich weiß, was du denkst«, sagte Minni einfühlsam.

»Ach so? Was denke ich denn?«

»Du denkst: ›*Scheiße, eigentlich wollten wir gemeinsam verheiratet sein und Kinder kriegen*‹. Und nun habe ich bereits mehr als ein Jahr vor dir geheiratet und bin noch weit vor dir schwanger.«

»Ich wünsche dir trotzdem alles Gute, Süße! Denke bitte nicht, dass ich dir dein Glück nicht gönne. Ich finde es phantastisch, dass du schwanger bist. Ich wette, Tommy ist vor Freude auf und nieder gesprungen.« Lächelnd gab ich ihr einen Kuss.

Minni grinste. »Ist er. Aber heute Morgen war er plötzlich ungewöhnlich still. Als ich ihn fragte, was los sei, meinte er, er wüsste gar nicht, ob er ein guter Vater sein wird. Er hat plötzlich totale Panik geschoben.«

Ich winkte ab. »Das sind ganz normale Ängste. Es wäre komisch, wenn er sich darüber keine Gedanken machen würde. Warte mal ab, du wirst diese Zweifel auch noch kriegen.«

»Sprach die Expertin?« Minni schnitt eine Grimasse. »Woher willst du das wissen?«

»Egal, wer aus unserem Freundeskreis schwanger wurde, sie haben allesamt dieselben Wehwehchen gehabt«, erklärte ich.

»Okay«, stöhnte Minni, »dann werde ich einfach ruhig bleiben und nicht in Panik ausbrechen.«

»Genau, man kann ohnehin kaum etwas planen im Leben, weil doch immer wieder irgendwo etwas dazwischenkommt.« Die Bedienung brachte meine heiße Schokolade mit einem fetten Klecks Sahne. Nach mehreren Wochen des Fastens hatte ich mir das redlich verdient.

»Und nun erzähl endlich, wie dein Wochenende war! Junge Liebe! Was habt ihr gemacht?« Neugierig beugte sich Minni vor.

Ich nickte. »Freitag Kino, Samstag haben wir das Essen, die Deko und schließlich die Torte für Hans' und Svens Hochzeit ausgesucht. Und danach…« Ich rollte schwärmerisch mit den Augen und schwieg in Erinnerung schwelgend.

»Ja, sag schon!«

Ich grinste. »Hatten wir ein heißes Wochenende und haben es kaum aus dem Bett geschafft.«

»Belle, ich freue mich riesig für dich!« Minni umarmte mich stürmisch. »Und die Torte war lecker?«

Sie schleckte sich gierig über die Lippen. Sie liebte Torte - auch wenn man ihr das überhaupt nicht ansah.

»War sie. Du kannst dich auf Schokoladentorte freuen.«

»Klingt gut. Und wann seht ihr euch wieder?«

»Wir wollen uns heute einen gemütlichen Abend bei ihm machen.«

»Das klingt, als wenn ihr schon hundert Jahre zusammen seid.«

Ich lachte leise. »Wir hatten so viel Sex das Wochenende, dass wir beide dringend eine Pause brauchen. Heute lassen wir es also langsam angehen.«

»Natürlich«, sagte Minni spöttisch. »Du glaubst auch noch an den Weihnachtsmann. Mensch, Süße, ihr seid frisch verliebt. Da gibt es keine Pausen.«

»Gibt es nicht?« Ich zwinkerte ihr neckisch zu. »Im Übrigen ist Phineas jetzt wild auf einen Tantra-Kurs. Er will unbedingt die Tantra-Massage für die Frau lernen.«

Minni nippte an ihrem Kakao. »Schön, dass er so aufgeschlossen ist. Tommy traut sich nicht. Ich musste ihm alles zeigen, aber einen Kurs will er nicht besuchen. Das ist ihm peinlich.«

»Dann zeigst du es ihm eben«, sagte ich lächelnd.

Mein Handy piepte.

»Eine Nachricht von Phineas«, sagte ich nach einem kurzen Blick auf meine Uhr.

»Willst du nicht nachsehen?«, fragte Minni.

»Doch, aber ich wollte nicht unhöflich sein.«

Minni winkte ab. »Sieh schon nach! Ich bin offenbar neugieriger als du.«

Grinsend schob ich meinen Ärmel hoch und tippte die Uhr an.

›*Darf ich für heute Abend Steaks besorgen? Gott, ich kann es kaum abwarten, wieder in deinen Armen zu liegen. Heiße Küsse, Phin*🧔⛏‹

»Du kannst deine Nachrichten auf deiner Uhr nachlesen? Ich glaube, ich sollte mich auch langsam mal mit der modernen Technik beschäftigen. Ich habe das Gefühl, ich

verpasse den ganzen Fortschritt«, platzte Minni überrascht heraus.
Ich lachte leise und zeigte ihr meine neueste Errungenschaft. »Damit geht ALLES. Sie zeigt sogar meinen Herzschlag an. Beim Sex gestern hat sie plötzlich gepiept, weil mein Herzschlag zu stark erhöht war.«
Minni lachte leise. »Echt? Na, solange sie keinen Notruf auslöst und plötzlich der Krankenwagen vor deiner Tür steht.«
»Nein, so weit ist die Uhr noch nicht. Aber sie ist mit meinem Telefon gekoppelt. Ich kann sogar darauf zurückschreiben. Siehst du?« Ich schrieb mit den Fingern.

›*Sehr gerne. Bin wie besprochen um 19 Uhr bei dir. Kann es auch kaum erwarten. Heiße Küsse zurück, Belle* ‹

»Wahnsinn!«, schwärmte Minni. »So ein Ding brauche ich auch. Sehr praktisch in der Schule. Da brauche ich nie wieder mein Handy verstohlen aus der Tasche zu holen, um einen Blick aufs Display zu erhaschen. Mit so einer Uhr verpasst man gar nichts mehr.«
»Na, dann lass uns doch jetzt gleich shoppen gehen, wo wir gerade in der Stadt sind«, schlug ich vor.
Minni nickte begeistert und trank ihren Kakao in einem Zug aus. »Sehr gerne.«

***

»Hallo Prinzessin!«
Na, das nannte ich doch mal eine Begrüßung nach meinem Geschmack. Ich warf mich Phineas in die Arme und gab ihm einen derart leidenschaftlichen Kuss, dass er sich

irgendwann vollkommen außer Atem von mir löste. »Belle, wenn du mich weiterhin so küsst, kann ich aber für nichts mehr garantieren.«
»Ach so?«, forderte ich ihn heraus.
Phineas stöhnte leise. »Eigentlich hatten wir heute ja einen ruhigen Abend machen wollen, aber bei dir kann ich nicht einmal mehr fünf Minuten standhaft bleiben. Wo soll das noch hinführen?«
»Vielleicht will ich ja gar nicht, dass du standhaft bleibst«, entgegnete ich und grinste frech.
»Willst du nicht?«
Ich schüttelte den Kopf. »Nein. Die Steaks können wir auch später braten.«
»Dann kriege ich jetzt eine Tantra-Einführungs-Stunde?«
»Sehr gerne.«
»Ich kann es kaum erwarten, Frau Lehrerin!«
Ich glaube, ich war in meinem ganzen Leben noch nie so schnell entkleidet. Wie die ausgehungerten Wölfe fielen wir übereinander her. Das Abendessen hatten wir längst vergessen - und meine Figur war mir plötzlich so was von schnuppe, dass ich sogar vergaß, mein Speckpölsterchen zu verstecken.
Gute eineinhalb Stunden später schlüpften wir wieder in unsere Kleidung. Wie die verliebten Turteltauben schwebten wir in die Küche, wo die Steaks auf uns warteten.
In Windeseile hatte Phineas das Essen fertig.
Kaum hatten wir die Teller vor der Nase stehen, klingelte es an der Haustür.
Verwundert blickte Phineas auf die Wanduhr. »Nanu? Wer kann das denn sein zu dieser späten Stunde? Ich erwarte niemanden.«
Es klingelte noch einmal.

»Hartnäckiger Besuch«, sagte ich und kostete von dem Steak.»Sehr lecker.«
»Danke!« Phineas streichelte mir lächelnd über die Hand und erhob sich ächzend.»Ich habe heute gar keine Lust auf irgendwelche Störlinge.«
»Dann wimmelst du den Störling eben wieder ab. Oder öffnest gar nicht erst.«
Es klingelte noch einmal.
Genervt stöhnte Phineas.»Ich wimmele ihn ab. Warte!«
Phineas verschwand und ich spitzte die Ohren.
Ich hörte ein leises Wortgefecht, dann platzte plötzlich eine Frau in die Küche.»Ha! Darum hast du keine Zeit!«
»Hannah! Es geht dich überhaupt nichts an, mit wem ich mich treffe.« Verärgert stürmte Phineas in die Küche.
»Unfassbar!« Wütend stemmte sich die Blondine vor mir die Hände in die schmalen Hüften.»Seit wann triffst du dich mit Walrössern? Jetzt weiß ich auch, warum du keine Zeit mehr für mich hast.«
Vor Schreck prustete ich mein Steak einmal quer über den Tisch.
WIE hatte sie mich genannt?
Ich sah doch nicht aus wie ein Walross!
Es musste ja nicht jeder so ein Knochengerüst sein wie sie.
»Hannah, das reicht. Niemand beleidigt meine Gäste. Das ist Anabelle, meine Freundin.«
»Deine was?«
»Meine Freundin. Wir sind ein Paar.«
Hannah funkelte mich wütend an.»Na, toll! Erst schwängerst du mich, dann schnappst du dir das nächstbeste Nilpferd, das du finden kannst, um sie zu schwängern. Das geht ja schnell bei dir.« Sie machte auf dem Absatz kehrt und verschwand.

***

Ich klingelte, doch es öffnete niemand. Ungeduldig tippte ich mit dem Fuß auf den Boden. Wieso öffnete sie nicht? Es war doch überall Licht an! Ich drückte noch einmal auf den Klingelknopf. Dann endlich kam Tommy an die Tür. »Belle! Was machst du denn so spät noch hier?«
»Ist Minni da?«, fragte ich ohne Umschweife.
Tommy sah mich an und schob die Tür auf. »Sie ist im Wohnzimmer.«
Ich warf Schuhe und Jacke achtlos in eine Ecke und stürmte ins Wohnzimmer. »Minni...«
Dort lag meine Freundin wie Dornröschen auf dem Sofa und schlief. Schuldbewusst zuckte Tommy mit den Schultern. »Daran bin ich wohl schuld.«
»Was? Warum das denn?«
»Seitdem sie schwanger ist, schläft sie jeden Abend noch vor der Tagesschau auf dem Sofa ein. Das ist wie verhext. Manchmal schafft sie nicht einmal das Abendessen.«
Traurig ließ ich den Kopf hängen. »Okay, dann muss ich wohl bis morgen warten.«
»Geh nicht, Belle!«, murmelte Minni und gähnte.
Aufgeregt stürzte ich mich in Minis Arme. Vollkommen überrumpelt streichelte sie mir übers Haar, während ich vor dem Sofa hockte und nicht eine Träne mehr zurückhalten konnte.
»Gott, was ist passiert?«
»Phineas...« Ich schluchzte bitterlich. »Hannah...«
»Hat Phineas dich etwa schon wieder abserviert? Na, der kriegt Ärger!« Erschrocken blickte Minni erst mich, dann Tommy an. Dieser reichte mir ein Taschentuch.

»Wir hatten einen richtig tollen Abend, als plötzlich Hannah auftauchte und meinte, sie sei schwanger von ihm. Oh Minni, das ist eine absolute Katastrophe! Ich dachte wirklich, Phineas ist endlich der Richtige. Ich bin so wahnsinnig verliebt in ihn und nun das!«

Tommy räusperte sich. Dann ließ er sich auf dem Sessel nieder. »Wenn ich dazu auch mal meinen Senf abgeben dürfte…«

»Du darfst«, sagte Minni großzügig.

»Warte erst einmal ab, Belle! Ich denke, Phineas meint es wirklich ernst mit dir, sonst hätte er seiner Mutter gegenüber andere Töne angeschlagen. Hat er aber nicht. Und wenn Hannah eine Verflossene ist, dann hat das sicherlich auch seinen Grund. Wie lange waren die beiden zusammen?«

»Phineas meinte, nur ein Date lang.«

»Na, da war sie wohl eher so etwas wie ein Ausrutscher«, platzte Minni dazwischen.

»Ich kann mir auch nicht vorstellen, dass er dich wieder aufgibt, nur weil sein Ex-Ausrutscher EVENTUELL schwanger von ihm sein könnte«, sagte Tommy. »Ich würde die Frau, die ich liebe, zumindest NICHT für einen One-Night-Stand aufgeben, auch wenn der in die Hose gegangen ist.«

»Genau. Beruhige dich, Belle! Warte erst einmal ab! Oder hat er sich gleich von dir getrennt?«, fragte Minni und hielt gespannt den Atem an.

»Nein, das hat er nicht. Er wollte sogar, dass ich bei ihm übernachte, aber wir beide waren so durch den Wind, dass ich lieber gegangen bin.«

»Gut. Dann heißt es jetzt abwarten und Tee trinken«, sagte Minni mit ihrer gewohnten Bestimmtheit. »Und nun

trockne dir die Tränen! Ich mache dir das Sofa zurecht. Du bleibst heute hier!«
»Danke, du bist die Beste!«
»Ich weiß.«

So eine Schlange!

Ich konnte mein Glück gar nicht fassen. Die letzten zwei Stunden mit Anabelle waren wie ein Traum! Ach, was sagte ich, die letzten Tage und Nächte mit ihr waren der Himmel auf Erden!
DAS nannte ich mal ein ›*Götterleben*‹!
Ich fühlte mich so glücklich wie schon seit einer Ewigkeit nicht mehr.
»Nun haben wir das Essen ganz vergessen«, sagte ich, während ich in meine Boxershorts schlüpfte.
»Steaks gehen doch schnell, oder?«
»Stimmt.« Ich reichte ihr eine Hand. Sie ergriff sie und zog mich prompt aufs Bett zurück.
»Wenn du mich noch einmal verführst, kann ich morgen nicht einmal mehr meine Waffe halten«, warnte ich.
Anabelle gab mir einen Kuss. Dann schob sie mich zur Bettkante. »Das wollen wir natürlich nicht. Sonst begibst du dich ja selbst in Gefahr. Reicht ja, wenn du täglich den Kopf für uns Schokoladensüchtige hinhalten musst.«
»Naja, notfalls hat Thor ja noch seinen Hammer, oder?«, witzelte ich.
Anabelle lachte lauthals los. »Den hast du doch die letzten zwei Stunden schon beansprucht, oder nicht?«

Ich stimmte in ihr Lachen ein. »Ganz bestimmt nicht. Aber ich zeige ihn dir gerne!« Wir landeten wieder auf dem Bett und amüsierten uns prächtig.
Nach einer weiteren halben Stunde warf ich ihr ihren Pullover zu. »Na, los, komm! Gehen wir etwas essen. Ich bin hungrig wie ein Bär.«
»Ich auch«, gab sie zu und folgte mir in die Küche.
In Windeseile hatten wir die Steaks gebraten und fingen an zu essen, als es an der Tür klingelte.
Ich hatte überhaupt keine Lust auf eine störende Unterbrechung, aber der Besucher war so hartnäckig, dass ich mich schließlich doch erhob und zur Haustür schlurfte.
»Hannah! Was machst du denn hier?«, fragte ich wenig begeistert.
Meine Kollegin hatte sich nach unserem einen Date nicht mehr bei mir blicken lassen. Warum musste sie ausgerechnet heute kommen, wo ich Anabelle zu Besuch hatte?
»Ich hatte Sehnsucht.«
»Ich habe leider keine Zeit. Außerdem hatte ich dir doch klipp und klar gesagt, dass das mit uns ein Fehler war.«
Hannah versuchte, sich Zutritt in meine Wohnung zu verschaffen, doch ich stellte mich ihr in den Weg. »Ich habe Besuch. Du kannst jetzt nicht hereinkommen.«
»Aha. Sicherlich eine Frau, oder? Welche Kollegin ist es denn heute?«
»Keine Kollegin.«
»Das sagst du doch nur, damit ich wieder abrausche. Ich will mich selbst davon überzeugen.«
Wieder versuchte sie, sich an mir vorbeizudrängen.
»Hannah! Lass es! Du hast kein Recht, mir nachzuspionieren.«
»So einfach kommst du mir nicht davon, Phineas! Erst legst du mich flach, und dann siehst du mich mit dem

Hintern nicht einmal mehr an.« Sie schubste mich verärgert beiseite und lief einfach in die Küche. Wütend folgte ich ihr. »Hannah! Ich sagte doch, ich habe keine Zeit!«
»Das sehe ich!« Wütend stemmte sie die Hände in die schmalen Hüften. »Und jetzt weiß ich auch, warum du keine Zeit mehr für mich hast. Seit wann triffst du dich mit Walrössern?«
Geschockt öffnete ich den Mund. »Was? Spinnst du, Hannah?«
Anabelle verschluckte sich. »Was soll ich sein?«
»Hannah, das reicht! Niemand beleidigt meine Gäste. Das ist Anabelle, meine Freundin.« Beschützend ging ich an Hannah vorbei, zog Anabelle vom Stuhl hoch und legte ihr eine Hand um die Hüfte.
»Deine was?«
»Meine Freundin.«
Hannah funkelte uns wütend an. »Na, toll! Erst schwängerst du mich, dann schnappst du dir das nächstbeste Nilpferd, das du finden kannst. Das geht ja schnell bei dir.« Sie machte auf dem Absatz kehrt und verschwand.
Fassungslos starrte ich auf den leeren Türrahmen.
Dann knallte die Haustür zu.
Wie in Zeitlupe drehte ich mich zu Anabelle um. »Hat sie gerade gesagt, ich hätte sie geschwängert?«
Anabelle nickte schweigend. Mit großen Augen starrte sie an mir vorbei. Ich sah, dass sie kurz vorm Weinen war.
Panik kroch in mir hoch.
Beruhigend streichelte ich ihren Arm. »Ich kläre das, okay? Ich habe nur ein einziges Mal mit Hannah geschlafen. Und wir haben ein Kondom benutzt. Es kann gar nicht sein, dass da etwas danebengegangen ist. Ich wette, sie ist nur sauer, weil ich sie nicht länger ausführe und

stattdessen mit dir zusammen bin.« Unsicher blickte ich Anabelle an. »Wir sind doch zusammen, oder?«
»Ja. Zumindest hoffte ich es bis eben.« Fahrig wischte Anabelle sich eine Träne aus den Augen. »Wenn sie wirklich von dir ein Kind erwartet, dann war das die kürzeste und schönste Beziehung, die ich je hatte. Und ich habe wirklich geglaubt, dieses Mal wird alles anders.«
»Belle, ich bin derart verliebt in dich, dass ich bis ans andere Ende der Welt mit dir gehen würde. Ich will mich nicht wieder von dir trennen. Und wenn sie wirklich von mir schwanger sein sollte, dann unterstütze ich sie natürlich. Aber ich werde definitiv NICHT mit ihr zusammensein. Hannah ist nett. Das ist aber auch schon alles. Sie wäre NIEMALS der Typ Frau, mit dem ich mein Leben verbringen wöllte.«
Anabelle schniefte und schluckte die Tränen tapfer herunter. »Das ehrt dich, dass du sie unterstützen willst, aber wenn das Baby - DEIN Baby - erst einmal da sein wird, wirst du das sicherlich anders sehen. Dann wirst du dich von mir trennen und ich könnte das sogar verstehen.«
»Belle! Bitte weine nicht! Ehrlich gesagt, kommt keine der Frauen, die ich kenne, auch nur annähernd an dich heran. Ich will Hannah nicht.«
Anabelle lächelte schniefend. »Wirklich?«
»Wirklich. So wahr ich Thor heiße.« Ich holte tief Luft. »Wir finden eine Lösung! Bitte wirf nicht gleich das Handtuch! Gib mir bitte Zeit, das zu klären! Gib uns eine Chance!«, flehte ich sie an.
»Was heißt das im Klartext? Dass ich dich in Ruhe lassen soll, bis du weißt, was los ist?«
»Um Gottes Willen, NEIN! Dann müssen wir vielleicht noch neun Monate warten. Ich will keinen Tag länger auf dich verzichten. Nein. Ich kläre das, aber bitte lasse mich

deshalb nicht hängen! Wir sollten dieser hässlichen Angelegenheit keinen Raum und ihr nicht die Möglichkeit geben, einen Keil zwischen uns zu treiben.«
»Und wenn das Baby wirklich von dir ist?«
»Dann will ich trotzdem MIT DIR zusammen sein und nicht mit Hannah. Oder willst du mich dann nicht mehr?«
Wie ein Hammerschlag traf mich die Erkenntnis, dass Anabelle mich möglicherweise nicht mehr haben wollte, wenn ich mit einer anderen Frau ein Kind hatte.
»Doch«, sagte sie zu meiner großen Erleichterung. »Sie ist eine Ex-Freundin. Es hätte ja auch genau so gut sein können, dass ich dich treffe und du längst Papa bist. Hannahs Schwangerschaft ist kein Grund für mich, dich aufzugeben.«

***

»Mom, warum sollte ich so dringend kommen? Ist was mit Papa?« Leicht außer Atem stützte ich mich am Tresen ab.
»Beruhige dich, mein Schatz! Wir sind vollkommen in Ordnung. Komm erst einmal an und trink einen Tee!«
Verwirrt blickte ich meine Mutter an. »Hast du nicht gesagt, es sei lebenswichtig?«
»Das ist es auch.«
Perplex nahm ich meine Teetasse entgegen und nippte an dem leckeren Gesöff, als die Eingangstür aufging und Anabelle hereinkam.
Mein Herz ging augenblicklich auf.
Seitdem Hannah vor über einer Woche bei mir aufgetaucht war, hatten wir es kein einziges Mal geschafft, uns zu treffen, denn Hannahs angebliche Schwangerschaft schwebte wie ein Damoklesschwert über uns. Ich nahm an, dass Anabelle mir deshalb aus dem Weg ging.

»Belle, meine Liebe! Schön, dass du es auch einrichten konntest. Hier ist dein Tee! Kommt doch bitte beide mit!«, rief meine Mom Anabelle entgegen.
»Hi!« Fast atemlos kam Anabelle vor mir zum Stehen. Unsicher, wie ich sie begrüßen sollte, stand ich mit klopfendem Herzen vor ihr. Sie machte auch keinerlei Anstalten, mir eine Umarmung oder gar einen Kuss zu schenken. Ich kam mir schon fast vor wie eine giftige Spinne.
»Hi!«, erwiderte ich. Ich beugte mich schließlich doch vor und umarmte sie kurz.
»Los, los! Kommt mit! Schlagt keine Wurzeln! Ihr wolltet einen Tantra-Kurs haben, den bekommt ihr jetzt von mir.«
»Ernsthaft, Mama? Jetzt?«, fragte ich verwirrt, zog mir aber brav vor dem Raum die Schuhe aus.
»Darauf bin ich gar nicht eingestellt. Irgendwie ging in letzter Zeit einiges drunter und drüber«, sagte Anabelle.
Meine Mutter deutete nach links und rechts auf den Boden und setzte sich in die Mitte. »Ich möchte euch ein bisschen auf die Sprünge helfen! Ich sehe doch, dass eure Herzen füreinander schlagen. Aber etwas ist da zwischen euch. Das habe ich genau in meinen Karten gesehen. Also ziehen wir die Tantra-Stunde vor.« Sie schaltete den Vaporisator an und ließ den Duft von Pfefferminz nebelartig versprühen.
Anabelle stellte ihre Teetasse beiseite und seufzte. »Aber manchmal hat das Schicksal eben nicht geplant, die Liebenden zusammenzubringen.«
Erstaunt blickte ich sie an.
Na, da hatte ihr Mangel an Zeit ja ganz offensichtlich doch mit Hannah zu tun! Mir wurde das Herz ganz schwer. »Wegen Hannah?«, fragte ich leise.
Anabelle nickte traurig. »Die Sache schwebt über uns wie ein Damoklesschwert. Findest du nicht?«

»Papperlapapp! So ein Blödsinn! Ich spüre, dass ihr zwei füreinander bestimmt seid. Daran kann nichts und niemand etwas ändern. Und die Karten haben auch für euch gesprochen. Setzt euch bitte!«, forderte meine Mutter uns auf.
Brav setzten wir uns auf die zwei Sitzkissen, die schon bereitlagen und blickten uns an.
Mir brach es das Herz, Anabelle so traurig zu sehen.
»Und was hast du jetzt vor?«, wisperte Anabelle über den Kopf meiner Mutter hinweg. »Willst du Hannah die Abtreibungspille verabreichen?«
Erschrocken blickte meine Mutter auf. »Wie bitte?«
»Hannah behauptet, von mir schwanger zu sein«, sagte ich, um Anabelle nicht in die peinliche Lage zu bringen, sich erklären zu müssen. »Dabei hatten wir nur ein einziges Mal Sex und das mit Kondom. Ich bezweifle, dass sie die Wahrheit spricht. Ich glaube, sie ist eifersüchtig und will nur einen Keil zwischen Anabelle und mich treiben.«
Meine Mutter atmete tief ein und wieder aus. »DAS denke ich auch. Die Karten lügen NIE und sie sagen etwas ganz anderes.«
»Was hast du für Karten gelegt?«, fragte Anabelle interessiert nach.
»Tarot.« Meine Mutter hob lächelnd einen Finger. »Selbst wenn Phineas' kurzzeitige Ex-Freundin ein Baby erwarten sollte, ist das ganz bestimmt nicht von meinem Sohn, Belle! Das sagen nicht nur die Karten, sondern vor allem mein rechter Zeh. Und der lügt nie!«
Meine Mutter legte bei jeder Kleinigkeit Tarot-Karten und, auch wenn ich es ungerne zugab, erstaunlicherweise hatte sie mit ihren Vorhersagen IMMER Recht. Man konnte diese schicksalsträchtigen Kartenvorhersagen ver-

teufeln, wie man wollte, aber sie waren trotzdem irgendwie magisch.

»Du hast Phineas und mir also die Karten gelegt«, wiederholte Anabelle skeptisch. »Und was kam dabei heraus?«

Meine Mutter nickte. »Sie sagen euch eine lange, leidenschaftliche und tiefe Beziehung voraus. Und mir ein paar süße, entzückende Enkelkinder.« Sie grinste breit.

»Ach!«, sagte ich. »Seit wann können Karten Enkelkinder vorhersagen, Mama? Das ist ja was ganz Neues.«

Meine Mutter lachte leise. »Na gut, das war eher mein Wunschdenken. Aber die lange Beziehung stand wirklich drin!«

»Und Hannah?«, hakte Anabelle nach.

Meine Mutter schüttelte den Kopf. »Sie kommt in eurem Leben nicht vor. Verlange von ihr, dass sie einen Vaterschaftstest machen lässt, Phineas! Ich verwette mein Yoga-Zentrum darauf, dass sie NICHT von dir schwanger ist, mein Sohn.«

Anabelle seufzte. »Das würde mir auch besser passen.«

»Trinkt bitte euren Tee! Wir wollen trotzdem anfangen.«

Gehorsam schlürften wir beide unseren Tee und leerten die kleinen Tassen.

Meine Mutter klopfte Anabelle beruhigend auf den Oberschenkel. Dann stand sie auf und schaltete Meditationsmusik ein. »Ich bin gleich wieder da. Lasst in der Zeit den Tee wirken!« Im Türrahmen drehte sie sich noch einmal um. »Du weißt ja, wie man die Massage einleitet, Anabelle. Ich vertraue darauf, dass ich dir eine gute Lehrerin war. Fangt bitte schon einmal an!«

»Was hat deine Mom vor?«, fragte Anabelle misstrauisch, sobald sich die Tür hinter meiner Mutter schloss.

Ich zuckte mit den Schultern. »Keine Ahnung. Sie hat mich nicht eingeweiht. Soweit ich sie verstanden habe, wollte sie uns eine Tantra-Stunde verpassen.«
»In der sie als Lehrerin gleich zu Beginn das Weite sucht?« Anabelle schnaufte lachend. »Hat sie etwas in den Tee getan?« Sie musterte ihre Tasse, als wenn diese antworten würde.
Mich überkam augenblicklich eine Woge des Wohlgefühls. Aus einem Impuls heraus krabbelte ich zu Anabelle hinüber und blickte sie mit dem liebsten Hundedackelblick an, den auch aufbringen konnte. Theatralisch ließ ich meine Zunge heraushängen und hechelte wie ein Hund.
»Was willst du, Wuffi?«, witzelte Anabelle und tätschelte meinen Kopf..
»Wuff-Wuff! Einen Kuss! Liebe! Nähe! Bitte lasse mich nicht hängen! Für mich ist die Situation auch nur schwer erträglich. Lass mich damit nicht allein! Bitte!«
Anabelle lachte leise. Dann spitzte sie die Lippen. »Wie kann ich so einer liebevollen Bitte widerstehen? Komm her, Wuffi, und küss mich!«
Ich ließ mich nicht zweimal bitten und schon lagen wir wild knutschend auf dem Fußboden. Irgendwann zwischen den Küssen, hielt Anabelle mich auf Abstand. »Deine Mutter könnte jeden Augenblick zurückkommen!«
»DAS glaube ich kaum. Sie ist schon ganze zehn Minuten weg. Ich schätze, die Tantra-Stunde war nur ein Vorwand, um uns hier in sexuell schwingender Atmosphäre zu vereinen.«
»Zu vereinen?« Anabelle grinste, dann wurde sie wieder ernst. »Ich glaube, mir steht einfach nicht der Sinn nach Vereinigung. Mir liegt die Nachricht von Hannah SEHR schwer auf dem Magen.«

Ich legte mich flach auf den Boden und wünschte mich um ein paar Wochen zurück. Warum nur war ich mit Hannah in die Kiste gesprungen? Ich war SO vorsichtig gewesen. Ich konnte mein Unglück gar nicht fassen.
Plötzlich spürte ich, wie Anabelle mir über den Rücken streichelte. »Du hast so einen schönen Körper!«
Schweigend und mit dem Gesicht nach unten rückte ich dichter an sie heran. »Findest du? Meinst du, er eignet sich für eine Tantra-Massage?«
Anabelle gluckste leise, hörte aber nicht auf, mich zu streicheln. »Mit Sicherheit. Ich kann es ja mal ausprobieren.« Schweigend ging sie über in eine Tantra-Massage.
»Wow! Wo hast du das nur gelernt? Das ist gut. Das ist RICHTIG gut!«, stöhnte ich leise.
»Deine Mutter ist eine phantastische Lehrerin«, antwortete sie leise.
Sämtliche Antennen richteten sich auf und binnen weniger Handgriffe war ich ihr willenlos ausgeliefert.
»Wahnsinn! Ich gehöre dir und ich kann überhaupt nichts dagegen tun«, stöhnte ich erneut.
Anabelle beugte sich herab und küsste mir in den Nacken. Dann biss sie in meine Muskeln.
»Gehört das etwa auch zu dem Stoff, den meine Mom euch im Kurs beigebracht hat?«, witzelte ich. »Beißt sie euch etwa? Ist das vielleicht eher ein Raubtierkurs? Löwen beißen sich beim Sex doch auch in den Nacken, oder?«
Anabelle kicherte. »Nein, nein. Ich weiß auch nicht, was mich da gerade geritten hat. Vermutlich hat deine Mom mir doch etwas in den Tee geschüttet. Raubtier-Elixier, oder so was!«
Ehe wir uns versahen, lagen wir uns in den Armen und brauchten nicht lange, bis wir uns doch vereinten.

***

»Belle! Was machst du denn hier?« Überrascht nahm ich Anabelle in den Arm und gab ihr einen derart leidenschaftlichen Kuss, dass meine Kollegen laut johlten.
Ralf jodelte sogleich den Hochzeitsmarsch.
Hannah, die ebenfalls Dienst hatte und anwesend war, knallte wütend ihr Glas auf den Tisch und rannte aus dem Raum.
»Geh ihr nach!«, sagte Anabelle mitfühlend.
Seufzend nickte ich. »In Ordnung.«
Keiner von uns hatte Ralf bemerkt, der vor mir den Raum verlassen hatte.
»Kommst du mit?«, wandte ich mich im Türrahmen an Anabelle. »Bitte!«
»Meinst du, das ist eine gute Idee? Ich würde mich eher wie Öl im Feuer fühlen.« Unsicher blieb sie am Tisch stehen, doch ich winkte sie mit. »Bitte komm mit!«
»In Ordnung. Wenn der GROSSE Thor Schützenhilfe braucht, dann heilt Sif zur Hilfe.«
»Danke, du bist die Größte!«
»Ist das nicht so bei großen, starken Göttern? Steht nicht immer eine noch stärkere Frau hinter ihnen?«, witzelte Anabelle. Sie nahm meine Hand und ließ sich auf den Flur ziehen.
Ich war normalerweise nicht feige. Aber die Situation mit Hannah überforderte mich total.
Ich war schwer verliebt in Anabelle und lief Gefahr, sie durch einen Ausrutscher mit Hannah wieder zu verlieren. Ich wusste, sie war nicht begeistert, dass ich nicht mit Hannah zusammensein wollte, auch wenn das Baby von mir sein sollte. Sie fand, ich sollte mich dann meiner Verantwortung stellen. Aber ich konnte das nicht. Ich konnte

nicht mit einer Frau zusammen sein, die ich nicht liebte. Ausrutscher hin oder her.

Als ich den Korridor mit Anabelle im Schlepptau nach Hannah absuchte, hörte ich sie schließlich in einem Raum mit Ralf streiten.

»Du verhältst dich total merkwürdig, seitdem wir miteinander geschlafen haben. Oder liegt es an Phineas? Kannst du ihn doch nicht vergessen?«, rief Ralf viel zu laut. »Ich dachte, wir sind ein Paar!«

»Phineas hat damit nix zu tun. Wie kommst du denn darauf? Wir hatten lediglich einen One-Night-Stand. Nicht der Rede wert«, tat Hannah verärgert ab.

»Reiche ich dir nicht aus?«, rief Ralf verärgert. »Ich dachte, wir zwei sind zusammen und du liebst mich!«

Anabelle räusperte sich. »Hörst du auch, was ich höre? Sie ist eigentlich mit deinem Kollegen zusammen und behauptet, VON DIR schwanger zu sein?«

Ich nickte schweigend, zu geschockt, um etwas dazu zu sagen.

»Natürlich reichst du mir aus. Aber ich finde, wir sollten unsere Beziehung noch nicht bekanntgeben. Wir wissen doch gar nicht, ob das mit uns was wird«, rief Hannah eine Spur zu laut.

Das war zu viel für mein sonniges Gemüt!

Zornentbrannt rannte ich in den Raum. »DAS glaube ich jawohl nicht! Was bist du nur für eine hinterhältige Schlange! Behauptest, ICH hätte dich geschwängert, dabei bist du die ganze Zeit schon heimlich mit Ralf zusammen?«

»Was? Du bist schwanger?«, fragte Ralf geschockt. »Wir haben doch nur ein einziges Mal auf das blöde Gummi verzichtet.«

»Na, das reicht jawohl aus, Ralf, oder hast du in Biologie nicht aufgepasst?«, platzte ich heraus. Ich verschränkte die Arme vor der Brust. »Na, da können wir uns doch fast den Vaterschaftstest sparen, oder?«, sagte ich durch zusammengepresste Lippen.
Hannah zuckte nonchalant mit den Schultern. »Ich wollte dir nur eins auswischen, Phineas. Ich gehe auch nicht davon aus, dass du der Vater bist. Schließlich hatten wir verhütet. Das Baby wird schon von Ralf sein.«
»Du hast ernsthaft Phineas unter Druck gesetzt und ihn in punkto Vaterschaft belogen, nur ihm eins reinzuwürgen? Wie bist DU denn drauf?« Wütend verschränkte Ralf nun auch die Arme vor der Brust. »Ich glaube, du kannst dich schon einmal darauf einstellen, dein Kind alleine groß zu ziehen. Mit SO einer Frau will ICH NICHT zusammensein.«
»Ralf…« Fast schon verzweifelt wandte sich Hannah an meinen Kollegen. »Es tut mir leid, Ralf!«
Dieser hob abwehrend die Hände. »Lass mich in Ruhe! DAS muss ich erstmal verdauen. Anstatt dich mir anzuvertrauen und MIR als potentiellen Vater zu erzählen, dass du schwanger bist, nutzt du die erstbeste Gelegenheit und würgst meinem Partner eine rein. Vermutlich liebst du sogar ihn und nicht mich. Ich bin dann mal weg!«
Ralf verließ den Raum.
Hannah ließ den Kopf hängen. »Mist!«
»Ich gehe davon aus, dass du so schnell wie möglich einen Vaterschaftstest machen lässt«, sagte ich leise.
Hannah schüttelte den Kopf. »Brauche ich nicht. Aber wenn es dich beruhigt, lasse ich einen machen.«
Ich machte auf dem Absatz kehrt und zog Anabelle mit nach draußen.

»Unfassbar!«, machte sich Anabelle zu Recht Luft. Sie knurrte leise auf, um ihrer Wut Freigang zu verschaffen. Ich nahm sie fest in meine Arme. »Weißt du, wie erleichtert ich bin? Seit drei Wochen renne ich wie ein Zombie durch die Gegend und fühle mich schlecht, weil ich dich so sehr liebe, dass ich mit Hannah nicht zusammensein will, auch wenn das Baby von mir ist.«
»Das glaube ich dir. Mir ist die Sache auch ganz schön auf den Magen geschlagen. Ganze drei Kilo hat mich der Stress gekostet«, stöhnte Anabelle.
Ich grinste und streichelte ihr über den Po. »Soll ich dir helfen, die Kilos wieder zuzunehmen?«
Voller Empörung blickte Anabelle mich an. »Ist das dein Ernst? Ich kämpfe gegen jedes Gramm, das ich zu viel besitze und du bietest mir an, mich zu füttern?«
»Ja, weil ich jedes Gramm an dir liebe.«
Anabelle streichelte meine Wange, dann gab sie mir einen hingebungsvollen Kuss. »Du bist ein charmanter Lügner, Phineas Thor!«
»Nein, das war aufrichtiger als aufrichtig«, konterte ich.
Anabelle lächelte. »Gibt es eine Steigerung von Ehrlichkeit? Interessant!«
»Bei Göttern ist alles möglich«, witzelte ich.
»Phineas, ich störe ja höchst ungerne, aber wir haben einen Einsatz«, rief Ralf von Weitem.
Ich zuckte entschuldigend mit den Schultern. »Tut mir leid, Anabelle! Sehen wir uns heute Abend?«
»Gerne. Willst du zu mir kommen?«
Ich nickte und winkte ihr noch einmal zu.

Götterkinder

Anabelle

»Wer hätte gedacht, dass Hans mal heiraten würde«, sagte mein Onkel rührselig und tupfte sich über die Augen.
»Ich finde, Sven ist ein toller Partner. Die zwei ergänzen sich einfach fabelhaft«, sagte ich.
»Das meinte ich doch gar nicht, Belle. Natürlich weiß ich, dass Hans und Sven gut zusammenpassen. Ich habe mich längst damit abgefunden, dass der Sohn meines Bruders - möge er in Frieden ruhen«, mein Onkel schluckte, »vom anderen Ufer ist.«
Ich nickte. An einem Freudentag wie diesen war es uns nur zu deutlich bewusst, dass meine Eltern nicht mehr da waren.
»Hallo!« Freudestrahlend sprang Mandy aus dem alten VW-Bus, der über und über mit Blumen übersät war. Sie lief auf uns zu und umarmte erst mich, dann ihre Söhne und schließlich Hans.
»Ist das nicht aufregend? Mein Sohn heiratet!« Mandy grinste wie ein Honigkuchenpferd.
Auch Phineas' Vater Rainer begrüßte alle erfreut mit einem festen Händedruck.
»Was ist denn das für eine Figur in eurem Auto?«, fragte Phineas neugierig.
»Das, mein Sohn, ist unser Geschenk für Hans und Sven. Es ist eine Götterstatue. Aber welche es ist, werdet ihr erst

nachher sehen. Du musst dich also noch etwas gedulden«, sagte sein Vater. Dann umarmte er mich. »Schön, dich zu sehen, Anabelle«, sagte er verschmitzt.
Ich lächelte. »Danke, Rainer. Ich freue mich auch, euch heute zu sehen. Das wird bestimmt eine tolle Hochzeit.« Phineas legte mir einen Arm um die Hüften und gab mir einen Kuss aufs Haar. »Ich finde, wir passen auch ganz gut zusammen.«
Ich blickte zu ihm auf. »Ach, findest du das?« Das Grinsen konnte ich mir nicht verkneifen. Schließlich zwickte ich ihm in sein Sixpack. »Keine Sorge, ich finde das auch.«
Phineas lächelte, blickte mich aber dabei absichtlich nicht an. Stattdessen schaute er einfach nur geradeaus, weil er wusste, dass ich diesen Anblick liebte.
»Ich wusste doch, dass ihr ein gutes Paar abgibt«, mischte sich Mandy ein. »Und ich bilde mir etwas darauf ein, dass die Schwingungen in meinem Yoga-Zentrum einen gewissen positiven Einfluss auf euer Glück hatten.«
»Und ob! Deine Tantra-Geheimnisse sind der absolute Hammer«, lobte ich Mandy.
»Oh ja, Mom! DAS kann ich nur bestätigen«, sagte Phineas und knabberte mir am Ohr. Mittlerweile hatten wir beide den Tantra-Kurs absolviert. »Belles Massagen sind so was von heiß, dass ich ihr vollkommen ausgeliefert bin.« Dann wisperte er mir ins Ohr: »Du Göttin der Verführung!«
Ich schmunzelte. »Du meinst, wir sind Thor und Aphrodite? Oder doch lieber Thor und Sif?«
Rainer hob eine Hand. »Das ist DIE Idee, Anabelle! Ich weiß schon, welche Skulptur ich für die nächste Hochzeit erschaffe. Ich höre bei euch bereits die Hochzeitsglocken,

es ist doch daher bestimmt kein Problem, wenn ich sofort damit anfange?«
Mandy hielt ihn am Arm fest. »Das ›*Sofort*‹ muss leider bis morgen warten. Heute heiratet dein Erstgeborener!«
»Natürlich, Schatz!« Rainer gab seiner Frau einen fetten Kuss.» War auch nur ein Scherz.«
Mandy blickte ihn pikiert an.» War es nicht. DU bringst es auch fertig und verlässt eine Party, um weiter zu schnitzen.«
Rainer gab ihr einen Kuss aufs Haar. »Schatz, vergib mir den kläglichen Versuch, zu meiner Berufung zurückzukehren. Ich halte es nur wenige Stunden ohne meine Kunst aus.«
»Natürlich, Süßer! Das ist doch einer der Gründe, weshalb ich dich so sehr liebe.«
»So, kommt endlich mit rein!«, rief Sven ungeduldig. »Sonst verpassen wir noch unseren Termin.«
Wild schnatternd betraten wir das imposante Schloss, in dem die Trauung stattfinden sollte. Aufgeregt strömten alle Gäste in den Trausaal mit den riesigen Kronleuchtern. Ich winkte Hans kurz zu, der bereits nervös mit hochroten Wangen vor dem Standesbeamten stand.
»Bist du bereit?«, wandte ich mich an Phineas. Dieser blickte auf mich herab. »Wofür? Willst du um meine Hand anhalten?«
Ich kicherte leise. »Nein, ich dachte eher an unseren Dienst als Trauzeugen. Was den Heiratsantrag angeht, bin ich da eher etwas altmodisch.«
»Ich bin auch altmodisch.« Phineas Blick wurde mit einem Mal todernst. »Ich habe nicht die geringste Ahnung, warum du mich anfänglich so auf die Palme gebracht hast, Anabelle Hausstein. Fakt ist, ich kann mir ein Leben ohne dich nicht mehr vorstellen.«

Ich stellte mich auf Zehenspitzen und gab Phineas einen zärtlichen, kurzen Kuss. »Ich mir auch nicht, Phineas Thor Marvelin.«
Das schien das Stichwort gewesen zu sein, denn plötzlich holten alle Gäste rote Herzluftballons aus dem Nichts und bauten sich um uns herum auf.
Vollkommen perplex starrte ich die vielen bekannten und unbekannten Gesichter an und wusste gar nicht, was los war. Auch Sven und Hans standen mit einem Mal in dem großen Kreis und hielten einen Luftballon fest. Allerdings waren ihre beiden Ballons lilafarben und hatten eine Füllung.
Phineas ging vor mir auf die Knie und ergriff meine Hand.
»Liebste Belle, meine Prinzessin!« Er schluckte. »Von Anfang an standen die Sterne günstig für uns, nur wir zwei haben das nicht erkannt, weil wir viel zu sehr damit beschäftigt waren, das Feuer zwischen uns anzufachen mit unseren kindischen, überflüssigen Streitereien.«
Einige Gäste schmunzelten.
Plötzlich hetzte Minni mit ihrem Göttergatten - und ihrer kleinen süßen Tochter in einem Tragetuch - in den Saal. Sie trugen ebenfalls einen Luftballon und reihten sich in den Gästekreis ein.
Aufgeregt winkte Minni mir zu.
Mandy war bereits dabei, sich die Augen mit einem Taschentuch abzutupfen.
»Du bist die feurigste, klügste und schönste Frau, der ich je begegnet bin und ich weiß, mit dir wird das Leben niemals langweilig«, fuhr Phineas fort.
Nun stiegen mir die Tränen in die Augen und Hans reichte mir eilig ein Taschentuch.

»Ich hoffe, du nimmst einen so vertrottelten Idioten wie mich, der sich einst von Äußerlichkeiten hat hinreißen lassen.«

Ich schnappte empört nach Luft. »Du bist doch kein Idiot! Und auch nicht vertrottelt, Phineas Thor!«

Phineas zwinkerte mir grinsend zu. »Sagen wir es so, ich bin in den letzten Monaten gereift und habe dazugelernt. Und heute weiß ich, dass mir nichts besseres passieren konnte, als DIR über den Weg zu laufen und dafür danke ich meinem Bruder Sven, der heute nicht nur heiraten wird, sondern sich auch bereit erklärt hat, mein Anliegen an seinem Hochzeitstag nicht nur zu erdulden, sondern auch zu unterstützen.«

Sven verbeugte sich leicht und erntete einige Lacher.

Phineas räusperte sich. »Liebe Belle, ich möchte neben dir einschlafen und auch wieder aufwachen, ich will mein Leben mit dir teilen und mit dir viele kleine, süße Götterkinder zeugen. Darum frage ich dich: Willst du meine Frau werden?«

Ich nickte, blinzelte die Tränen weg und fiel Phineas um den Hals. »Ja, ich will.«

Im selben Moment platzten zig Luftballons und ein Regen von feinem Silberkonfetti rieselte auf uns herab. Als wir uns wieder voneinander lösten, ließen auch Hans und Sven ihre Ballons platzen und überreichten uns zwei Verlobungsringe.

»Mensch, Thor, du hast ja an alles gedacht!«, sagte ich leise zu meinem Donnergott.

Phineas grinste. »Ja. Und ich bin heilfroh, dass du meinen Antrag angenommen hast. Ich muss gestehen, ich hatte leichte Panik davor.«

»Wie könnte ich SO einem Antrag widerstehen?«

Wir steckten uns die Ringe an und ernteten ein paar stürmische Umarmungen von Gratulanten.
»Belle, DAS ist SO eine fantasievolle Idee«, sagte Minni und verdrehte schwärmerisch die Augen. »Herzlichen Glückwunsch!«
Ich gab ihr einen Kuss und begrüßte ihre süße Tochter, die seelenruhig schlief. »Danke! Ich freue mich riesig, dass ihr gekommen seid.«
»Natürlich. Glaubst du, so etwas will ich verpassen?« Minni zwinkerte mir zu.
Ich wandte mich an Phineas. »Das war wirklich unglaublich romantisch«, sagte ich atemlos.
Dieser deutete eine Verbeugung an. »Wie gesagt, ich kann SEHR charmant und romantisch sein.«
Ich grinste. »Und ob du das kannst! Damit hast du in diesem Jahr den Preis des ›romantischten Prinzen‹ verdient.«
Phineas wischte sich über die Stirn. »Wahnsinn! Noch ein Preis! Das macht süchtig.«
Alle Gäste setzten sich zurück auf ihre Plätze und ich positionierte mich mit Phineas vorne neben dem Bräutigampaar.
Der Standesbeamte räusperte sich. »Nachdem wir nun Zeuge einer wundervollen Verlobung werden durften, haben wir uns nun hier versammelt, um zwei Menschen auf ihrem Weg zu begleiten, den Bund der Ehe zu schließen…«
Meine Gedanken schweiften ab.
Meine Brust war fast am Überquellen - ich konnte kaum atmen, so sehr erfüllte mich das Glücksgefühl.
Als ich plötzlich von dem Standesbeamten auffordernd angeguckt wurde, schreckte ich auf.
Phineas hielt mir seine Hand hin. »Möchtest du auch unterzeichnen?«

»Ja, klar!« Ich erhob mich und setzte meine Unterschrift auf die Heiratsurkunde.
Danach gab es einen regelrechten Ansturm auf das frisch vermählte Paar.
Alle wollten gratulieren und das möglichst sofort.
»Komm mit!« Phineas packte meine Hand und zog mich nach draußen.
»Was hast du vor?«
»Wir gratulieren später!«
Phineas zog mich zum Auto und fuhr mit einem Affenzahn vom Hof. Mit immer größer werdenden Augen beobachtete ich ihn. »Wo willst du hin? Willst du etwa die Hochzeitsfeier unserer Brüder schwänzen?«
»Nein, niemals. Dann würden wir richtig Ärger kriegen.«
Phineas hielt in einem Waldstück an und parkte den Wagen. »Los, komm!«
Wir stiegen aus und gingen auf eine alte Blockhütte zu.
»Wo sind wir hier?«
»Das ist eine Hütte meines Vaters. Hierher zieht er sich manchmal zurück, wenn er in Ruhe an seinen Figuren arbeiten will.«
Phineas zückte einen Schlüssel und öffnete die Tür.
Vor uns stand ein Koloss, welcher mit einem hellen Tuch abgedeckt war. Er zog an dem Stück Stoff und entblößte eine übergroße Figur. Sie zeigte Thor mit seinem Hammer und eine Frau, die mir erstaunlich ähnlich sah.
»Was ist das?«
»Das, liebe Belle, ist mein Verlobungsgeschenk an dich. Ich habe die Figur bei meinem Vater in Auftrag gegeben. Sie zeigt Thor mit seinem Weib.«
»Sie ist wunderschön!« Ich umrundete die zwei und berührte das fein geschliffene Holz. »Was für ein Prunkstück.«

Dann bemerkte ich, dass die Frau dicker war als ich.
»Warum hast du die Frau so dick darstellen lassen? Ist sie etwa schwanger?«

Phineas lächelte. »Ja. Sie zeigt die Frau, die ich liebe und die mir hoffentlich viele keine Götterkinder schenken wird.«

»Danke! Sie ist wunderschön!« Ich gab ihm einen Kuss. »Aber wo sollen wir die Figur hinstellen? Sie ist viel zu groß für eine unserer Wohnungen.«

Phineas zog etwas aus einer Jacke. »Das ist mein Stichwort.«

»Was ist das?«

»Eine Flurkarte.«

»Von was?«

»Von unserem Grundstück. Ich habe es bereits vor zwei Jahren gekauft. Aber ich habe mich nie durchringen können, es zu bebauen. Aber jetzt, wo du meinen Antrag angenommen hast, könnten wir doch ein kleines Häuschen darauf setzen. Was meinst du?«

»Klingt zu schön, um wahr zu sein. Ein eigenes Haus? Die passende Figur für den Vorgarten hätten wir ja bereits.«

»Genau.« Lächelnd deckte Phineas die Skulptur wieder zu.

»Dann lass uns jetzt lieber schnell zur Hochzeitsfeier zurückfahren, bevor sie eine Vermisstenanzeige aufgeben«, schlug ich vor.

Phineas nickte. »Sehr gute Idee.«

***

»Das war eine wundervolle Hochzeit«, sagte ich und blickte in den Sternenhimmel.

Phineas lachte leise. »Mit zum Teil sehr schrägen Gästen.«

»Du meinst, weil ein paar Freunde eine Regenbogentorte mitgebracht haben? Oder meinst du das Tuntenspiel, bei dem sich alle Männer mit Frauenkleidern eindecken und wir Frauen als Männer auftreten mussten?« Ich gluckste bei dem Gedanken an Phineas in kurzem Rock, BH und Wasserfallshirt.

»Das findest du lustig, was? Ich kam mir total lächerlich vor«, beschwerte sich Phineas. Er lief zu einem Busch und holte einen kleinen Picknickkorb hervor.

»Was zauberst du denn da zutage?«, rief ich überrascht.

Phineas breitete eine Decke am Seeufer aus und klopfte darauf. »Komm, holde Maid! Lass dich neben mir nieder. Ich habe Sekt, Weintrauben, Erdbeeren und Schlagsahne dabei.«

Ich ließ mich neben ihm auf die Decke plumpsen. Neugierig linste ich in seinen Korb, als sein Handy piepte.

»Dein Handy spricht.«

»Soll ich etwa mitten in einem mega romantischen Mitternachtspicknick am See an mein Handy gehen?«, fragte Phineas ungläubig.

»Nun ja«, warf ich ein, »wenn dir um DIESE Uhrzeit jemand schreibt, ist es vielleicht wichtig.«

Phineas zog die Augenbrauen hoch. »Ob du es glaubst oder nicht, aber momentan ist mir nichts anderes wichtiger als du.«

»Prinz Charming, mich bringt die Neugier um. Gucke also bitte nach!« Ich lächelte unnachgiebig.

Stöhnend holte Phineas das Handy aus seiner Hosentasche. »Es ist eine Nachricht von Ralf.«

»Was schreibt er denn jetzt noch?«, fragte ich überrascht.

»Das Baby ist da. Und Hannah hat den Vaterschaftstest gemacht.«
Die Information landete wie ein schwerer Stein in meinem Magen. »Und?« Ich war hochnervös.
Phineas legte mir eine Hand auf den Oberschenkel und las vor: »*Es ist ein Junge und ich bin der Vater. Wir haben uns ausgesprochen und versöhnt. Erleichterte Grüße, Ralf.*«
Ich legte eine Hand auf meine Brust. »Beim Odin, ich bin auch erleichtert. Und wie!«
Phineas nahm mich in die Arme und drückte mich ganz fest. »Ich auch.«
Wir blickten uns im Mondschein lange in die Augen.
»Noch vor gut einem Jahr hätte ich nicht gedacht, dass wir zwei tatsächlich heiraten würden«, sagte Phineas leise.
Ich lachte herzhaft. »ICH hätte nicht einmal gedacht, dass wir überhaupt ein Paar werden würden.«
»Hm. Gefallen hast du mir die ganze Zeit über.«
»Echt?« Ungläubig starrte ich Phineas an.
Dieser zuckte mit den Schultern. »Ja, du bist bildhübsch, auch wenn du mittlerweile leider schon mindestens zehn Kilo leichter bist.«
»Leider?« Ich rümpfte die Nase.
Ich war ganz froh um jedes Gramm, das gepurzelt war.
Und es würde ohnehin nicht mehr lange dauern, bis ich mindestens zehn Kilo wieder drauf hatte.
»Vor allem fand dich so herrlich kratzbürstig. Es hat mir gefallen, dass du dir niemals die Butter vom Brot nehmen lassen hast«, fuhr Phineas fort.
»Nun ja, manchmal habe ich schon geschwächelt«, warf ich ein.

Phineas winkte ab und öffnete die Sektflasche. Er nahm ein Glas und füllte es. »Ich schätze, ich habe es manchmal echt übertrieben mit meinen Sticheleien.« Er reichte mir das Glas, doch ich lehnte ab.
»Hast du kein Durst?«, fragte Phineas überrascht.
»Doch. Und wie«, gab ich zu. »Aber ich darf leider keinen Sekt trinken. Ist schlecht fürs Baby.«
Sekundenlang herrschte absolute Ruhe.
Nur der Schrei einer Eule unterbrach die Stille.
»›*Schlecht fürs Baby*‹?«, wisperte Phineas und ich sah regelrecht, wie es in seinem hübschen Köpfchen arbeitete.
Ich nickte. »Ja. Hat meine Ärztin gesagt. Ich soll mich schonen. Kein Alkohol, keine Zigaretten, Vorsicht beim Sex…«
Weiter kam ich nicht, denn Phineas riss mich stürmisch zu Boden. Er gab mir so viele kleine Küsse, bis ich irgendwann nur noch hilflos ›Stopp!‹ rief. »Was hast du vor, mein Donnergott? Sendest du Grüße ans Ungeborene?«, fragte ich ihn schwer atmend.
Phineas stutzte. »Entschuldige! Das ist irgendwie über mich gekommen.« Er richtete sich auf und nahm meine Hände. »Beim Odin, du bist schwanger?«
Ich nickte. »Ja. Und die kritischen ersten drei Monate sind sogar schon rum. Es hat schon Arme und Beine, Hände und Füße…«
»Und das erzählst du mir erst jetzt? Seit wann weißt du es?«
»Seit gestern, mein Donnergott! Mir war so furchtbar übel, dass ich meinen Arzttermin nicht länger hinauszögern wollte.«
Phineas strich sich durch die Haare und rubbelte sich übers Gesicht. Dann blickte er mich mit strahlenden Augen an. »Belle, das ist phantastisch!«

»Dann hast du also nichts gegen Lackaffen-Wal-Nilpferd-Babys?«, feixte ich.
Empört holte Phineas Luft. »Was?« Dann atmete er aus. »Anabelle Hausstein, baldige Marvelin, du bist unmöglich!«
»Baldige Marvelin?«, forderte ich ihn heraus. »Haben wir uns denn schon auf einen Namen geeinigt?«
Phineas stutzte. »Nee. Ich hatte gehofft, meinen Familiennamen weiterführen zu können. Aber wenn du darauf bestehst, mein trächtiges, unterernährtes Walweibchen, dann akzeptiere ich natürlich auch deinen Nachnamen.«
»Unterernährt?«, fragte ich voller Empörung.
Phineas holte grinsend Erdbeeren und Sahne aus dem Korb. Er sprühte etwas auf eine Erdbeere und fing an, sie mir in den Mund zu stopfen. »Ja. Seitdem ich dich kenne, und das ist jetzt immerhin schon vierzehn Monate, zehn Tage, sieben Stunden und drei Minuten her…«
»Du zählst die Minuten?«, fragte ich erstaunt. »Welcher Mann zählt bei einer Beziehung bitte die Minuten?«
»Das war ein Scherz. Und ein Schätzwert.« Phineas zwinkerte mir zu und steckte mir die nächste Erdbeere in den Mund. »Aber Erdbeeren mit Sahne darf meine schwangere Verlobte doch essen, oder?«
Ich nickte lächelnd. »Darf ich.«
»Na, das ist ja mal wieder typisch für dich, Phineas Thor«, platzte eine Frauenstimme dazwischen.
Entgeistert fuhren wir herum.
Der Schreck stand uns deutlich ins Gesicht geschrieben. Phineas Eltern standen vor uns, ebenfalls mit einem Picknickkorb bewaffnet. »Da hattet ihr also dieselbe Idee?« Grinsend setzte sich Mandy zu uns auf die Decke. »Dürfen wir? Komm Rainer, setz dich!«

»Vielen Dank für die wunderschöne Skulptur, Schwiegerpapa in spe!«, bedankte ich mich bei Phineas' Vater.
Rainer lächelte. »Hat mein Sohn sie dir etwa schon gezeigt?«
»Deshalb seid ihr heute Mittag kurz verschwunden! Verstehe«, bemerkte Mandy.
Ich nickte. »Sie sieht wirklich toll aus. Und es fehlt noch nicht einmal ein entscheidendes Detail. Wie konntest du das nur wissen?«
Verwundert blickten mich Phineas' Eltern an.
»Wovon sprichst du?«, fragte Rainer schließlich.
Phineas legte lächelnd einen Arm um meine Schultern.
»Wir bekommen kleine, süße Götterkinder.«
»Götterkinder?«, fragte Rainer konsterniert.
Nur Mandy kapierte sofort, worauf wir hinauswollten, schlug sich erst die Hand vor den Mund und kreischte dann jubelnd auf. Schließlich fiel sie uns nacheinander um den Hals. »Wir werden Großeltern, Rainer!«, stupste sie ihren begriffsstutzigen Göttergatten an. »Es sind kleine Götterkinder unterwegs.«
»Was, echt jetzt?«, fragte dieser.
Phineas nickte stolz. »Echt, Papa! Ich werde auch bald ein Papa sein. Thor, der Donnergott, bekommt Nachwuchs!«
»Na, da sollten wir doch die Korken knallen lassen«, rief Sven von der Böschung aus.
Wir blickte nach oben und sahen das frisch vermählte Bräutigampaar.
Hans sprang als erster den Hang hinunter und umarmte mich stürmisch. »Ich werde also Onkel?«
»Habe ich es doch gewusst!«, sagte Sven. »ICH wusste, dass ihr das perfekte Paar seid.«

»Ja«, gab Phineas zu und ließ sich von seinem Bruder umarmen, »du warst mal wieder schlauer als der Rest der Familie.«
»Na, na, ich habe es auch gewusst«, bemerkte Mandy.
»Und darauf stoßen wir jetzt an!« Sven hob die Flasche und füllte ein paar Gläser, die Hans mitgebracht hatte.
»Aber du kriegst Saft oder Wasser«, sagte Phineas und holte eine Flasche Wasser aus dem Korb.
»Du hast sogar an Saft und Wasser gedacht?«, fragte ich leise.
Phineas zwinkerte mir zu und flüsterte: »Die hatte ich eingepackt, wohlwissend, dass ich sie brauchen könnte. Allerdings ging ich zu dem Zeitpunkt noch davon aus, dass ich dich hier vernaschen würde. Ich konnte ja nicht ahnen, dass die ganze Familie zum Mitternachtspicknick aufschlägt.«
Lächelnd lehnte ich mich gegen seine Brust und hob mein Wasserglas. »Hatte ich erwähnt, dass ich unsere Familie liebe?«
»Ich auch«, sagte Phineas und küsste meinen Haarschopf.
»Auf ganz viele kleine Götterkinder!«, sagte Phineas laut.
»Auf euch!«, erwiderten alle.
»Und auf die Familie!«, fügte ich noch hinzu.
Wir prosteten uns zu und schnatterten noch die halbe Nacht, denn wir hatten allerhand zu feiern.

ENDE?

Über die Autorin

Sobald Lilly Fröhlich das Schreiben und Lesen gelernt hatte, gab es kein Halten mehr. Nahezu jedes Buch wurde verschlungen und bereits in der dritten Klasse schrieb sie ihr erstes Kinderbuch. Jahrzehntelang schrieb sie für die Schublade, bis sie sich mit ihrem ersten Kinderbuch an die Öffentlichkeit wagte. Viele, viele literarische Schätze schlummern noch in ihrem Schreibtisch. Die nächsten Bücher dürfen also mit Spannung erwartet werden.

Mehr erfahrt ihr auf

www.lilly-froehlich.de

Über die Märchenschneiderin®

Es war einmal…so fangen Märchen an - so fing auch der Lebensweg von Nicole Küchler an, als sie zur Märchenschneiderin® wurde. Bei der Märchenschneiderin® kann man sich sein Kleid maßschneidern lassen - die Auswahl an Modellen ist riesig. Es gibt historische Kleider aus der Zeit des Barocks, Rokoko, Gründerzeit usw., aber auch märchenhafte Kleider, wobei die Märchenschneiderin® vor allem auf Modelle spezialisiert ist, die den Figuren der Disney-Filme sehr ähnlich sind. Mein Covermodell trägt ein Kleid von ihr.

Mehr erfahrt ihr auf

www.maerchenschneiderin.de

(Fotos: Ginie Wonderland)

Als Taschenbuch und E-Book im Handel erhältlich

Romantische Komödie von Lilly Fröhlich

Ein Zwilling kommt niemals allein

Als Melina Klein ihre Mutter auf einen 81. Geburtstag begleitet, ahnt sie noch nicht, dass es sich hierbei um eine coole Musiksession handelt, bei der sie Benjamin Müller begegnen wird, dem singenden Arzt mit dem schönsten Lächeln der Welt. Als Amor auch noch mit einem VERGIFTETEN Liebespfeil auf sie schießt, ist es um sie geschehen: sie verliebt sich Hals über Kopf in Benjamin.

Benjamin Müller ist leider nicht nur Ehemann und Familienvater - und damit ›besetzt‹ -, er ist auch ein (eineiiger) Zwilling. Vollkommen fasziniert von Melina, berichtet er seinem Bruder Henri brühwarm von seiner Begegnung mit dem ›*Schneewittchen*‹ namens Melina Klein.

Und wie das Schicksal es so will, trifft Henri, der Benjamin natürlich zum Verwechseln ähnlich sieht, Melina im Supermarkt und ist vollkommen hingerissen von ihr. Da Melina keine Ahnung hat, dass sie es mit Benjamins Zwilling zu tun hat, verabredet sich mit Henri, den sie für Benjamin hält.

Doch was passiert, wenn man mit dem Feuer spielt und Amors Opfer verwirrt?

ISBN: 978-3-740-752989

Als Taschenbuch und E-Book im Handel erhältlich

Susannah-Bücher

Band 1 - Bänker sind vom Schnöselplaneten - Echt!
(ISBN: 978-3-740733261)

Band 2 - Und Clowns sind aus dem All - Echt!
(ISBN: 978-3-74074309)

Band 3 - Kinder sind vom Mars - Echt!
(ISBN: 978-3-740743604)

Susannah Johnson hat eine Pferdemähne wie ein Haflinger, einen Hintern so groß wie ein Mini-Ufo-Landeplatz und als Tochter einer wirklich biestigen Mutter nimmt sie so ziemlich jedes Fettnäpfchen mit. Sie glaubt fest an das (australische) Rumpelstilzchen und natürlich an (verschlafene) Sachbearbeiter im Universum, die ihr ständig die falschen Typen vor die Nase setzen.
Aber dann endlich findet sie ihren Traummann und natürlich macht auch das Familienglück vor diversen Pannen kein Halt.

Urkomische, romantische Liebeskomödien von Lilly Fröhlich für alle, die mal wieder so richtig lachen wollen!

Ebenso im Handel als Taschenbuch und eBook erhältlich

Mia-Kinderbuchreihe

Band 1 - Eine Patchworkfamilie für Mia
(ISBN: 978-3-740-747596)

Band 2 - Mia und die Regenbogenfamilie
(ISBN: 978-3-740-747954)

Band 3 - Mia und die Flüchtlingsfamilie
(ISBN: 978-3-740-748005)

Band 4 - Mia und die Zirkusfamilie
(ISBN: 978-3-740-748043)

Egal, ob es um die Trennung von Mias Eltern geht, um das neue Zwillingspärchen mit den zwei lesbischen Müttern, um die Flüchtlingsfamilien im kleinen Bärenklau oder den Zirkus, bei Mia ist immer etwas los!

Kindgerecht aufklärende Kinderliteratur von Lilly Fröhlich, die nichts rosarot malt und doch ein Lächeln in das Gesicht der Leser zaubert!

Schau doch mal rein!

Ebenso im Handel als Taschenbuch und eBook erhältlich

Mia-Kinder-/Jugendbuchreihe

Band 5 - Mia und die Pflegefamilie (Mobbing)
(ISBN: 978-3-740-745974)

Band 6 - Mia und die Teeniefamilie (Teenagerschwangerschaft)
(ISBN: 978-3-740-746148)

Band 7 - Mia und die Adoptivfamilie (Transgender)
(ISBN: 978-3-740-749750)

Band 8 - Mia und die Stieffamilie (Drogen)
(ISBN: 978-3-740-750527)

Mia wird größer und plötzlich sind Probleme wie Mobbing, Sexualaufklärung und Teenagerschwangerschaften sowie Transgender und Drogen ein Thema in Mias Schulklasse. Sind das auch Themen, die dich interessieren?

Auch die Jugendbücher von Lilly Fröhlich sind jugendgerecht aufklärende Bücher, die nichts rosarot malen und doch so geschrieben sind, dass die Leser die Geschichten mit einem guten Gefühl abschließen können.

Schau doch mal rein!

Ebenso als Taschenbuch und eBook im Handel erhältlich

Körpertausch -
Sei vorsichtig mit deinen Wünschen...

Lea Hasenfleck hat eigentlich alles zum Leben, was man braucht: Einen Ehemann, zwei gesunde Kinder, ein Haus und einen langweiligen Teilzeitjob. Trotz Hamsterrad des Lebens hat sie allerdings noch etwas ganz anderes: zu viel Speck auf den Rippen. Und obwohl sie sich dafür schämt, hat sie weder Zeit noch Disziplin, ein paar Pfunde abzutrainieren.

Maja-Lena Marie hat fast alles, was sie zum Leben braucht: Einen heißen Verlobten, einen traumhaften Körper und mit ihrer Firma ›Modetipp‹ ist sie einer der erfolgreichsten Online-Versandhändler der Neuzeit.

Doch was passiert, wenn sich zwei so ungleiche Frauen begegnen und plötzlich den Körper tauschen?

Eine romantische, ehrliche und erotische Komödie von N. Schwalbe zum Thema Körperideale!

ISBN 978-3-740-73483-1

Ebenso im Handel als Taschenbuch und eBook erhältlich

Dornröschens Traum

Was macht man, wenn die Saurier-Ehe nach fast 20 Jahren einen Knacks hat und Amor den falschen Mann trifft? Milly Dreizack, noch-verheiratet, hat sich ausgerechnet in Tom verliebt, den besten Freund ihres Mannes. Nun steht sie vor der Wahl: Ihr Dornröschen aus seinem Jahrhundertschlaf wecken und um die Liebe kämpfen oder ihre Träume hinter der dicken Rosenhecke versauern lassen.

Millys Lebensberater, der Teufel Luzifer und das Engelchen Aurora, sind natürlich genau gegensätzlicher Meinung, also muss Milly ihre eigene Entscheidung treffen. Nur, was ist die richtige Entscheidung? Gibt es wirklich nur einen Weg zum Herzen des Mannes, wie Luzifer behauptet?

Die neue erotische Liebeskomödie von N. Schwalbe!

ISBN: 978-3-740-749491

Ebenfalls im Handel erhältlich als eBook und Taschenbuch

Antonio Hexenmacher, 36, Single, ist weder Zauberer noch Hexer. Eines Tages ist er es leid, von einem Bett ins nächste zu hüpfen. Er beschließt, den Hafen der Ehe anzusteuern. Doch Antonio will nicht irgendeine Frau. Er will eine Hexe. Als er Johanna auf dem mittelalterlichen Spektakulum zum ersten Mal begegnet, weiß er: Das ist sie! Johanna Orlando, 31, Single, ist eine freie und unabhängige - Hexe. Sie liebt und lebt die Traditionen der Wiccas im Kreise ihrer Familie nach den Regeln von Lady Gwen Thompson: ›Und schadet es niemand, tue, was du willst‹. Doch bevor die beiden endlich den Bund fürs Leben schließen können, bedarf es mehr als nur weiße Magie, um den schwarzmagischen Attacken von Tante Adelheide Mechthild Gardner auszuweichen, denn die alte Dame hat sich in den Kopf gesetzt, die Hochzeit ihrer Großnichte mit einem nichtmagischen Mann mit allen Mitteln zu verhindern.

Die hexenhaft, romantischen Liebeskomödien von N. Schwalbe!

Band 1 - Suche Hexe fürs Leben
(ISBN 978-1-518-715235)

Band 2 - Finde Hexe fürs Leben
(ISBN 978-1-518-715280)

Ebenso im Handel erhältlich als Taschenbuch und E-Book

Zabzaraks Spiegel

(Fantasybuch)

Die Erde war einst ein Ort, an dem Menschen und Lichtwesen friedlich miteinander lebten. Doch eines Tages erklärte der machthungrige Zauberer Tarek Su Zabzarak den Krieg. Er tötete das gütige Herrscherpaar Lady Tizia und Lord Kodron. Dann stahl er den Elben das Lachen und die Musikinstrumente, so dass sie keine Menschen mehr heilen konnten. Zabzarak krönte sich selbst und wurde zum Herrscher über Zaranien. Etwa tausend Jahre später half ein Junge namens Merlin seinen Freunden bei der Suche nach einem Kater. Dabei durchbrach er den Schleier des Vergessens. Jeremy und Lissy versuchten ihn aufzuhalten und landeten mit ihm in Zaranien, dem Land der Elben und Feen. Sind die drei Freunde tatsächlich die Auserwählten? Können sie es mit dem schwarzmagischen Zauberer und seiner Armee aufnehmen?

Das beliebte Fantasymärchen für Jung und Alt von Lilly Fröhlich!

ISBN: 978-3-740-745875